www.tredition.de

AF204349

Anja König

Blinde Augen

Rat der Fünf

© 2020 Anja König

Verlag und Druck:
tredition GmbH, Halenreie 40-44, 22359 Hamburg

ISBN
Paperback: 978-3-347-09672-1
Hardcover: 978-3-347-09673-8
e-Book: 978-3-347-09674-5

1. Kapitel 10. Tag nach dem Verschwinden der Menschen

Und dann wurde es still!
Die junge Frau schlug die Augen auf. Wieder hatte sie einige wenige Stunden geschlafen, doch der Traum hatte sie geweckt. Die Nächte schlief sie schon seit Tagen nur noch sehr schlecht. Jedes Mal weckte sie dieser Traum auf und ließ sie dann nicht wieder einschlafen. Das Adrenalin überschwemmte ihren Körper und ihr Herz raste. Auch tagsüber konnte sie nicht in Ruhe schlummern. Der Traum verhinderte es. Jedes Mal musste sie die schlimmsten Augenblicke in ihrem Leben aufs Neue durchstehen.

Ächzend stütze sie sich auf. Jeder Knochen tat ihr weh. Die letzte Nacht war schrecklich und grauenhaft gewesen. Wieso konnte sie nicht ruhig schlafen? Der Traum war jedoch nur ein Problem, warum sie nicht schlafen konnte. Seit einigen Tagen sah sie immer wieder seltsame Kreaturen, die sich auf sie stürzten. Warum jagten diesen Kreaturen sie unaufhörlich? Der Stress ließ sie immer unruhiger werden. Dies verband sich nicht sehr gut mit ihrer Wanderung über die letzten zehn Tage. Seit dieser Zeit war sie unaufhörlich auf der Straße unterwegs und hatte mit niemanden mehr geredet. Keiner hatte ihren Namen mehr genannt – genauso gut konnte sie auch ihren Namen einfach vergessen, es würde eh niemanden interessieren - oder hatte sie umarmt. Die Einsamkeit umklammerte ihr Herz immer stärker. Sie war allein und nichts und niemand konnte es mehr ändern.

Während sie diesen Gedanken nachhing, stand sie auf. Die Muskeln waren schmerzhaft verkrampft. Seit zehn Tagen hatte diese junge Frau nicht mehr in einem richtigen Bett gelegen. Allerdings hatte sie die letzte Nacht von Salzburg verbracht und würde bald darauf in Wien sein. Dort konnte sie bestimmt in einem schönen, weichen Bett schlafen – in ihrem Zuhause. In der Nähe ihres Zuhauses konnte sie auch ihre Eltern und ihre jüngere Schwester begraben. Ein Friedhof befand sich in der Nähe der Wohnung ihrer Eltern.

Stöhnend streckte sie sich und setzte sich in Bewegung. Nachdem sie aus der Höhle getreten war, in welcher sie die Nacht verbracht hatte, musste sie die Hand schützend an ihre Stirn legen. Die Sonne schien so grell, dass es in ihren Augen wehtat, während sie zugleich angenehm ihre Haut erwärmte. Es war jetzt Mitte Oktober, wahrscheinlich handelte es sich um einen der letzten warmen Tage. Sobald die Tage kälter werden würden, würde es auch schwerer werden in den Alpen vorwärts zu kommen. Schnee konnte ab jetzt jeden Tag kommen und leider war ihre momentane Kleidung nicht für diese Witterungsbedingungen ausgelegt.

Daher musste sie so schnell wie möglich nach Hause. Dort befand sich ihre gesamte Kleidung für den Winter, zusammen mit den Überresten ihrer Familie. Der Gedanke an ihre Familie stach ihr ins Herz. Wenn ihre Familie das gleiche zugestoßen war wie dem Rest der Menschheit, dann wusste die junge Frau, was sie zu tun hatte. Doch darüber wollte sie sich jetzt lieber keine Gedanken machen. Prüfend schaute die Frau in den Himmel. Es schien ein sonniger Tag zu werden.

Schnell verzog sie sich zurück in die Höhle. Sie musste jetzt unbedingt was essen. Ihr Magen grummelte laut. Sie ging zu ihrem Rucksack. Darin mussten sich etwas von dem Brot und der Wurst von gestern befinden. Nachdem sie sich gemütlich hingesetzt hatte – sofern das auf kargem Felsen möglich war –, begann sie zu essen. Mühsam zwang sie das altbackene Brot runter. Der trockene Klumpen ließ sich kaum runterschlucken. Ihr Mund war ausgetrocknet.

Nach einer Weile hatte sie alles runtergekaut. Doch quälte sie nun der Durst. Schnell nahm sie einen Schluck aus ihrer fast leeren Wasserflasche. Sie musste sich unbedingt was neuen Lebensmitteln und Wasser besorgen, am besten bevor die Sonne unterging. Ihr Rucksack gab kaum noch etwas her.

Erschöpft trat sie aus der Höhle und schaute in das Tal hinab. Früher – sowie man zehn Tage als früher bezeichnen konnte - gehörte dieses Tal zu dem Land Österreich, doch jetzt war es ein riesiger Friedhof.

Langsam und tief in Gedanken versunken, zog sie ihre alten Wanderschuhe, welche sich direkt neben ihren Rucksack standen, an. *Mist, die haben schon Löcher am Rand bekommen. Ich muss mir unbedingt neue suchen. Anscheinend werde ich heute also in eins der Kaufhäuser gehen – hoffentlich sind nicht so viele Menschen dort.* Mit einer Hand nahm sie den Rucksack und schnallte die Riemen ihres Wanderrucksacks über ihre Schultern, bevor sie den Berg hinunterstieg.

Während sie wanderte, bemerkte sie Kühe, die friedlich auf der

Alm grasten. Die junge Frau überlegte, ob sie vielleicht eines der Tiere melken sollte, aber das würde zu lange dauern, da ihr die nötige Erfahrung fehlte, außerdem würden die Kühe sie wahrscheinlich angreifen. Sie begannen unruhig zu werden, wenn die junge Frau an den Feldern nur vorbeiging.

Bisher hatte sie sich noch gut anhand ihrer Erinnerung vorwärtsbewegen können. Allerdings kam sie jetzt in etwas unbekanntere Gebiete. Daher brauchte sie neben Lebensmittel unbedingt noch eine Karte von Österreich. In der Ferne konnte sie eine kleine Stadt sehen. Da gab es bestimmt einen Supermarkt und eine Buchhandlung, wo sie schauen konnte, wie weit es bis nach Wien war, und vielleicht konnte sie ein paar Bücher mitnehmen. Um jetzt überleben zu können, brauchte sie Bücher über die Wildnis hier in Mitteleuropa. Zur Unterhaltung würde sie in den nächsten Jahren keine Zeit mehr haben und dann würde sie immer noch genügend Gelegenheiten haben Bücher dieser Art zu besorgen. Um das Geld dafür brauchte sie sich keine Gedanken mehr zu machen.

Nach fast zwei Stunden hatte sie die Stadt erreicht. Schon von weitem spürte sie die Stille, die wie ein unheilvolles Wesen in den Straßen lauerte. Die Vögel verstummten mit ihrem Zwitschern. Der Wind flaute ab und das Rascheln der toten Blätter legte sich. Die Stille drückte auf ihre Ohren.

Mit steigender Verzweiflung musste sich die Frau zwingen, einen Schritt nach den anderen zu machen. Selbst nach zehn Tagen kostete es sie Überwindung, Reste der menschlichen Zivilisation zu betreten. Die verwesenden Leichen der Menschen erzeugten einen immer stärkeren Brechreiz. Vor allem der Gestank hatte es ihr angetan.

Während sie durch die Stadt ging, schaute sich die junge Frau um. Überall standen Autos herum. Viele waren ineinander verkeilt. Über den meisten Lenkrädern hingen toten Menschen. Als wären alle im selben Moment eingeschlafen. Ihre Köpfe hingen zum Teil in einem unnatürlichen Winkel zur Seite. Die Haut sah durch die grünlichen Adern wie Marmor aus, nur machte der Verwesungsgeruch in der Luft klar, dass dem nicht so war. An der Unterseite der Leichen hatte sich das Blut durch die Schwerkraft angesammelt. Nach und nach würde sich der Zersetzungsprozess durch das gesamte Fleisch fressen bis nur noch Knochen übrig blieben.

In einigen Monaten würde die Frau sich wie in dem Vorspann zu *Terminator* vorkommen, wenn die Roboter über die unzähligen menschlichen Schädel fuhren. Jetzt jedoch hatten die Leichen erst damit begonnen zu verwesen.

Langsam ging sie weiter durch die Straßen und stieg dabei über eine Vielzahl von Leichen, die auf den Wegen lagen. Die tote Stadt verwilderte zusehends. Schon jetzt konnte die Frau das erste Anzeichen erkennen. So lagen Massen von Blättern auf der Straße herum. Viele Leichen waren sogar von ihnen vollständig bedeckt wurden. Während die Frau die Straßen entlanglief, entdeckte sie auf einmal eine Buchhandlung. Vielleicht konnte sie hier eine Karte der näheren Umgebung und einige Bücher für die Abende, wenn die Sonne noch nicht untergegangen war, finden.

Als sie in den Bücherladen trat, schlug ihr eine Wolke Verwesungsgeruch entgegen. Unter dem freien Himmel war der Gestank nicht so schlimm, durch den Wind wurde er davongetragen, doch hier musste die Luft die ganze Zeit gestanden haben. Die Klimaanlage lief zweifellos seit Tagen nicht mehr. An der Theke befand sich die Leiche einer jungen Frau. Die Augäpfel quollen aus ihren Höhlen hervor. Ihr Gesicht sah aus, als würde sich ein grünes Spinnennetz darüber spannen, aber es waren nur die verfärbten Adern. Das schwarze Haar der jungen Frau war von hinten nach vorne geflossen und verdeckte nun einen Teil des Gesichtes. Von der Nase und dem Mund war Blut herausgeflossen, das nun getrocknet war. Eine Made kroch gerade aus der Nase in Richtung des erloschenen Auges. Durch die Bewegungen von diesen Insekten sah es so aus, als würde die Tote noch leben.

Der Buchladen an sich sah zum größten Teil noch vollständig intakt aus. Als konnte jeden Moment ein Mensch hereinkommen und sich ein weiteres Buch kaufen. Wahrscheinlich würde in ein paar Jahren dieser Laden durch die Witterungsbedingungen komplett verwüstet sein. Schnell wandte sich die junge Frau ab. Obwohl sie es jetzt so oft gesehen hatte, sie würde niemals über den Anblick einer Leiche hinwegkommen. Als sie sich dem Kartenständer zuwandte, bemerkte sie, dass überall Postkarten herumlagen. Auf diesen erkannte sie wunderschöne Motive von der Stadt. Eine Kirche aus den 17. Jahrhundert befand sich in einen grünen Park voller Blumen. Ein

Schloss stand auf einen kleinen Hügel. Man konnte von hier aus, bequem das Tal überblicken.

Doch jetzt fiel der Blick der Frau nur auf tote Menschen und Zerstörung. Leider konnte sie nicht jedem einzelnen ein ordentliches Begräbnis zukommen lassen, die Zeit reichte nicht aus. Doch in einigen Jahren würden nur noch Skelette übrigbleiben und es hätte sich somit erledigt. Wenigstens ihre Eltern und ihre Schwester wollte die Frau beerdigen. Das einzige was sie noch für ihre Familie tun konnte. Sie hoffte nur, dass sie sie gleich finden würde. Es würde verdammt schwierig werden, wenn ihre Familie in ganz Wien verteilt war. Wien war riesig und drei einzelne Menschen zu finden, war ein Ding der Unmöglichkeit.

Leider konnte sie keinen Plan von der Region in diesem Laden auftreiben. Wahrscheinlich musste sie sich erneut der Frau zuwenden. Je näher sie der Leiche kam, desto schlimmer wurde der Gestank. Mehr als einmal musste Selen das Brot und die Wurst wieder runterschlucken, da sie meinten, aus ihrem Körper rauszuwollen.

Letztendlich stand sie neben der Leiche und schaute sich in ihrer Nähe um. Die Hände von der Frau lagen noch auf der Tastatur ihres Laptops und das Gerät selbst befand sich im Standbymodus. Ganz langsam hob Selen die toten Hände von der Tastatur und fuhr den Computer hoch. Langsam tippte sie den Suchbegriff *Österreich* ein, doch als sie Enter drückte, zeigte der Laptop nichts an. Natürlich war das Internet ebenfalls gestorben. Also musste Selen sich was anderes einfallen lassen.

Vielleicht würden auch ein Atlas und eine Straßenkarte als Notlösung herhalten. Schnell schaute sie sich um. Ein trauriger Zufall kam ihr zu Hilfe. Der Blick der jungen Frau blieb an einem umgekippten Regal hängen. Hinter diesem Bücherregal lag ein etwa zwölfjähriges Mädchen. In der Hand hielt es eine Kinderversion von einem Atlas. Die junge Frau ging zu dem armen Mädchen hin, das keine Chance gehabt hatte, erwachsen zu werden, ebenso wie die Frau nie mehr die Möglichkeit haben wird, das Kinderlachen einer Tochter oder eines Sohns zu hören.

Sie war allein auf der Welt – neben den unheimlichen Kreaturen, die nach dem Tod der Menschheit aus ihren Löchern krochen. Zum Glück waren ihr bisher nicht sehr viele über den Weg gelaufen und

selbst diese Begegnungen waren unerfreulich gewesen.
Als sie sich neben das Mädchen kniete, betete sie stumm um die
Seele der Toten. Mit einem schnellen Blick blätterte durch den Atlas.
Dann nahm sie kurzentschlossen und ohne weiteres Nachdenken das
Kinderbuch in die Hand und steckte es in ihren Rucksack. Nach einem
weiteren Blick durch die Buchhandlung verließ sie das Geschäft. Nach
diesem kleinen Erfolgserlebnis wollte sie nicht noch nach
Unterhaltungsliteratur für die Abende stöbern. Sie hatte dazu keine Zeit
und keine Lust.

Entschlossen für die nächste Etappe wollte sie aus dem Geschäft
treten, doch da stand ein großer, knurrender Hund auf dem Absatz vor
der Eingangstür des Buchladens. Das Fell war struppig und matt, doch
musste es mal eine gesunde schwarze Farbe gehabt haben. Der
schwarze Hund war vielleicht einmal ein schönes Tier gewesen –
sofern man es bei dem ganzen Dreck überhaupt sagen konnte.
Allerdings hatte sich das ehemals zahme Tier verändert, so wie sich der
Rest der Welt verändert hatte. Die Lefzen nach hinten gezogen, schaute
der Hund sie aus roten Augen böse an. Vorsichtig hob die junge Frau
die Hände und wollte sich in den Buchladen zurückziehen, doch sobald
sie einen Schritt nach hinten trat, kam der Hund einen Schritt nach
vorne. Er roch wahrscheinlich ihre Furcht. Schon früher hatte sie
immer Angst vor Hunden gehabt und jetzt wurden die Tiere noch
aggressiver. Das würde ihre Angst zu einer Phobie werden lassen. Das
konnte die junge Frau schon jetzt prophezeien.

Mit jedem Schritt, den Selen zurück in den Laden ging, kam der
Hund ihr entgegen. Auf einmal spürte sie einen Bücherstapel neben
sich. Im selben Moment sprang der Hund auf sie zu. Mit einer
schnellen Bewegung warf sie den Bücherstapel um, in der Hoffnung
das Tier damit zu treffen. Sie musste ihn irgendwie aufhalten, bevor sie
verletzt wurde. Der Hund war jedoch schneller als gedacht. Seine
Zähne schlossen sich um ihren Unterarm und gruben sich in ihr Fleisch.
Kurz darauf wurde der Hund von den Büchern begraben und ließ sie
los. Sofort begann er zu winseln. Wahrscheinlich hatte er nur Hunger
gehabt. Seit zehn Tagen mussten alle Haustiere ums Überleben
kämpfen und langsam kamen die Urinstinkte zu Tage.

Schnell flüchtete die Frau aus der Buchhandlung und machte sich
auf die Suche nach einem Supermarkt. Das Adrenalin und die Angst

vor dem Hund verhinderten, dass sie sich in diesem Moment beschäftigen wollte, wie stark ihr Arm verletzt war. Nach einem Augenblick blieb sie kurz stehen und schaute zurück. Auf der ganzen Straße war ihr Blut verteilt. Sie brauchte Verbandszeug. Sonst würden wilde Tiere auf sie aufmerksam werden.

    Eine Straße weiter fand die Frau einen Supermarkt. Als sie eintrat, wehte ihr auch hier der Geruch von verwesenden Körpern entgegen. Sie musste sich beeilen, ansonsten würde ihr das Essen hochkommen. Schnell packte sie einige Lebensmittel ein. Sie brauchte welche, die länger haltbar waren. Leider gab es keine genießbaren frischen Lebensmittel wie Gemüse oder Obst mehr. Auch das Fleisch von der Frischtheke hatte eine grüne Farbe angenommen. Jetzt musste sie nun auf das Gemüse und die Fleischpasteten aus den Konservendosen und Hartwurst zurückgreifen. Selbst die Brote waren zu hart, um sie noch zu essen. Es fühlte sie in diesem Moment wie Stehlen an. Doch *Stehlen* war nicht der richtige Begriff dafür. Sie konnte es sich jetzt einfach nehmen.

    Während sie darüber nachdachte, ebbte die Aufregung vom Angriff des Hundes ab und sie bemerkte, wie stark ihr Arm blutete. Sie musste unbedingt in eine Apotheke, Desinfektionsmittel und Verbandszeug holen. Die konnte sie, gleich nachdem sie mit dem Supermarkt fertig war, suchen.

    Umsichtig packte sie einige Lebensmittel und einfache Pflaster ein. Als sie bei der Getränkeabteilung vorbeiging, holte sie sich Wasserflaschen. Dann war ihr Rucksack auch so gut wie voll. Am Ende würde sie noch einen kleinen Wagen brauchen, mit dem sie ihre Nahrungsmittel hinter sich herziehen konnte. Außerdem musste sie noch einige Hygieneartikel mitnehmen, die für sie absolut notwendig werden würden. Ansonsten hätte sie in spätestens einem knappen Monat das unerfreuliche Problem für Frauen bekommen. Sie musste dafür gewappnet sein.

    Zusätzlich nahm die Frau ein paar Rollen von Küchenpapier und begann es vorsichtig auseinanderzurollen. Dann begann sie vorsichtig ihren Arm zu umwickeln. Das sollte sie Blutung etwas aufhalten bis sie zu einer Apotheke kam und richtiges Verbandszeug sich besorgen konnte.

    Als sie schließlich bei der Tiernahrung vorbeiging, erwachte ihr

Mitleid mit dem Hund. Würde der Hund überleben? Oder war er zu schwer verletzt? Sollte sie ihm vielleicht doch helfen? Nach diesen kurzen Überlegungen gewann es gegen ihre Angst. Zusätzlich legte die Frau zwei Portionen Hundefutter in der Dose in ihren Rucksack, der schon jetzt schwer war, und ging zurück zum Buchladen. Die Portionen sollten zumindest ein bisschen den Hunger des Hundes verringern. Vielleicht war der Hund kurz vor dem Verhungern gewesen, weswegen er sie angegriffen. Sobald sie das Hundefutter dem Hund gegeben hatte würde sie sich endgültig nach einer Apotheke umschauen. Dann war auch ihr Gewissen beruhigt und konnte sich nach ihrem Verarzten gleich weiter auf den Weg nach Wien machen.

Der Hund lag in der gleichen Position wie vorher unter den Büchern. Wahrscheinlich war er ausgehungert. Er konnte sich kaum noch regen. Doch als sie eintrat, schauten seine Augen sofort zu ihr und er begann zu knurren. Schnell öffnete sie ihren Rucksack und förderte die zwei Portionen Futter zutage. Die Dosen hatten zum Glück einen Ring, sodass man sie per Hand öffnen konnte. Die junge Frau schüttete ihren Inhalt vor dem Hund aus. Sofort schienen neue Lebensgeister in ihm geweckt zu werden und er stürzte sich auf das Fleisch. Vollkommen ins Fressen vertieft, bemerkte der Hund nicht mal, wie sie leise aufstand und davonschlich.

Jetzt musste sie wirklich eine Apotheke finden, denn ihr Arm blutete immer stärker. Sie musste schon jetzt aufpassen, dass ihr Blut nicht auf ihre Kleidung tropfte. Sie würde das Blut nicht mehr herausbekommen und wäre für die wilden Tiere schon von weiten riechbar sein. Krampfhaft hielt sie den Unterarm gegen ihre Brust gepresst. Sich umherschauend ging die junge Frau die Straßen entlang. Warum fand man nie eine Apotheke, wenn man sie am dringendsten benötigte? Vielleicht, wenn sie in Richtung des Stadtkerns lief. Wenige Minuten später hatte sie ihn erreicht. Mit einem schnellen Blick schaute sie sich um und wurde tatsächlich fündig. Eine kleine Apotheke stand dort direkt vor ihren Augen.

Auch diesmal begrüßte sie der allgegenwärtige Geruch von toten Menschen. Nach und nach gewöhnte sie sich daran, wenn sie ihm längere Zeit ausgesetzt war, egal wie grausam und widerwärtig er ihr in die Nase kroch. Zügig ging sie in den Hinterraum der Apotheke. Überall verstreut lagen Medikamente herum. Anscheinend waren diesen Kreaturen schon hier gewesen und hatten die Apotheke geplündert, doch es gab zum Glück noch Verbandszeug und Antibiotika. Durch einen einfachen Rundumblick entdeckte sie das Desinfektionsmittel.

Mit zusammengebissenen Zähnen reinigte sie ihre Wunde. Der Hund hatte einen beeindruckenden Zahnabdruck hinterlassen. Sie konnte ihm allerdings noch immer nicht böse sein, sie verstand ihn sogar. Jetzt, wo die gesamte Menschheit zugrunde gegangen war, sorgte sich niemand um ihm. Kein Wunder, dass er sie aus Verzweiflung angegriffen hatte.

Als sie die Wunde endlich nach einigen Minuten gereinigt hatte, betrachtete sie sie genauer. Sie kannte sich nicht mit Verletzungen aus, aber sie hoffte, dass es nicht genäht werden musste. Die Haut war aufgerissen, schlimmer als jede Schramme, die Selen zuvor erlitten hatte, aber das Fleisch klaffte nicht auseinander. Die Zähne hatten sich so kraftvoll in ihren Arm reingebohrt, dass sie sogar ab und zu etwas Weißes mitten im Blut aufblitzten sah. Der Hund war bis auf den Knochen vorgedrungen. Zusätzlich waren neben dem Wunden noch mehrere Blutergüsse zu sehe, welche schon jetzt dunkelrot waren. Vorsichtig verband sie sich den Arm. Als sie fertig war, musterte sie ihr Werk. Selbst wenn sie beide Augen zudrückte und es mit gutem Willen betrachtete, konnte sie das nicht als einen guten Verband ansehen, doch es musste reichen. In den Filmen waren die Verbände fein säuberlich und ineinander überlappen. Allerdings ging ihr Verband kreuz und quer. Weiterhin hingen einzelne Lagen lose herunter. Dieser Verband wird nicht lange halten. Heute Abend musste sie diesen erneuern.

Jetzt sollte sie sich überlegen, was sie noch gebrauchen konnte. Am besten wäre es, wenn sie für alle Eventualitäten vorbereitet wäre. Mit diesem Gedanken packte sie einige Schachteln Grippe- und Magentabletten und Verbandszeug ein. Vielleicht waren noch Schmerztabletten gut eine gute Idee. Bestimmt würde sie von dem Leichengeruch noch eine heftige Migräne bekommen. Nachdem sie alles verstaut hatte, passte nichts mehr in ihrem Rucksack hinein. Er war kurz vor dem Platzen. Die Frau stemmte ihn hoch und ächzte dabei. So schwer er auch war, so konnte sie für einige Tage weiterwandern, ohne eine weitere Stadt aufsuchen zu müssen.

Die junge Frau kehrte nun wieder auf den Marktplatz zurück. Kurz blieb sie wie angewurzelt stehen. Vorhin war sie vollständig auf die Apotheke fixiert gewesen, aufgrund ihres Bedürfnisses Medikamente zu finden. Jetzt war ihr Blick auf die vielen Leichen liegen geblieben. Bei keinen einzigen Menschen waren sichtbare Verletzungen zu sehen. Ein ähnliches Bild sah sie seit zehn Tagen in jedem kleinen Dorf oder Stadt. Nur dass es da viel grauenhafter gewirkt hatte, weil die Menschen alle aussahen, als würden sie schlafen, obwohl sie tot waren. Selen war zu diesem Zeitpunkt mit einigen ihrer Studienfreunde auf dem Oktoberfest gewesen. Mit einem Mal übermannte sie die Erinnerung.

Gerade hatte die Band in dem Zelt begonnen, ein altes Lied von ACDC zu spielen. T.N.T war eines von ihren Lieblingssongs. Zusammen mit den anderen Menschen grölte sie den Refrain mit. Viele Menschen tanzten auf den Tischen und Bänken.

Thomas, ihr Freund, schaute sie dabei mit glasigen Augen an. Er hatte mal wieder zu viel getrunken und würde morgen nicht mehr wissen, was er heute tat – was ihr die Galle hochtrieb. Doch wenn sie versuchte, jetzt zu verschwinden, würde sie spätestens in den Vorlesungen auf ihn treffen und musste sich dafür zu rechtfertigen.

Auf einmal hörte die Band auf zu spielen und mit einem verwirrten Blick zum Podest, konnte Selen erkennen, dass alle Bandmitglieder über ihre Stühle und Instrumente zusammengesunken waren. Sie glaubte, die Schemen von fünf Personen zu erkennen, dann wurde es schwarz ... und still.

Die Tränen stiegen ihr bei dieser Erinnerung in die Augen. Egal, was passiert war, die Menschheit hatte es nicht verdient. Mit dem Handrücken wischte sie sich über ihre Stirn. Sie wollte nicht weiter darüber nachdenken. Entschlossen schulterte sie den Rucksack und begann mit einem Blick auf ihre Armbanduhr loszulaufen. Sie hatte nicht mehr viel Zeit. Bald würde die Sonne untergehen und dann musste sie außerhalb der Stadt und in einem Versteck sich befinden.

Nach einigen Metern meinte sie, das Tapsen von Pfoten zu hören, doch als sie stehen blieb, blieb es still. Sie ging weiter und wieder ertönte das Tapsen, sodass sie abermals stehen blieb. Langsam drehte Selen sich um. Hoffentlich war es nicht ein weiterer streunender Hund, der es auf sie abgesehen hatte. Ein Biss reichte ihr. Endlich konnte sie ihn sehen, doch es handelte sich nicht um irgendeinen Hund, sondern der aus dem Buchladen.

Jetzt stand er in einigen Schritt Abstand vor ihr und wedelte mit seinem Schwanz. Angstvoll ging sie einen Schritt zurück. Allerdings trat der Hund auch diesmal einen Schritt vorwärts und bellte sogar. Er spürte ihre Angst vor ihm und begann zu reagieren. Sein wedelnder Schwanz bekam die Form eines Propellers.

Als die Frau gegen eine Häuserwand stieß, konnte sie sich nicht mehr auf den Beinen halten und sank auf ihre Knie. Der Hund sah so furchterregend aus. Er würde sie bestimmt gleich anfallen. Seine Augen waren starr auf sie gerichtet. Ihre Angst wandelte sich langsam, aber sicher in Panik. Würde sie hier und jetzt sterben?

Auf einmal rannte der Hund auf sie zu und begann ihr Gesicht abzulecken. Wollte er etwa seine Dankbarkeit ausdrücken? Hatte sie sich so in ihm getäuscht? Er drückte seinen Kopf und Körper immer wieder gegen sie, als würde er sich freuen. Vorsichtig berührte sie mit der Hand sein Fell. Sofort rollte der Hund sich auf den Rücken, sodass sie seinen Bauch kraulen konnte. Mit zitternder Hand begann sie die Streicheleinheiten. So bemerkte sie, dass der Hund ein Rüde war.

„Feiner Junge", murmelte sie unsicher, „Du bist ein feiner Junge!"

Eine kleine Weile kraulte sie ihn weiter. Beim Betrachten des Sonnenstands stand sie auf. Sie hatte kaum noch Zeit. Bald würde es dunkel werden. Sie drehte sich um und lief los. Den Hund ließ sie zurück. Als sie ein paar Schritte gelaufen war, bemerkte sie, dass der Hund ihr folgte. Brav ging er neben ihr her, so als wäre nie etwas passiert und Selen sein Frauchen.

Sie schluckte heftig. Sie, die schon immer Angst vor den unterschiedlichsten Haustieren hatte, als Frauchenersatz. Hunde waren für sie die bösen Wesen aus der Unterwelt und Katzen die Inkarnation des Teufels. Ihre Eltern und ihre Geschwister hatten sie deswegen immer belächelt. Da schien ihr dieser Hund wie ein zynischer Witz des Schicksals. Argwöhnisch schaute sie auf das Tier runter. Sie nahm einen Stock in die Hand und schaute auf den Hund herunter. Er sah sie erwartungsvoll an. Vielleicht sollte sie ihn apportieren lassen und sich dann schnell verstecken. Abwegig wog sie den Stock kurz in der Hand, bevor sie ihn möglichst weit wegwarf. Der Hund sprintete hinterher. Schnell drehte sich die junge Frau weg und rannte in die nächste Seitenstraße hinein. Wenn der Hund sie nicht mehr sah, würde er vielleicht sie ihn Ruhe lassen. Nachdem es eine Weile still war, ging die junge Frau weiter. Allerdings kam sie nur bis zur nächsten Ecke. Plötzlich stand der Hund wieder vor ihr und hielt den Stock in seinem Maul. Sein Schwanz wedelte hin und her. So einfach wurde sie ihn doch nicht los. Anscheinend hatte er sie zu seinem Frauchen gemacht.

Wenn der Hund ihr jetzt überall hin folgte, musste sie noch mehr Hundefutter besorgen, aber ihr Rucksack war schon randvoll. Sie wusste nicht, wie sie Platz schaffen sollte. Vielleicht musste sie einige andere Sachen zurücklassen. Noch hatte die Dämmerung nicht eingesetzt. Ihr blieb noch etwas Zeit.

Sie ging in den Supermarkt zurück und packte einige Packungen Hundefutter ein. Dafür ließ sie einige Magentabletten aus der Apotheke da. Sofort wedelte der Hund mit dem Schwanz und winselte. Anscheinend hatte er immer noch Hunger. Das passte gut, denn je mehr er jetzt fraß, umso weniger musste sie schleppen. So öffnete Selen drei weitere Dosen und schüttete sie auf den Fliesen aus. Der Hund stürzte sich auf der Stelle auf das Futter. Anscheinend war er knapp vor dem Verhungern gewesen.

Innerhalb weniger Minuten war das Futter vollständig verschwunden. Nicht ein Krümel blieb zurück. Sofort wirkte der Hund lebendiger. Vorsichtig tastete Selen nach dem schwarzen Halsband, das sich kaum von dem Fell abhob und so bisher von ihr unentdeckt geblieben war. Sie schaute nach, was auf der Erkennungsmarke stand. Zuerst stutzte sie, doch dann musste sie lächeln, das erste Mal seit zehn Tagen. Anscheinend hatte das frühere Frauchen oder Herrchen einen schrägen Sinn für Humor gehabt. Der Hund, dessen Fell eine tiefschwarze Farbe trug, hieß Darkness.

„Hallo Darkness, mein Name ist Selen."

2. Kapitel Nacht des 10. Tages nach Verschwinden der Menschen
„Man sagt, der Weg des Krieges sei ein doppelter Weg:
Weg des Schwertes und der des Schreibpinsels." - Miyamoto Musashi, Das Buch der Erde

Nachdem sie bereit waren, stand Selen auf und verließ den Supermarkt. Sofort folgte Darkness ihr. Anscheinend hatte sie jetzt einen Begleiter. Während sie kurz über Darkness' Kopf streichelte, schaute sie sich um. Sie musste anscheinend ihre Pläne ändern. Sie konnte heute nicht mehr in einer Höhle übernachten. Dafür blieb einfach keine Zeit mehr, bevor es dunkel wurde. Doch jetzt stand sie hier in einer Kleinstadt. Es gab unzählige Übernachtungsmöglichkeiten.

Wenn sie in einer der Wohnungen übernachtete, konnte sie wieder in einem richtigen Bett schlafen. Sie musste unbedingt mal wieder mit Wasser in Berührung kommen, indem sie ein paar Wasserflaschen über sich auskippen konnte, und vielleicht konnte sie versuchen, vorsichtig Freundschaft mit Darkness zu schließen. Wenn sie mit einem Hund unterwegs war, sollte die Verbindung zu ihm nicht nur auf dem Fressen fußen. In der jetzigen Welt brauchte sie keinen Hund, der zu jedem hinging und sich streicheln ließ. Wenn sie schon einen Begleiter hatte, mussten sie sich gegenseitig beschützen können. Also brauchte sie eine richtige Beziehung zu ihm aufbauen. Während Selen weiterging, schaute sie sich suchend um. Besser wäre es, wenn sie etwas am Stadtrand fände, dann konnte sie zur Not in den Wald flüchten. Man wusste nie, was über Nacht passieren würde. Sie musste vorsichtig sein. Einerseits konnte jetzt wilde Tiere hinter jeder Ecke sich verstecken. Und dann waren noch diese fremdartigen Kreaturen.

„Hast du Lust, mit mir mitzukommen?", fragte Selen den Hund. Darkness bellte sie an, als würde er sie verstehen. „Na dann, los."

Sobald Selen losmarschierte, folgte ihr der Hund auf den Fersen. Während sie zwischen den Häusern entlangging, sah sie überall die Tote. Es war ein trauriger Anblick. Selen blickte die Straße entlang. Sehr oft waren die Fenster der kleinen Läden kaputt. Meistens war ein Auto hineingekracht, teilweise waren daraufhin Brände ausgebrochen. Die verkohlten Überreste der Gebäude sahen aus wie die Skelette von Dinosaurier. Einzelne Stahlträger waren durch die verrußten Ziegel hindurchgebrochen. Ein wahres Trauerspiel.

Mit heftigem Kopfschütteln ging sie weiter. Sie durfte sich nicht ablenken lassen. Egal wie schrecklich die unterschiedlichsten Anblicke waren, sie brauchte jetzt eine Unterkunft. Auf einmal dachte sie an die ersten Tage nach dem Massensterben zurück. Am Anfang hatte sie noch die Hoffnung gehabt, einen lebenden Menschen zu treffen. Allerdings schwand sie von Tag zu Tag, während sie nichts als Tod fand. Sie musste sich mit einem Leben in Einsamkeit abfinden.

Auf einmal schoss ihr eine Idee durch den Kopf: Vielleicht konnte sie irgendwo in den Alpen in einer kleinen Almhütte wohnen, sich einige Tiere halten und versuchen, so zu überleben. Stimmt, das konnte sie machen. Da konnte sie frühzeitig sehen, wenn irgendjemand sich nähern würde. Je nachdem ob der Besucher Freund oder Feind war, konnte sie sich rechtzeitig bereit machen. Sie musste nur noch lernen, wie man kämpfte.

Zügig ging Selen mit Darkness weiter. Nach einer halben Stunde erreichte sie endlich den Rand der Stadt. Dort entdeckte sie weitere Häuser ohne Beschädigungen. Auf den Boden vor einem Hause befand sich eine Frau, die anscheinend gerade einkaufen gewesen war, als sie gestorben war. Sie war kurz vor ihrem Ziel – die Eingangstür – ihrem Ende begegnet, da sie die Stufen vor einer Tür heruntergestürzt war. Wie immer - ein Bild der Trauer. Zügig ging sie zu der Frau, konnte sie sehen, dass ihre Hand noch den Schlüssel vom Haus umfasste. Sie nahm ihn und trat zur Tür. Sich im Geiste entschuldigend, schloss sie auf und huschte ins Innere. Das Haus sah aus, wie aus einem Immobilienkatalog: unpersönlich, aber stilvoll und sauber. Anscheinend war die Frau erst kurz vor ihrem Tod eingezogen.

Es gab ein riesiges Wohnzimmer, in dem ein großer Fernseher stand, doch den brauchte Selen nicht, da es keine Sender mehr gab. Anscheinend war Darkness es gewohnt, sich vor einen Fernseher zu hocken, egal, ob der an war oder nicht, denn der Hund sprang sofort auf das Sofa davor und legte sich bequem hin. Selen musste schmunzeln. Darkness schien sich nicht daran zu stören, dass nur eine schwarze Fläche zu sehen war.

Behutsam stellte Selen ihren Rucksack neben Darkness auf den Boden und begann sich im restlichen Haus umzuschauen. Es war zweistöckig, wobei sich die Schlaf- und das Badezimmer auf der zweiten Etage befanden. Letzteres benutzte sie gleich. Endlich konnte sie sich richtig duschen – hoffte Selen zumindest. Obwohl das Wasser eiskalt war, freute sie sich darauf und würde sich vielleicht sogar die Haare waschen. Sie konnte es regelrecht vor ihrem inneren Auge sehen. Doch zuerst musste sie probieren, ob überhaupt Wasser aus dem Duschkopf kam. Zuerst passierte nichts, aber nach wenigen Sekunden rüttelte der Kopf und kaltes klares Wasser kam heraus. Ein kleiner Seufzer entfuhr ihr. Schnell zog Selen sich ihre verdreckte Kleidung aus und sprang unter die Dusche. Als sie das Wasser anstellte, verschlug es ihr den Atem: Es war schmerzhaft kalt. Selen musste sich nur beeilen, bevor sie blau anlief. Doch sie biss die Zähne zusammen und begann sich zu waschen. Anscheinend befand sich noch ein Restdruck in der Wasserleitung, weswegen das Wasser herausfloss. Schon jetzt konnte sie das Nachlassen von dem Wasserdruck spüren. Sollte sich Selen eine Hütte in den Bergen suchen, brauchte sie einen großen Wasserspeicher, um ab und zu ein Bad nehmen konnte.

Nach nicht einmal zehn Minuten stieg Selen aus der Dusche und zog sich an. Zum Glück hatte sie sich noch saubere Wäsche hingelegt. Sie war erfrischt und fühlte sich wieder wie ein Mensch – wenn sie vielleicht die letzte Überlebende war. Ein bisschen Galgenhumor konnte nie schaden.

Als sich die Frau nach unten begab, sah sie, dass sich Darkness nicht einen Zentimeter bewegt hatte. Er hechelte laut und schaute sie erwartungsvoll an. Fast so, als würde er darum flehen, in diesem Haus bleiben zu können. Während sie auf Darkness runterschaute, ging ihr durch den Kopf, dass sie vielleicht die Nacht verbringen mussten. Darkness würde sich nicht ein Stück mehr bewegen.

Sie ging in die Küche und schaute sich um. Der Kühlschrank war nicht gefüllt, nicht mal mit verschimmelten Lebensmitteln, sondern leer und blitzblank. Anscheinend hatte die Frau gerade den ersten Einkauf für ihr neues Haus getätigt. Also musste Selen etwas von ihren Lebensmitteln opfern oder sie musste Diät machen. Selen konnte sich nicht die Zeit nehmen, nochmal in die Stadt zu gehen. Sie musste so zügig wie möglich weiterziehen, um nach Wien zu gelangen. Daher war es vielleicht besser, wenn sie vorsichtiger mit ihren Vorräten umging. Doch wenn die Frau keine Lebensmittel in ihrer Küche besaß, waren vielleicht andere Gegenstände in den Regalen und Schränke, die ihr weiterhelfen würden. Teller, Dosenöffner oder auch Messer. Selen stöberte durch die Küche.

Plötzlich stieß sie auf Messer – viele Messer. Anscheinend hatte Frau ein Faible für scharfe Klingen gehabt. Es handelte sich um japanische Messer und sie waren so scharf, dass man Knochen mit einem Schnitt zerteilen konnte. Schon ein leichter Druck auf die Kuppe ihres kleinen Fingers ließ ihr Blut hervorquellen. Solche Messer fand man nicht so häufig in deutschen Küchen. Sie fielen vielleicht sogar unters Waffengesetz – nicht, dass es noch jemanden gäbe, der das Gesetz durchsetzen würde.

Ich glaube, ich werde diese Messer noch mal benötigen. Ich könnte sie als Waffen verwenden. Entschlossen nahm Selen alle zehn Klingen in ihre Hände und ging damit in das Wohnzimmer, wo Darkness nach wie vor dem Sofa saß. Sie legte die Messer auf dem Esstisch ab und machte sich auf die Suche nach Garn und anderen Utensilien.

Als sie ins Schlafzimmer der Frau kam, überraschte sie der Anblick. Die Besitzerin war anscheinend eine Japanliebhaberin gewesen. Auf der Fensterbank stand ein echtes Samuraischwert – ein Katana, soweit Selen das beurteilen konnte. Umherschauend ging sie zur Fensterbank und nahm es in die Hand. Als sie das Schwert aufgeregt aus der Scheide zog, wurde sie enttäuscht, da das Schwert nicht geschärft war.

Tja, immer wieder eine Freude mit den Einfuhrgesetzen. Nie konnte man irgendwelche gefährliche Sachen aus dem Ausland importieren dürfen. Tja, jetzt ging das ja ohnehin nicht mehr. So ein Mist. Trotzdem würde sich Selen diese Gelegenheit nicht entgehen lassen. Vielleicht konnte sie es auf irgendeine Art schärfen. Sie hatte die ganze Nacht Zeit, es auf die eine oder andere Art zu schärfen.

Als sie ins Wohnzimmer zurückkehrte, schaute sie ihr neues Waffenarsenal an. Die Messer konnte sie an ihrer Kleidung anbringen. Sie holte sich einige von den Klamotten von der Frau aus einem Schrank und schnitt sie in Streifen, denn sie brauchte Schutzvorrichtungen, sonst schnitt sie sich am Ende noch die eigene Haut von ihrem Körper. Nachdem Selen die Messer umhüllt hatte, befestigte sie sie mit Nadel und Faden an der Kleidung an ihrem Körper. Eins an ihrem Oberarm und eins an ihrem Oberschenkel. Sie sah aus wie Lara Croft, fand sie nach einem Blick in den Spiegel.

Jetzt hatte sie noch vier Messer übrig. Zwei befestigte sie an ihrem Rücken und eins jeweils an ihrem anderen Oberarm beziehungsweise Oberschenkel. Langsam verwandelte sie sich in einem einzigen Messer.

Nachdem sie sich einen Messerschärfer aus der Küche geholt hatte, setzte sie sich mit dem Katana neben Darkness und begann, die stumpfe Klinge zu bearbeiten. Sie wusste nicht, wie lange sie dasaß und das Schwert schärfte. Immer wieder führte sie den Schärfer auf der Klinge entlang. Das laute metallreibende Geräusch stieg ihr mit der

Zeit in die Ohren. Wenn Selen jetzt so genau darüber nachdachte, fühlte es sich an, als wären Tage vergangen, doch es waren nur Stunden, bis das Schwert scharf war. Zumindest so, dass sie damit problemlos die Haut anritzen konnte. Leider erreichte es nicht die Schärfe der Messer, doch sie konnte das Gerät mitnehmen und an den kommenden Abenden ihrer Reise das Schwert weiterbearbeiten. Sie musste jetzt nur lernen, wie man mit dem Katana umging, damit es nicht nur ein elendes Rumgefuchtel wie in diesen amerikanischen Filmen wurde.

Mittlerweile war es dunkel geworden und Selen wollte das Katana in der Nacht weiterschärfen. Darkness hatte sich an ihr Bein gekuschelt und schien zu schlafen. Plötzlich begann der Hund zu zucken und richtete sich auf. Irgendwas hatte ihn aufgeschreckt. Schnell erhob sich die junge Frau auf ihre Füße und auch der Hund sprang vom Sofa und begann zu knurren. Irgendwas kam auf sie zu und es war ihnen nicht freundlich gesonnen.

Verdammt, warum bin ich nur hierhergekommen?! Jetzt haben sie mich gefunden. Ich muss aus diesem Raum raus, hier sitze ich sonst in der Falle, aber wenn ich raus renne, können sie sich von allen Seiten auf mich stürzen. Verdammt, verdammt, verdammt.

Voller Angst blickte sie sich um und da kam ihr eine Idee. Sie musste in die zweite Etage, wo man sie nur von einer Seite angreifen konnte, nämlich von der Treppe aus. Die Fenster wären zu weit oben, als das jemand einfach so hochspringen konnte. Trotzdem müsste sie die Fenster gegen Eindringlinge sichern. Daraus folgend wäre der Angriff nur von einer Seite aus möglich. Mit dem gezückten Katana in der Hand lief sie nach oben. Darkness folgte ihr auf dem Fuß. Als sie oben ankam ging sie in das Schlafzimmer und räumte die Möbel in dem Zimmer so gut es ging zur Seite.

Nach fast fünf Minuten erhielt sie eine kleine freie Fläche und hatte das Fenster mit der Matratze vom Bett abgedeckt. Allerdings wurde es dadurch stockdunkel im Zimmer. Sie brauchte Licht – und das dringend. Sie tastete sich vorwärts und fand den Lichtschalter. Aus der Macht der Gewohnheit betätigte sie ihn. Aber es passierte nichts. Klar, der Strom war schon seit fast sieben Tage nicht mehr vorhanden. Sie hatte die lauten Explosionen von nicht kontrollierten Kraftwerken in der Ferne gehört. Sie benötigte eine andere Lichtquelle. Da lief ihr ein kalter Schauer den Rücken runter. Wie zur Bestätigung begann auch

Darkness zu knurren. Es war hier und es wollte ihr Blut.

Der Mann, das Tier, war dem Duft seit fünf Tagen auf der Spur. Das erste Mal, als er den Duft wahrgenommen hatte, hatte er noch geglaubt, dass es sich um eine Fata Morgana handeln würde.

Es war ein Schock gewesen, als alle Menschen um ihn herum auf einmal Tod umgefallen waren. Nachdem der Mann sich mit seinem Oberhaupt besprochen hatte, wurde ihm das ganze Ausmaß der Katastrophe bewusst. Die gesamte Menschheit war innerhalb von einer Sekunde ausgestorben. Was war geschehen? Niemand wusste es.

Nachdem er einige Tage durch den südlichen Teil von Deutschland gestrichen war, war ihm dieser Duft in die Nase gestiegen und hätte ihn fast umgehauen. Neben dem stärker werdenden Verwesungsgeruch der toten Menschen, war dieser frische Geruch besonders ungewöhnlich. Als er seinem Oberhaupt davon berichtet hatte, befahl der ihm, diesen letzten Menschen einzufangen und zum Hauptsitz zu bringen. Er wollte diesen Menschen unter seinen Schutz stellen.

Mit jedem Tag war er der Quelle des Geruchs nähergekommen und heute war die Spur ganz frisch gewesen. Der Mann lief gerade durch eine Kleinstadt. Gott weiß, wo dieser Mensch war. Es war ihm auch egal. Aber etwas war seltsam. Ein anderer Geruch hatte sich hinzugesellt, doch dieser war nicht von einem Menschen. Er war ungewöhnlich, hatte was von einem Wolf, aber auch wieder nicht.

Der Mann musste sich das unbedingt anschauen. Schnell lief er zum Rand der Stadt. Er war nah, sehr nah sogar.

Die junge Frau spürte die Bösartigkeit näherkommen. Noch war es nicht im Haus, doch es stand vor der Tür. Noch einmal versuchte sie das Licht anzumachen, aber es blieb dunkel. Sie musste sich vorzubereiten. Selen durfte nicht unbewaffnet gegen die Neuankömmlinge antreten. Es würde nur schlecht für sie enden. Mit dem Katana in der Hand schaute sie zur Tür des Schlafzimmers und horchte. Auf einmal hörte sie Holz splittern, dann nichts mehr. Bewusst lockerte sie den Griff um das Schwert, versuchte, ihre Arme zu entspannen, und machte sich bereit. Der Schweiß rann ihr den Rücken runter. Die Anspannung stieg mit jeder Sekunde.

Auf einmal bewegte sich die Klinke nach unten. Langsam öffnete sich die Tür und eine Hand mit langen, schwarzen Krallen legte sich daran und stieß sie auf. Ein schwaches Licht von einer Kerze aus schien von hinten einen großen Mann an, dessen Mund sich hämisch verzog. Seine Gesichtszüge waren vollkommen verzerrt. Aus seinem Mund wuchsen langsam riesige Reißzähne. Sie krochen regelrecht aus seinem Mund heraus. Selen wollte lieber keine Bekanntschaft mit ihnen machen. Seine Nase, die aussah, als wäre sie schon einige Male gebrochen worden, flatterten. Er schnüffelte und verzog seinen Mund noch mehr.

„So etwas leckeres habe ich schon seit Tagen nicht mehr gerochen. Frisches Menschenfleisch und … Blut." Plötzlich blickte er zur Seite und sagte zu jemandem, der im Flur stand: „Anscheinend können wir mal wieder richtige Jagd später durchführen. Wir haben ein kleines Menschlein gefunden."

Die Frau konnte nicht anders, sie hob das Katana weiter an. Daraufhin begann der Mann zu lachen.

„Wie niedlich, es versucht sich zu wehren", rief er spöttisch. Er machte einen Schritt vorwärts und sie umfasste das Katana fester. Langsam trat der Mann näher. „Möchtest du nicht ein bisschen winseln? Du würdest uns damit einen Gefallen tun." Er lachte grausam. Anscheinend war er sich sicher, dass er sie besiegen würden. Sie wusste nicht, ob sie gegen ihn bestehen konnte. Vielleicht schaffte sie es, ihn ein bisschen anzuritzen, das war vielleicht auch alles. Zusätzlich hörte Selen noch mehr von diesen Kreaturen im Gang draußen. Im Großen und Ganzen schloss sie, war sie am Arsch.

Auf einmal sprintete Darkness vor und sprang dem Kerl an die Kehle. Der Hund verbiss sich darin und warf den Mann dabei zu Boden. Selen erschrak so sehr, dass sie sich nicht bewegen konnte, bis Darkness sich zu ihr wandte und sie anbellte. Sie zuckte zusammen und wachte aus ihrer Starre auf. So schnell sie konnte, sprang Selen zu der Matratze und zog sie zur Seite, sodass das Fenster frei wurde. Wenn ihre Angreifer im Haus waren, befand sich vielleicht niemand mehr im Garten.

Vorsichtig steckte sie das Katana wieder in die Scheide und kletterte aus dem Fenster. Mit einem Blick zurück konnte sie erkennen, dass der Mann durch Darkness' Angriff komplett zu Boden gegangen war. Irgendwie kam es ihr vor, als wäre der Hund größer und monströser geworden, doch das kam sicher daher, dass sie jetzt den gruseligen Mann und den Hund zusammen sah.

Es tat ihr leid, dass sie Darkness zurücklassen musste. Obwohl sie nur einige wenige Stunden mit dem Hund zusammen war, hatte sie das Gefühl, ihn seit Jahren zu kennen. Es brach ihr das Herz, ihn nicht weiter bei sich zu haben, doch sie konnte nicht warten, zumal es ohnehin nichts gebracht hätte, da der Mann ihren Hund umbringen würde. Ihr stiegen Tränen in die Augen. Gerade erst hatte sie einen Beschützer gewonnen, nur um dann ihn wieder zu verlieren. Dann sprang sie.

Nachdem sie auf den Füßen aufgekommen war, schossen Schmerzen durch ihren Körper. Ihre Kniekehlen fühlten sich an, als wären sie gebrochen. Ihr kompletter Rücken war zusammengestaucht und Selen konnte und wollte sich nicht vollständig aufrichten. Sie war anscheinend nicht dafür geeignet, aus dem ersten Stock zu springen.

Als sie sich umsah, erkannte sie, dass ihr vorheriger Gedanke falsch gewesen war: Das Haus war von diesen Kreaturen umstellt. Wie viel waren das nur?! Mit einer Handbewegung zog sie das Katana wieder aus der Scheide. Als handelte es sich dabei um das ein stummer Befehl gewesen, stürzte sich die erste Kreatur mit einem fiesen Gegacker auf sie und versuchte, sie mit den Krallen aufzuschlitzen. Selen konnte gerade noch das Katana hochheben. Leider hatte sie es anscheinend nicht ausreichend geschärft: Es schnitt nicht mal seine Haut auf.

So konnte sie seine Angriffe nur mit der wirkungslosen Klinge abwehren und wurde immer weiter gegen die Wand gedrängt. Jedes Mal, wenn er mit seinen Klauen zu hieb, hob sie ihr Schwert. Die Geräusche klangen in ihrem Körper nach. Mit jeder Sekunde hackte der Kerl mit seinen Klauen erneut zu und lachte wie eine Hyäne. Den Kampf mit dem Katana war sie nicht gewohnt, daher stellte sie sich sehr ungeschickt an. Sie konnte die Schläge oft nur im letzten Moment abwehren. Um eines der anderen Messer ziehen zu können, musste sie das Katana loswerden. Entschlossen stach sie die Klinge mit der Spitze voran zwischen die Rippen des Mannes und zog eines ihrer scharfen Messer aus der Halterung von ihrem rechten Oberarm. In jeder Hand eins. Sofort fühlte sie sich beweglicher als mit dem unhandlichen Schwert.

Mit einer Hand zog der Mann das Katana aus seiner Brust und warf es in ein Gebüsch. Jetzt lachte er nicht mehr. Er schien vielmehr stinksauer zu sein. Ohne Erbarmen attackierte er sie. Es wurde deutlich, dass er vorher mit ihr gespielt hatte. Seine Klauen hackten nach ihr und rissen ihr Oberteil auf. Blitzartig sprang Selen zurück. Sie spürte, wie das Blut ihren Bauch runterlief.

„Was wollt ihr von mir?!", schrie sie den Kreaturen entgegen. „Ich habe euch doch nichts getan."

Plötzlich lachten sie los. Der Mann, der sie angegriffen hatte, sagte laut: „Wir wollen dein Blut und das werden wir uns auch holen. Dein Blut wird unser Leben sein." Sein Mund verzog sich leicht, dass es Selen einen Schauer über den Rücken trieb. Sie hatte Angst vor dem, was jetzt kommen würde.

Darkness kämpfte noch oder war schon tot. Sie wusste es nicht. Die anderen Menschen lebten seit zehn Tagen nicht mehr. Es gab keine Freunde mehr um sie herum – sondern nur widerlichen Kreaturen, die sie töten wollten. Doch sie musste überleben, koste es was es wolle.

Sie hielt die Messer fester und schaute ihren Gegner eindringlich an. Wenn er eine Auseinandersetzung haben wollte, konnte er ihn haben. Die Verzweiflung und die Angst in ihr hatte sich in Wut verwandelt. Nie wieder würde sie wehrlos sein. Keiner durfte sie mehr unterschätzen. Gefechtsbereit hob sie ihre Messer und stürzte sich auf den Mann. Wenn sie sterben würde, dann kämpfend. Mit einer schnellen Bewegung, die er nicht vorausgesehen hatte, schnitt sie ihm tief in den Arm. Zumindest dachte es Selen zuerst. Aber nach einem Augenblick blickte der Mann auf seinen Hemdsärmel. Kein Blut quoll heraus. Nur die Kleidung war zerrissen.

„Du miese Schlampe, was erlaubst du dir?! Du hast mir meine Kleidung kaputtgemacht. Dafür wirst du bezahlen", spukte er aus und griff mit der Hand des unverletzten Arms an ihre Kehle. Keuchend musste sie den Angriff auf ihn stoppen. Jetzt hatte er sie und drückte unbarmherzig zu.

„Schau dir nur an, was du getan hast. Du wagst es meine Kleidung zu zerschneiden. Wie kannst du es wagen, so etwas zu tun? Du bist nur ein armseliger Käfer unter meiner Fußsohle. Die ganze Menschheit ist nicht mal den Dreck unter meinen Füßen wert. Ach, ich vergaß, du bist ja der einzige Mensch, der noch lebt. Alle sind tot und du, du wirst dich dazu gesellen." Während er das sagte, kam er näher und zeigte seine Fangzähne. Als Selen sie sah, kam ihr der Säbelzahntiger in den Sinn. Die Fangzähne waren so fürchterlich lang und scharf, welche sich ihr unaufhaltsam näherkamen. Er zwang ihren Kopf zur Seite und öffnete seinen Mund.

Im letzten Moment nahm Selen noch einmal alle Kraft zusammen. Sie stieß eines der Messer in ihren Händen von unten in den Kopf des Mannes – direkt durch die Kehle bis in sein Gehirn hinein. Augenblicklich lockerte sich die Hand um ihren Hals und sie sprang einige Schritte zur Seite, um sich in Sicherheit zu bringen. Der Mistkerl brach vor ihr zusammen und war endlich tot, doch leider galt das nicht für die anderen, gefühlt hundert Kreaturen um sie rum. Jetzt, da sie freie Bahn hatten, stürzten sie sich wie eine Welle auf Selen. Jetzt könnte sie das Katana gebrauchen, allerdings geschärft, aber das lag fast zehn Meter entfernt und einige dieser Männer befanden sich zwischen ihr und dem Schwert.

Plötzlich krachte ein riesiges, schwarzes, fellbedecktes Monster durch das Fenster, aus dem sie wenige Minuten zuvor selbst gesprungen war. Das Monster war schwarz wie die Nacht und sein Fell lang und verfilzt. Es maß fast zwei Meter an den Schultern und sein Maul war voller gewaltiger Zähne, die fast über seinen Schädel hinausragten und vor Blut triefte. Selen erschauderte bei dem Anblick der Reißzähne. In den Tierdokumentationen, die sie kannte, waren immer majestätische, fast schon unschuldig aussehende Raubtiere wie Tiger, Löwen oder Jaguare zu sehen. Deren Gebiss wirkte harmlos und klein gegen die Zähne des Monsters. Doch diese waren nicht das Ungewöhnlichste ab ihm, sondern die Augen, die wie blutrote Abendsonnen brannten. So etwas hatte Selen noch nie bei einem Lebewesen gesehen. Sein Blick schien tatsächlich zu glühen, sodass er alles in ein Dämmerlicht hüllte, was er ansah. Sie steckten voller Bösartigkeit. Selen wusste nicht, was sie denken sollte, als diese Augen auf sie herabschauten. Nach einem beinahe endlosen Moment wandte sich das Wesen, das von Weitem wie ein Wolf aussehen mochte, zu den Männern um und knurrte sie so tief an, dass bei Selen der Schweiß ausbrach. Wie auf einen unhörbaren Befehl hin stürzten die Männer sich gleichzeitig auf den Riesenwolf.

Sie bissen mit ihren Fangzähnen in sein Fell und versuchten, ihn mit ihren Klauen aufzureißen, doch der Wolf wehrte sich und kämpfte die Männer nieder. Ruckartig bewegte er seinen Rücken hin und her, was zu schnellen Bewegen Mit seinen langen Schwanz peitschte er um sich herum. Dabei fegte er die Männer fort, als wären sie nichts. Sobald diese auf den Boden landeten, trampelte das Monster gnadenlos auf sie. Andere von ihnen riss er mit seinen Zähnen auseinander. Er war der sprichwörtliche Wolf in einer Herde Lämmer. Bald flogen die Gedärme der Männer umher und das Kampfgeschrei übertönte alles andere. Einmal fiel ein Kopf - ein Kopf! –auf Selen zu, wurde aber durch eine, wie es schien, zufällige Bewegung des riesigen Schwanzes des Wolfes abgelenkt.

Selen wurde es schlecht. Gerade so konnte sie es vermeiden, sich nicht zu übergeben. Sie dachte, es könnte nicht grausamer werden, doch da hatte sie sich geirrt, denn plötzlich griff eine dritte Partei in den Kampf ein. Ein riesiger, weißer Tiger stürzte sich aus der Dunkelheit in das Getümmel. Es war ein einziges Schlachtfest. Selen wollte lieber nicht bleiben, bis sich herausstellte, wer als Gewinner hervorging und sie fressen durfte.

So schnell es ihr möglich war, stürmte sie zum Gebüsch und kroch hinein. Sie musste ihr Schwert finden, bevor sie sich aus dem Staub machte. Auch wenn es ihr bisher kaum etwas genützt hatte, wollte es sie trotzdem bei sich haben. Es gab ihr das Gefühl der Sicherheit, was seltsam war. Irgendwo hier sollte das Katana liegen. Gehetzt tastete Selen weiter. Währenddessen lief das Blut aus ihrer Verletzung am Bauch hinab. Die Dunkelheit war hier so umfassend, dass sie die eigene Hand vor den Augen nicht sah. Jetzt könnte sie die leuchtenden Augen des Wolfs gebrauchen. Dann würde sie zumindest mehr sehen können. Aber wann bekam man schon das, was man sich am wünschte? Frustriert tastete Selen mit ihrer Hand weiter, bis sie auf etwas Hartes stieß - das Katana. Zum Glück hatte sie es nicht genug schärfen können, sonst wäre ihre Hand spätestens jetzt zerschnitten. Trotzdem musste sie aufpassen. An der falschen Stelle zugriffen und sie konnte ihre Hand mit der Spitze durchstoßen.

Vorsichtig griff sie zu und wollte davonkriechen, als sich plötzlich eine Hand um ihren Knöchel legte. Verdammt, anscheinend war es einem der Männer geglückt, sich von der Schlacht wegzuschleichen, um sie zu jagen. Zweifelsohne würde er sie jetzt töten. Schnell wandte

Selen sich um, bereit zuzuschlagen, und fuhr zusammen. Es war kein Wesen, der seine Hand um ihren Knöchel gelegt hatte, sondern eine Hand - das Wesen, dem sie gehörte, lag in Einzelteile herum. Für mehr als einem Wesen reichten die Körperteile nicht aus. Einen Augenblick lang erschrak Selen von sich selbst. Wie konnte sie einfach so eine Vermutung aufstellen.

Der Kampf war mittlerweile fast zu Ende. Der Tiger und der Wolf standen mit dem Rücken zu ihr und beäugten die vier oder fünf Männer, die noch nicht standen. Allerdings sahen diese Männer nicht mehr so gesund aus wie vor ein paar Minuten. Das Blut floss in Rinnsalen aus den zahlreichen Verletzungen und bildete eine Pfütze unter ihnen. Überall lagen Leichenteilen und es bildeten sich Blutlachen. Allerdings sahen die beiden Tiere nur geringfügig besser aus. Ihr Fell war blutbefleckt und voller Eingeweide, doch wiesen sie keine sichtbaren Wunden auf. So mussten die Schlachten in dem Mittelalter ausgesehen haben.

Selen riss sich von dem Anblick los. Mit einer schnellen Drehung rannte sie auf die Straße und zurück in die Stadt. Irgendwo musste es einen fahrbaren Untersatz geben, ein Motorrad oder einen Jeep, mit dem sie in die Alpen flüchten konnte. Bisher waren ihre Fahrversuche nicht von Erfolg gekrönt gewesen, doch jetzt schien sie das Ziel von diesen Wesen zu sein. Sie musste so schnell wie möglich von hier weg, daher konnte sie jetzt nicht daran vorbei. Die Menschen hatten doch immer ein Auto oder ein Motorrad gehabt. Sie musste nur etwas Geeignetes finden, mit dem sie schnell und einfach von hier wegkam. Selen wollte nicht unbedingt mit den riesigen Tieren *Such das Fressi* spielen und auch nicht mit den anderen Kreaturen, die hier irgendwo sein mochten.

Während sie die Straße entlangrannte, dachte sie mit Wehmut an Darkness. Trotz ihrer Angst vor Tieren, war Darkness die Ausnahme gewesen – und selbst bei ihm hatte sie die ganze Zeit einen gesunden Respekt gehabt. Die Tiere schauten Selen immer so an, als wüssten sie über ihre tiefstes Innere Bescheid. Echt gruselig! Aber Darkness hatte etwas an sich gehabt, dass sie diese Angst ein wenig überwunden hatte. Selen konnte nur hoffen, dass er nicht den beiden Monstertieren zum Opfer gefallen war.

Nach einer gefühlten Ewigkeit erreichte sie weitere Häuser – eine

Rückkehr in die ehemalige Zivilisation. Wahrscheinlich musste sie in die Hinterhöfe hinein, um einen fahrbaren Untersatz zu finden. Auf den Straßen außerhalb der Stadt waren die Autos ineinander verkeilt. Mit einem Wagen – egal welche Größe - würde sie nur zwischen den Fahrzeugen hin und her lenken und kaum vorwärtskommen. Wahrscheinlich stellte ein Motorrad die beste Lösung dar. Während sie sich umschaute, glitt Selens Blick scharf über ihre Umgebung.

Überall könnten sich Kreaturen verstecken. Nochmal wollte sie kein scharfes Gebiss bedroht werden. Mit dem Katana in der Hand blieb sie in eine Seitenstraße überrascht stehen. Auf den Hauptstraßen waren die Fahrzeuge meist nur ausgerollt und es gab nur wenige große Schäden. Für Selen hatte es zwar etwas Surreales an sich gehabt, war jedoch gleichzeitig beruhigend gewesen. Doch hier zeigte sich ein komplett anderes Bild. Die Straße stand voller Autos. Als die Menschen starben, mussten hier einige gefahren sein, denn die Fahrzeuge waren ineinandergeschoben und gequetscht. Manchmal befanden sich Menschen dazwischen. Schwarze Flecken von getrocknetem Blut befanden sich an den Wagen. Doch Selen hatte Glück. Sie konnte ein Motorrad etwas weiter erkennen. Ganz versteckt. Jetzt musste sie nur noch den Schlüssel dafür auftreiben.

Als die junge Frau um das schwarze Motorrad herumlief, auf dessen Seite YZF-R1 aufgedruckt war. Oha, es gehörte zu der Supersportmotorrädern. Sehr beeindruckend. Wem gehörte so ein Bike. Nach einem Augenblick wurde ihre Frage beantwortet. Ein geschätzt fünfzigjähriger Mann, der anscheinend gerade losfahren wollte oder angekommen war, lag daneben. Der Helm war halb aufgezogen, so als hätte er gerade den Kopf hineinstecken wollen. Eine Hand schien noch nach dem Lenker zu greifen, doch lag sie jetzt leichenblass daneben.

Leider konnte Selen nirgends den Schlüssel der R1 finden. Das durfte nicht sein! Im Gegensatz zu einem Auto, bei dem der Schlüssel nur im Inneren liegen musste, besaß dieses Motorrad noch ein Zündschloss. Der musste hier irgendwo sein, nur sah Selen ihn nicht am Fahrzeug. Verdammt, es blieb nur eine Möglichkeit und die war eklig. Der Mann musste den Schlüssel am Körper haben. Anscheinend musste sie in die Hosentaschen greifen. Sie verzog das Gesicht, aber ihr blieb keine Wahl. Zügig kniete sie sich neben den Mann und begann ihn zu durchsuchen. In den Vordertaschen war der Schlüssel nicht, in den hinteren Taschen hatte sie allerdings Glück. Der Mann war wohl ein ganz cooler gewesen. Wahrscheinlich hatte er sich gerade in einer Midlife-Crisis befunden.

Schnell steckte sie den Schlüssel in das Motorrad und startete es. Auf der Stelle sprang es an und begann laut zu knurren wie ein Raubtier. Ein schöner Klang! So sollte ein Bike klingen.

Selen versuchte sich das Katana an ihre Seite zu schnallen. Es hielt jedoch nicht und würde sich womöglich in den Rädern verfangen. Ihr kam eine Idee. Sie schnallte sich ihren Gürtel von der Hose und befestigte das Katana so daran, dass sie es problemlos auf dem Rücken tragen konnte, wie es in den Filmen immer zu sehen war, anschließend schwang sie ihr Bein über den Sattel. Sie war früher, als sie noch jung – so sechzehn Jahre alt - gewesen war, Motorrad gefahren. Ihr Vater hatte es ihr gezeigt. Damals besaß er noch eins, worauf er stolz gewesen war. Dann hatte sich jedoch die finanzielle Lage verändert, weswegen er es verkaufen musste. Jedoch hatte Selen schon vorher etwas gelernt. Sie war kein Geschwindigkeitsfanatiker und außerdem war es ihr wackelig vorgekommen, weswegen sie schnell wieder davon abließ. Jetzt war sie froh, dass ihr Vater es ihr beigebracht hatte. Somit wusste sie ungefähr, wie sie das Motorrad starten, kuppeln und Gas geben konnte. Noch einmal kontrollierte Selen den Sitz ihres Schwertes, dann ging es los.

Mit einer leichten Handdrehung gab die junge Frau Gas. Sofort sprang das Motorrad vorwärts wie ein wildes Pferd und bäumte sich auf. Das Vorderrad hob sich von Boden ab. Schnell löste sie ihre Hand vom Hebel und versuchte, das Motorrad wieder in den Griff zu bekommen. Zum Glück bekam sie die widerspenstige Maschine unter Kontrolle und drehte das Gas jetzt sachte nach vorne. Jetzt schnurrte das Motorrad wie eine Katze. Mit einem leichten Lächeln fuhr sie los.

Selen fühlte es sich nun sicherer. Endlich raus aus dieser verdammten Stadt, in der sich Tiger und Wolf gute Nacht sagten. Sie atmete durch. Jetzt würde sie auf dem schnellsten Weg nach Wien fahren. Dann konnte sie endlich ihre Familie begraben.

Verdammt, er konnte nicht glauben, dass er die Frau verloren hatte. Das Wenige, was er von ihr gesehen hatte, war ihre Jugend und die fürchterliche Angst in ihren Augen. Jetzt war sie weg. Wie konnte so was passieren? In Gedanken ging er die letzte halbe Stunde durch, während er einem von diesen dämlichen Vampiren den Kopf abbiss. Igitt, Vampire schmeckten einfach ekelhaft. Verrottetes Fleisch.

Zuerst war er ihrem Geruch zu diesem Haus gefolgt, dann hatte er sie gesehen. Auf den ersten Blick war diese Frau normal gewesen und doch musste an ihr etwas Besonderes sein. In diesem Moment war dieser Umstand egal. Was ihn allerdings beeindruckte, war ihr Kampfgeist. Wie ein Raubtier kämpfte sie ums Überleben. Ihre kurzen schwarzen Haare standen ihr kreuz und quer vom Kopf ab und in ihren Augen loderte das Versprechen des Todes für jeden, der sich an ihr vergreifen wollte. Leider hatte sie dieses Versprechen nicht einlösen können, da sie noch keinerlei Kampferfahrungen besaß, wodurch diese Untoten leichtes Spiel hatten.

Gerade als er angekommen war, hatte der Anführer sie mit einer Hand an ihrer Kehle hochgehoben und wollte Selen beißen. Einen Moment lang hing sie an seiner Hand wie gelähmt, dann trieb sie ihm ein Messer in den Kopf. Tapferer Mensch, das hatte er ihr gar nicht zugetraut. Auf der Stelle fiel der Vampir nach hinten weg. Allerdings war er nur ausgeknockt. Das wusste der Mann aus Erfahrung. In ein, zwei Stunden würde der Vampir wieder auf den Beinen sein und obendrein stinksauer. Allerdings hatte der Mann keine Zeit kurzen Prozess mit dem bewusstlosen Vampir zu kümmern. In dem gleichen Moment wollten sich die restlichen Vampire auf die Frau stürzen und sie töten, als dieser riesige Wolf aus dem Fenster gesprungen war und sich auf die Vampire gestürzt hatte.

Das Seltsame war, so fand der Mann, dass der Wolf für einen Werwolf eindeutig zu groß war. Werwölfe besaßen eine kleinere Größe als der Durchschnittsmann. Dieser Wolf hingegen war weitaus größer als ein Mensch gewesen. Er wusste nicht, worum es sich bei dem Wolf genau handelte. Allerdings musste er das herausbekommen, denn in dieser neuen Welt war Wissen über die Übernatürlichen und ihre Fähigkeiten Macht. Die Schwäche der Übernatürlichen zu kennen, bedeutete, zu überleben.

Sobald sich der Wolf auf die Männer stürzte, wurde klar, dass er ihn nicht als Gegner haben wollte. Er hatte seit langer Zeit niemanden mehr so bestialisch kämpfen sehen. Es war das reinste Gemetzel.

Am liebsten hätte er sich die Frau geschnappt und wäre so schnell wie möglich verschwunden. Da hörte er plötzlich diese uralte knarzende Stimme in seinen Kopf, *Wenn du nicht willst, dass ich dich bis ans Ende der Welt jage, dann lass diese Frau in Ruhe und hilf mir, sie zu beschützen. Ihr darf nichts geschehen.*

Nach einem Rundumblick über das Schlachtfeld, um sich zu vergewissern, dass es nur ein weiteres Wesen, welches ihn direkt anschaute und denn den Kopf etwas senkte, wusste er wem diese Stimme gehörte. Und dann auch noch diese Drohungen. Er hasste sowas aus tiefsten Herzen. Warum mussten manche dieser Übernatürlichen immer solche Kampfansagen raushauen? Wurden sie es nicht müde? Trotzdem wusste er, dass es wirklich passieren würde, wenn er sich nicht daranhielt. Ein Wolf dieser Größe, welcher oben drein noch telepathisch mit anderen Wesen kommunizieren konnte, besaß eindeutig große Kraft in sich. Ob er wollte oder nicht, er musste diese Frau gemeinsam mit dem Wolf beschützen.

Schnell verwandelte er sich und stürzte sich in seiner natürlichen Form ins Gemetzel. Er liebte solche Schlachten. Allerdings nur diese, wo er die Lage genau kannte, weshalb er sich nicht blindlings ins Getümmel stürzte. Das Blut lief in Strömen und er verfiel dem Durst danach. Er hatte nicht mitbekommen, wann die Frau verschwunden war, und auch der Wolf hatte es nicht bemerkt, denn der schaute sich ebenso suchend um wie er selbst.

Jetzt, wo der Kampf vorbei war, konnte er nicht mal ihrem Geruch folgen, weil er das Blut in der Nase hatte. Während er sich umschaute und sich dabei in seine menschliche Gestalt verwandelte, hörte er wieder die Stimme vom Wolf in seinem Kopf. *Verdammt, jetzt ist sie weg. Wir müssen sie finden, bevor sie in Schwierigkeiten gerät.*

„Was soll das heißen, *wir müssen sie finden*? Es gibt kein *Wir*. Ich kämpfe allein – ein Einzelkämpfer und will meine Zeit nicht für temporäre Teambildung verschwenden. Das führt nur zu Streitigkeiten. Lieber fälle ich meine eigenen Entscheidungen und nicht dauernd eine Diskussion führen. Zusätzlich habe ich einen Auftrag von meinem Clansführer bekommen, diese Frau zu ihm zu bringen.", knurrte er den Wolf an. Er ließ sich nichts anmerken, wie einschüchternd der Wolf auf ihn wirkte.

Dann wirst du deinen Clanführer schön im Stich lassen. Wenn du die Frau willst, führt kein Weg an mir vorbei. Sie ist mein. Wenn du es nicht hier und jetzt austragen willst, verzieh dich oder ich werde dich fressen, schnaubte der Wolf trocken und kam bedrohlich näher. Dabei stellte er sich zwischen dem Mann und dem Fluchtweg von der Frau.

„Du kannst mir so viel drohen, wie du willst. Auch wenn ich es reiner Stärke nicht an deiner heranreiche, werde ich es mit dir aufnehmen und dich töten. Ich lass mich nicht einschüchtern. Du bist nicht das einzige Raubtier in Europa hier. Dann bin ich einen Konkurrenten bei der Jagd auf diese Frau los", sagte er und begann sich wieder zu verwandeln.

Tja dann wollen wir mal sehen, wer der Stärkere von uns beiden ist, dachte er und schon sprang der Wolf vorwärts. Es spritzte Blut.

3.   Kapitel, Elfter Tag nach dem Ende der Menschheit

„Man kann sich nicht selbst erkennen, wenn man die anderen nicht kennt." - Miyamoto Musashi, Das Buch der Erde

Sie schlug die Augen auf. Es war totenstill. Selen hatte Mühe, zu atmen. Ihr Brustkorb wurde eingedrückt. Menschen lagen über ihr und Selen war gefangen. Es stank nach ausgelaufenem Bier, den Ausdünstungen und Ausscheidungen der Menschen. Hatten sich etwa alle gleichzeitig in ein Alkoholkoma gesoffen? Nein, das war unmöglich. Selbst die Band lag auf dem Boden der Bühne und regte sich nicht.

Nachdem sich Selen unter den schlaffen Körpern hervorgekämpft hatte, stand sie auf. Langsam blickte sie sich um und traute ihren Augen nicht. Was war passiert, dass alle gleichzeitig ohnmächtig geworden waren? War Gas ausgetreten? Das glaubte Selen nicht, sonst hätte auch sie das Bewusstsein verloren. Vielleicht hatte die Nähe zum Ausgang ihr geholfen genug Sauerstoff zu bekommen. Das musste es sein.

Mit einer vorsichtigen Bewegung legte sie ihre Finger an den Hals ihrer Freundin. Kein Puls. Erschrocken zuckte Selen zurück. Schnell überprüfte sie den Puls ihres Freunds. Auch er besaß keinen. Selen fühlte, wie ihr das Blut aus dem Gesicht wich, während sie sich umblickte. Die Menschen waren nicht ohnmächtig. Sie waren alle tot.

Selen öffnete ihre Augen und schaute an die Höhlendecke. Etwas lief nass ihre Wange hinunter. Als sie mit einem Finger die Spur verfolgte, stellte sie fest, dass sie weinte. Dieser Augenblick, als sie bei dem Oktoberfest aufgewacht war, würde sie ihr gesamtes Leben verfolgen. Festzustellen, dass ihre Freunde tot waren, gehörte zu den traurigsten Ereignissen, nur übertroffen von dem Moment, als sie realisierte, dass es nicht nur das Oktoberfestzelt betroffen hatte, sondern alle Menschen in München und später auch außerhalb der Stadt. Sie hatte drei Tage lang geweint und sich nicht fortbewegen können. Selen war in ihrer Wohnung in München geblieben und hatte sich am liebsten vergraben wollen. Nach dem dritten Tag hatte sie den Entschluss gefasst, loszugehen.

Mit einer wütenden Handbewegung wischte sie ihre Tränen fort. Jetzt in Depression zu verfallen, konnte sie sich nicht leisten. Wenn sie ihre Aufgabe bewältigt hatte, konnte sie in Ruhe in den Erinnerungen nachhängen.

Als sie auf die Uhr blickte, stellte sie fest, dass sie nur wenige Stunden geschlafen hatte. War es möglich, dass sie irgendwann erneut eine ganze Nacht – oder einen Tag – durchschlief? Sie konnte es nur hoffen, vielleicht in ein paar Jahren, wenn die Erinnerung vielleicht nur noch ein dunkler Schatten war.

Kopfschüttelnd – um den Alptraum loszuwerden - setzte Selen sich auf und spürte den scharfen Schmerz an ihrem Bauch, der sie zusammenzucken ließ. Verdammt, diese Verletzung hatte der Mann mit seinen seltsamen Klauen beigebracht. Als sie gestern in die Höhle gekommen war, hatte sie vor Dunkelheit nichts mehr erkennen können. Aus dem Grund hatte sie sich notdürftig mit ein paar T-Shirtstreifen verbunden. Doch jetzt musste sie sich die Wunde im Morgenlicht genauer anschauen und reinigen. Selen war gestern froh gewesen, dass sie noch die Kraft gefunden hatte, sich ein bisschen um die Verletzung zu kümmern. Nicht dass sie jetzt eine Blutvergiftung bekam. Das brauchte sie nun wirklich nicht. Für die genauere Untersuchung brauchte sie mehr Licht. Das geringe Helligkeit, welche in die Höhle fiel, reichte nur aus, um die Schemen von spitzen Steinen und zerklüfteten Wänden mit scharfkantigen Furchen zu erkennen. Gerade in diesem Moment, indem die Dämmerung langsam wich, nahmen diese Wände schaurige Formen an. Selen lief es kalt über den Rücken. Das war jetzt jedoch egal. Sie musste ihre Wunde untersuchen und es ging nicht in dieser Dunkelheit. Also ging sie aus der Höhle. Dabei musste sie ihren Kopf immer wieder runterbeugen, damit sie nicht an den runterragenden Steinen ihren Schädel stieß und am Ende da noch eine weitere Wunde hätte. So eine Blutung könnte sie erst recht nicht ohne Weiteres stoppen. Je näher Selen dem Ausgang kam, stellte sie fest, dass die Sonne aufgegangen sein musste. Es war taghell und Selen konnte mehrere flache Steine neben dem Höhleneingang. Doch weiter konnte sie nichts erkennen. Dichter Nebel war über Nacht aufgezogen. In einigen Metern Entfernung konnte sie die dunklen Umrisse von grusligen Formen erkennen, die sich nach ihr regten. Knochige Finger, die sich auf ihre Haut legten und an ihrer Kleidung zogen. Was wollten nur diese Hände von ihr? Selen kniff ihre Augen zusammen und atmete tief durch. Das waren nur Hirngespinste. Es gab keine Finger, die nach ihr griffen. Es war der Nebel, welcher ihr diese Bilder vorgaukelte.

Jetzt musste sie sich auf etwas anderes konzentrieren. Vorsichtig zog Selen ihr Oberteil über den Kopf und legte es auf eine einigermaßen saubere Stelle auf einen Stein. Es hatte sich vor Blut rot verfärbt, wahrscheinlich war ein großer Teil von diesem seltsamen Mann, den sie in Selbstverteidigung umgebracht hatte. Als sie den Kopf neigte, um sich ihre Verletzung anzuschauen, wünschte sie sich, es nicht getan zu haben. Man hätte meinen können, dass ihr Bauch zerfetzt worden war – wie durch einen Fleischwolf gedreht. Wie war es möglich gewesen, dass die Blutung von allein nachgelassen hatte? Verdammt, jetzt hätte sie ihren Rucksack gebraucht. Warum hatte sie ihn nur liegen lassen? Selen rief sich selbst zur Ordnung, erinnerte sich daran, dass sie sich auf ihre jetzige Situation konzentrierten und etwas unternehmen musste. Was half es, ihrer Ausrüstung jetzt hinterher zu jammern? Sie riss einen Streifen von ihrem Unterhemd ab und band es sich sachte um. Im nächsten Dorf musste sie unbedingt eine Apotheke für Medikamente und Verbandszeug finden. Zügig zog sie ihr Pullover wieder an und packte das Katana und die verstreuten Küchenmesser zusammen.

Sie musste von hier weg. Selen lief zu ihrem Motorrad. Als sie in der Nacht hierhergefahren war, hatte sie gesehen, dass der Tank nur noch zu einem Viertel voll war. Sprit musste sie somit schnellstmöglich nachfüllen. Einer der wenigen Vorteile der jetzigen Situation bestand darin, dass sie sich keine Gedanken um die Benzinpreise machen musste.

Plötzlich knurrte ihr Magen. Das erinnerte Selen zum wiederholten Male daran, dass sie ihren Rucksack mit dem ganzen Essen und dem Verbandsmaterial hatte zurücklassen müssen.

Das war dumm von ihr gewesen – ausgesprochen dumm. Aber den alten Sachen hinterherzutrauern, war Zeitverschwendung. Selen musste sich einen neuen Rucksack, Lebensmittel und Arzneien besorgen. Bis dahin würde sie fasten. Blöd bloß, dass niemand das Ergebnis der Diät bewundern würde.

Während sich Selen auf das Motorrad setzte, wollte sie es mit der rechten Hand starten. Doch dann hörte sie Blätter rascheln. Was war das? Ein Tier? Eines dieser Wesen? Selen schaute sich um. Sie fühlte sich beobachtet. War da etwas im hinter den Bäumen mit den knochigen Ästen? Zum Glück war es Oktober und das Blätterkleid sah nicht mehr sehr dicht aus. Es fiel ihr leichter, etwas durch die Lücke zu entdecken. Nach wenigen Sekunden erkannte sie die Ursache des Raschelns.

Eine dunkle Gestalt kam langsam näher. Die Gestalt schien leicht zu humpeln. Vorsichtig zog Selen eines der Messer aus ihrem improvisierten Armholster und hielt es kampfbereit vor sich. Sie wusste nicht, was passieren würde, wenn sie jetzt einfach losfahren würde – würde die Gestalt sie einholen und runterreißen? –, daher blieb sie stehen.

Den Körper angespannt, wartete sie neben dem Motorrad, bis der Schatten näherkam. Nach einem weiteren Augenblick konnte sie erkennen, was es war – oder besser gesagt, wer es war. Selen steckte das Messer weg. Darkness – ihr Hund, den sie zurücklassen hatte müssen. Er lebte! Sie war überglücklich. Schnell stellte sie den Motor aus und lief sie ihrem Hund entgegen. Dabei tat ihre Wunde so weh, dass ihr fast die Tränen kamen. Allerdings schob sie diesen Schmerz zur Seite. Er war jetzt nicht wichtig.

Gott war sie froh, dass Darkness noch lebte. Selen kniete sich vor dem Hund runter und steckte ihr Gesicht vor Freude in sein Fell. Es tat so gut. Seltsamerweise hatte sie das Gefühl nach Hause zu kommen. Die Wärme seines Fells drang durch ihren Pullover. Zuneigung zu diesem Tier brannte in ihr auf.

Nach wenigen Sekunden spürte sie eine feuchte Zunge, die über ihr Gesicht leckte. Anscheinend hatte Darkness sie genauso vermisst.

Sofort schien ihre Wunde weniger zu schmerzen. Sie fühlte ein trauriges Lachen aufsteigen. Wer hätte gedacht, dass gerade sie froh sein würde, einen Hund bei sich zu haben. Aber die Welt war verrückt geworden. Alles war jetzt möglich.

Selen saß einen Moment lang auf dem Boden und umarmte den Hund. Ihr Gesicht war tief vergraben in seinem Fell und sie atmete den muffigen Geruch von ungewaschenem Hund ein. Puh, er brauchte wirklich eine Dusche. Vielleicht konnte sie in der nächsten Stadt etwas Wasser besorgen. Nach einer Weile wurde ihr der Geruch zu viel und sie stand mühsam auf. Nachdenklich schaute Selen zu ihrem Motorrad. Das würde schwierig werden.

Wie sollte sie den Hund transportieren? Das Motorrad war eindeutig nicht dazu ausgelegt, einen Beiwagen anzuhängen, und sie glaubte nicht, dass Darkness sich so einfach auf ihrem Rücken festbinden ließ wie ihr Schwert. Ihn vor sich hinzusetzen, war genauso unmöglich. Langsam gingen ihr die Ideen aus.

Gestern war ihr das Motorrad wie ein Geschenk des Himmels vorgekommen, aber jetzt war es ihr ein Klotz am Bein. Selen musste eine Entscheidung treffen, welche nur in dem ersten Moment schwierig war. Darkness zurückzulassen, stellte definitiv keine Option dar. Daher musste sie in dem Fall das Motorrad stehen lassen und zu Fuß weiterwandern - wieder einmal. Na gut, die letzten Tage waren ja nicht anders gewesen.

Auf einmal knurrte Darkness in Richtung der knochigen Bäume. Als wäre das ein Signal gewesen, kam langsam ein größerer Schatten zwischen den Stämmen auf sie zu. Anders als Darkness zuvor ging er auf zwei Beinen. Sofort verkrampfte sich Selen und stand schnell vor dem Höhleneingang wieder auf. War das wieder einer von diesen Männern von gestern Nacht? Wollten sie Selen töten? Eine dieser Kreaturen mit langen Fangzähnen?

Selen zog ihr Katana aus ihrer Halterung und hielt es kampfbereit – aber etwas ungelenk – vor sich, während sie sich zwischen Darkness und dem Mann positionierte. Dem Tier durfte nichts passieren. Er war ihr Hund, den sie beschützen musste, schließlich war er gerade erst zu Selen zurückgekehrt.

Ohne etwas zu sagen, schaute sie zu dem Fremden, der sich nun neben den vertrockneten Baumstämmen hingestellt hatte. Anscheinend war die Schonzeit zwischen den Gefechten vorbei und sie musste jetzt beweisen, dass sie nicht klein beigab und kämpfen konnte – sie wusste zwar nicht, wie man sich zur Wehr setzte, aber mit reinem Willen würde Selen es bestimmt schaffen. Gerade jetzt hatte sie jemanden, der sie brauchte.

Sobald der Mann die Lichtung erreicht hatte, blieb er stehen und schaute sie so verwundert an, als wäre sie das achte Weltwunder. Hatte der noch nie eine Frau gesehen, oder was? Oder hatte er nicht vermutet, einem lebenden Menschen zu begegnen? Wusste er, dass sie ein Mensch war? Aber etwas war an ihm, dass sie erschreckte. Kein besseres Wort findend, hätte Selen gemeint, dass seine Aura so scharf wie ein Messer war. Bestimmt war er einer von diesen Wesen? Vielleicht hielt er sie für eines dieser Wesen, konnte sie ihn noch übertölpeln, weil sie zu bösartig für ihn wirkte – zumindest konnte es Selen nur hoffen.

Während sie sich noch aufrechter hinstellte und möglichst aggressiv zu wirken versuchte, sprach sie mit dem finstersten Blick, den sie auflegen konnte: „Was willst du hier? Was tust du in meinem Revier? Bleib stehen, wenn du nicht getötet werden willst."

Verdammt, er hatte gestern nicht mitbekommen, wie attraktiv die Frau war. Sie war keiner dieser Hungerhaken, die früher dauernd im Fernseher zu sehen waren, die erst mal laufen lernen mussten und bei denen es hieß, dass sie hübsch wären. Stattdessen wirkte sie fraulich.

Ihre kurzen schwarzen Haare standen noch schlimmer ab als gestern, wahrscheinlich vom Schlaf. Ihre grünen Augen blitzten lebhaft. Man hätte meinen können, man schaue in einen undurchdringlichen Dschungel, in dem sich viele Geheimnisse versteckten. Der Mann wollte diese Geheimnisse aufdecken. Er konnte sich nur schwer vom Anblick ihrer Augen losreißen. Er bemerkte, wie sie schwankte, nur schwach, aber erkennbar. Was war mit ihr los? War sie krank?

Dann brach sie ohne Vorwarnung zusammen und wäre auf dem Boden aufgeschlagen, wenn sich der Wolf nicht blitzschnell unter sie bewegt hätte, um ihren Sturz abzufangen. In derselben Sekunde rannte er zu ihr und hob sie auf die Arme. Während er sie hielt, fiel ihm auf, wie fahl ihre Haut aussah. Sie war wirklich krank. Was machte man mit so einem Menschen? Mussten die nicht irgendwo rumliegen und sich ausruhen? Der Mann wusste es nicht. Menschen waren so zerbrechlich. Allerdings stieg ihm jetzt der Geruch von Blut in die Nase und lenkte ihn ab. Mist, das Wasser lief ihm im Mund zusammen. Das Blut löste immer diese Reaktion aus. Er verdammte seine Raubtierseite in diesem Moment. Wie konnte die nur dafür sorgen, dass die Frau jetzt so appetitlich roch?

Da kam ihm ein anderer Gedanke: Wenn er ihr frisches Blut wahrnahm, musste sie verwundet sein. Die Frau brauchte Hilfe, so schnell wie möglich. Mit entschlossenen Schritten ging er in die Höhle, die ihr offenbar als Unterschlupf gedient hatte, und blieb stehen. Überall roch es nach ihr. Es überwältigte ihn. Der Wolf blieb währenddessen draußen und behielt die Umgebung im Auge.

Das übernatürliche Tier wusste, dass er ihm bei dieser Sache nicht helfen konnte. Für die Heilung eines Menschen brauchte man Hände mit fünf Fingern, keine Krallen. Beim Heilen von Schnitten musste man Hauträder wieder zusammenfügen und nicht weiter aufreißen Das musste er allein hinbekommen. Behutsam legte er sie nieder und beugte sich über sie. Er schnüffelte an ihr, bis er den Ursprung des Blutgeruchs gefunden hatte. Es war der Bauch, aber auch der Arm, wobei das die kleinere Verletzung zu sein schien. Der Blutgeruch strömte von dort schwächer. Der Bauch hingegen, dort erschien der Duft enorm stark.

Den Wolf fragte er: „Sie hat eine gefährliche Wunde am Bauch – weißt du, ob sie irgendwann vor Kurzem verletzt worden ist? Sie stinkt nach ihrem Menschenblut."

Keinesfalls wollte er zugeben, wie köstlich ihr Blut für ihn roch.

Als ich sie gestern getroffen habe, war sie unverletzt, aber an ihr haftete noch ein eigenartiger Blutgeruch, den manchmal die Frauen der Menschen an sich hatten. Ich vermute, dass der Anführer sie verletzt haben muss, bevor oder während wir sie gestern Nacht vor den Vampiren beschützt haben. Wie sieht die Wunde genau aus? Vielleicht gibt es uns einen Rückschluss auf den Verursacher.

„Ich rieche das Blut. Der Geruch ist immer noch frisch, doch kommt kein neues nach. Warte, ich werde ihr das Oberteil ausziehen."

Vorsichtig zog er den Pullover über den Bauch und war froh, dass die Frau noch ohnmächtig war. Ihre Körpermitte sah grauenhaft aus.

„Verdammt, haben wir irgendwo Verbandszeug?!", schrie er nach draußen. Dass diese Frau überhaupt gestanden hatte, war erstaunlich, aber jetzt war ihre Kraft offensichtlich aufgebraucht.

Ich glaub, in ihrem Rucksack hat sie Verbandszeug eingepackt, antwortete der Wolf.

Na super, den hatten sie in dem Haus liegen gelassen. „Mist, an den kommen wir nicht ran. Woher sonst bekommen wir frisches Verbandszeug? Und weißt du, wie man einen Menschen verbindet? Ich habe jedenfalls keine Erfahrung darin. Meine Verletzungen verheilen zu schnell."

Warte, ich glaube, sie hat sich den Arm verbunden, nachdem ich sie gebissen hatte. Die Wunde dürfte sich jetzt nicht mehr infizieren. Vielleicht könntest du das Verbandszeug von dort benutzen, meinte der Wolf. *Diese Binde ist nicht frisch oder sauber, aber wir hätten zumindest eine Notlösung. Wir müssen diese so schnell wie möglich säubern.*

Behutsam zog Bado ihr das Hemd aus. Stimmt, der Arm war lose verbunden. Er brauchte bloß den Stoff leicht berühren, schon würde dieser herunterrutschen. Die Frau hatte sich anscheinend selbst geholfen. Eines musste man ihr lassen: Sie konnte sich den Umständen anpassen. Sie hatte etwas von einer Überlebenskünstlerin an sich.

Vorsichtig nahm er den Verband ab und schaute sich den Arm an. Der Wolf hatte ihn offenbar als Kauknochen verwendet. Zum Glück war die Wunde bereits dabei, zu verheilen. So konnte sich der Körper auf den Bauch konzentrieren, trotzdem würde sie es nur schaffen, wenn ihr Körper dabei mit Unterstützung rechnen durfte.

„Wir brauchen sauberes Wasser, um die Wunde auszuwaschen, sonst infiziert sie sich noch. Besser noch, heißes Wasser."

Das geht nicht, hier draußen gibt es keine Quelle. Verbinde sie erst und dann müssen wir sie so schnell wie möglich in die nächste Stadt bringen. Vielleicht gibt es da noch genug Druck in den Wasserrohren, wodurch wie die Verletzung besser reinigen können. Dort können wir alles besorgen und sie versorgen.

„Gibt es hier in der Nähe eine Stadt?"

Nur noch wenige Kilometer entfernt liegt Wien. Dort müsste es alles geben, was wir brauchen, kam die Antwort von dem Wolf.

„Dann müssen wir sie hinbringen. Allerdings müssen wir

aufpassen. Dort treiben sich immer noch viele Übernatürliche rum. Wenn sie diese Frau in unserer Gesellschaft sehen, werden sie uns jagen."

Er begann damit, den Verband um den Bauch zu wickeln. Dabei achtete er darauf die Stelle des Verbands, die direkt mit der Wunde am Arm in Berührung gekommen war, jetzt nach außen zu legen. Nur die sauberen Stellen sollten die Bauchverletzung berühren.

Mal so eine Frage, da es scheint, dass wir ab jetzt zusammenarbeiten müssen: Was bist du eigentlich? Ich kann deinen Geruch nicht richtig einordnen.

„Das Gleiche könnte ich dich fragen. Wenn du denkst, dass wir eine Zweckgemeinschaft bilden sollten, nur weil wir beide diese Menschenfrau für uns haben wollen, solltest du mir vielleicht verraten, wer oder was du bist", konterte er.

Manchmal stimmte das Klischee, dass die beiden sich nicht verstanden, eben doch.

Darauf schwieg der Wolf. Anscheinend wollte keiner von beiden seinen übernatürlichen Status vor dem anderen erklären. Verständlich! Die eigene Lebensgeschichte ließ die Schwächen eines Übernatürlichen erkennen. Sie waren nur über diese Frau verbunden – nichts weiter – und sollte es zum Kampf untereinander kommen, konnte jede Info zum eigenen Vorteil genutzt werden.

Endlich war er fertig mit dem provisorischen Anlegen des Verbandes. Jetzt musste er sie reisefertig machen.

Das Hemd konnte die Frau nicht mehr anziehen. Es war voll Blut, wahrscheinlich von ihr und zum Teil von dem einen oder anderen Vampir. Er musste das Oberteil hier liegen lassen, denn es würde die Blutsauger in der Nacht anlocken. Wenn die Blutfährte hier aufhörte, würden die Vampire sie vielleicht nicht sofort weiterverfolgen. Außerdem würde sich das für sie schwerer gestalten. Er *musste* ihnen einen Schritt voraus bleiben.

Aber wie sollte er die Frau nur transportieren? Er konnte sie schlecht bis nach Wien tragen. Das würde sie noch mehr schwächen, aber auch ihre Duftnote würde eindeutig erkennbar sein. Gehetzt dachte er darüber nach. Er musste sich beeilen. Ihre Haut schien schon wärmer zu werden, als bekäme sie wie Fieber – eine typische Menschenkrankheit. Nachdem er das Oberteil tief in die Höhle geworfen hatte, nahm er die Frau in die Arme, hob sie hoch und stapfte ins Freie.

Sie war recht leicht für ihre Größe. Anscheinend hatten die letzten Tage an ihr gezerrt. Dieser Überlebenskampf musste hart für sie gewesen sein, so viele tote Menschen zu sehen, keine Versorgung, keine Hygiene. Er selbst hatte das Glück. Als Tiger konnte er sich in seiner Tiergestalt mit der Zunge reinigen. Innerhalb eines Augenblicks von der modernen Welt in die Steinzeit versetzt zu werden, war bestimmt nicht einfach. Der Mann selbst kannte noch die Zeit, in der es keine Technik gab und die Menschen noch in Lehmhütten gelebt hatten. Dass die junge Frau bisher überlebt hatte, war außergewöhnlich und dem gebührte Respekt, aber jetzt hatte sie ihre Grenze erreicht. Nicht mehr lange und sie würde sterben.

Als er aus der Höhle trat, sah er die Wolken über die Lichtung ziehen. Es sah verwunschen aus. Das Zusammenspiel von Wald, Wolken und Nebel hätten aus einem dieser Märchenbücher stammen können. Leichte Nebelschwaden zogen über die kleine Lichtung. In den Ästen der Bäume wehten noch vereinzelte vertrocknete Blätter. In Nebel muss es bestimmt wie schaurige Gestalten ausgesehen haben. Der Wolf schaute sich zu ihm und der Frau um und trottete dann zum Motorrad.

Stimmt ja, das Zweirad hatte er ganz vergessen. Der Mann folgte ihm. Während er hinging, überlegte er, wie er sie am besten transportieren konnte. Ein großes Problem war, dass sie einfach nicht hinter sich setzen. Diese Frau würde runterfallen.

Vorsichtig legte er die Frau auf den Sitz des Motorrades und begann, es zu schieben. Somit klemmte er sie vor sich ein. Eine Hand hielt den Lenker in der Mitte und die andere die Frau. Zum Glück war er stärker als Menschen, weswegen er beides ohne Problem händeln konnte. Die Unbekannte hatte Geschmack. So ein schwarzes Superbike bei einer Menschenfrau –faszinierend.

Einige Stunden später kamen sie bei den ersten Häusern eines Vorortes von Wien an. Während der Wolf und er durch die Straßen liefen, legte der Mann vorsichtig die Hand auf das Gesicht der Frau.

„Ihre Körpertemperatur ist stark gestiegen. Wenn wir nichts tun, wird sie sterben."

Er strich ihr eine schwarze Haarsträhne aus dem Gesicht.

Verdammt, sie musste so etwas wie eine Infektion haben. Etwas anderes konnte er sich nicht vorstellen.

Wir müssen noch einige Meter laufen. Ich glaub, da vorn gibt es eine Apotheke. Allerdings sollten wir achtgeben. Wir wissen nicht was sich hier herumtreibt. Die anderen Übernatürlichen könnten sich überall verstecken.

Zustimmend nickte er und schob das Motorrad weiter. Auf einmal begann die Frau zu stöhnen und bewegte ihren Kopf hin und her. Sie erwachte langsam aus ihrer Bewusstlosigkeit. Ihr Blick wurde allerdings nicht klar. Mist. Er wusste nicht, wie man das Fieber behandelte, und konnte sie nicht fragen.

„Wir müssen uns beeilen. Sie braucht dringend Heilmittel, sonst hält sie nicht mehr lange durch. Zumindest habe ich die Menschen immer dabei beobachtet." Während er nach vorn starrte, kam das Schild einer Apotheke in Sicht. „Da sollten wir fündig werden."

Beide gingen schneller. Keiner sagte etwas. Als sie bei der Apotheke ankamen, stellte er das Motorrad vorsichtig ab. Die Frau rührte sich unruhig, dann lag sie wieder still.

„Du musst auf sie aufpassen. Ich werde so zügig wie möglich die Medikamente durchschauen. Irgendwo gibt es bestimmt welche gegen Fieber und Infektionen. Allerdings weiß ich nicht so viel über die Medikamente, daher kann es eine Weile dauern." Der Wolf legte sich, ohne etwas zu erwidern, neben das Motorrad und wurde einige Zentimeter größer. Seine Augen wechselten die Farbe zu Blutrot und die Zähne wuchsen. Den Eindruck, den er erweckte, wandelte sich von nett und harmlos zu Ich-Fresse-Alles-Zum-Frühstück.

Er musste unbedingt herausbekommen, was der Wolf war. Um einen Übernatürlichen erfolgreich bekämpfen zu können, musste man wissen, was derjenige war.

Allerdings war jetzt etwas anderes weitaus wichtiger. Der Mann drehte sich um und betrat die Apotheke. Auf der Schwelle blieb er stehen und schaute sich um. Der Geruch der toten Menschen stieg ihm stechend in die Nase. Es war ihm immer noch ein Rätsel, wieso die Menschheit innerhalb weniger Sekunden ausgestorben war. Er musste dem Geheimnis früher oder später auf die Spur kommen. Die Menschen starben nicht einfach so von einer Sekunde zur anderen. Dahinter steckte etwas. War einer von der übernatürlichen

Gemeinschaft daran Schuld? Nein, das konnte nicht sein. Niemand konnte so grausam sein. Doch es würde sehr lange dauern, bis er dieses Rätsel herausbekommen würde. Die Erde war einfach zu riesig und überall konnte das Ende der Menschen seinen Anfang genommen haben. Vielleicht konnte ihm diese Frau Antworten geben, bevor er sie zu seinem Clanoberhaupt brachte. Das war ein guter Plan, denn so war sie in Sicherheit. Es musste schließlich einen Grund geben, dass ausgerechnet sie überlebt hatte.

Aber zuerst würde er sie gesund pflegen. Sie durfte nicht sterben – nicht jetzt. Dafür hatte sie zu hart um ihr Überleben gekämpft. Vorsichtig ging er um die Leichen der Apotheker herum. So sehr er das Jagen genoss, ebenso sehr hasste er abgestandenes totes Fleisch, das immer mehr verweste. Diese Fäulnis, die sich durch die Körper grub, brachte ihn zum Würgen. Ohne nach links oder rechts zu schauen, lief er in den Hinterraum. Dort blieb er erneut abrupt stehen.

Überall standen hunderte kleine Flaschen, Packungen und einiges anderes. Es war ein riesiger Raum mit vollen Regalen. Zusätzlich standen auf dem Boden geöffnete Kisten. Anscheinend waren an dem Tag des Sterbens neue Medikamente geliefert worden. Die Unmengen erschlugen ihn regelrecht. Wie konnte man sich hier nur zurechtfinden? Die Menschen hatten alles gegen irgendwelche Gebrechen – zumindest hatten die Menschen das immer gedacht, bis sie alle gestorben waren.

Gütiger Gott, war der Mensch zerbrechlich. Wie konnten sie nur so lange überleben? Der Mann schaute sich suchend um. Zum Glück stand hier ein Laptop im Standby-Modus auf einem Tisch. Der Mann hoffte, dass dieser Computer zu der neuesten Generation gehörte, welche länger haltende Akkus besaß. Wenn dem so war, konnte er auf dem Computer nach Medikamenten gegen die entsprechenden Symptome suchen. Vorsichtig setzte er sich auf den kleinen Stuhl vor dem Tisch. Das alles war offenbar für kleinere Personen angefertigt worden, er fühlte sich riesig. Kurz hatte er das Gefühl, dass der Stuhl unter ihm zerbrechen würde.

Schnell tippte er die einzelnen Krankheitsbilder – Fieber, Schüttelfrost und Infektion - ein und klickte auf *Suchen*. Irgendwelche griechischen Buchstaben kamen zum Vorschein. Zuerst verstand er nicht, was sie bedeuteten. Was hatten die Menschen nur immer mit ihrem Latein oder Griechisch? Ratlos ließ er seinen Blick im Raum schweifen. Dann durchschaute er endlich das System, wie die Arzneien angeordnet waren. Mit einem kurzen Blick auf den Bildschirm stand er auf und ging die Regale ab. Fast zehn Minuten später hatte er die Medikamente gefunden, die auf der Liste im Computer zu lesen waren.

Gerade als er rausgehen wollte, fiel ihm ein, dass die Frau unbedingt Verbandszeug und Desinfektionsmittel brauchte. Ihre Wunde durfte sich nicht noch weiter entzünden. Mittlerweile waren seine beiden Arme voller Päckchen. Er brauchte einen Beutel. Vielleicht gab es einen im Verkaufsraum. Der Mann lief zurück und schaute bei der toten Verkäuferin an der Kasse nach. Die Frau schien gerade einen Kunden bedient zu haben. Die Kasse stand offen und vor der Theke lag eine grauhaarige verschrumpelte Leiche eines alten Mannes, dessen Gehstock sich in seiner schlaffen Hand befand.

Er legte die Arzneien auf dem Tisch ab. Mit raschen Handbewegungen durchsuchte er die Theke und wurde fündig. Ein ganzer Stapel von Plastiktüten befand sich direkt unter der Kasse.

Er nahm sich einige und legte die Fläschchen, Tabletten und Verbände hinein. Anschließend ging er raus und sah zur Frau. Sie schien in der kurzen Zeit, die er in der Apotheke verbracht hatte, noch blasser im Gesicht geworden zu sein. Wahrscheinlich blieb ihnen nicht mehr viel Zeit, bis sie einen kritischen Punkt, ab dem all ihre Bemühungen umsonst waren, erreichte. Er hängte die Beutel an den Lenker und kramte sofort nach der passenden Medizin für sie. Erst als er einige Packungen durchgewühlt hatte, war auf einer Packung ein Gesicht mit drei Kreisen zu sehen und es stand Aspirin drauf. Das musste gegen Fieber helfen – hoffentlich. Jetzt konnte er beginnen das Motorrad zügig vorwärts zu schieben.

Er knurrte im Gehen den Wolf an. „Wir müssen uns beeilen und eine Unterkunft finden. Die Frau macht es nicht mehr lange."

Der Wolf schaut ihn nur an und bewegte seinen Kopf in Richtung der Gebäude. *Wir müssen nur in eines der Häuser gehen. Ganz einfach! Manchmal muss man es sich nicht so schwer machen.*

Er trottete voran und lehnte sich an eine der Haustüren. Sie war verschlossen. Er ging weiter. Immer weiter probierte er die Haustüren durch, ob sie verschlossen waren oder nicht. Nach der zwanzigsten Haustür wurde es dem Mann zu bunt.

„Schlag die Tür ein, dann gehen wir rein. Wir können so nicht weitermachen. Am Ende krepiert uns die Frau noch in meinen Armen."

Er stellte das Motorrad ab und lief zum Wolf, fuhr seine Klauen aus und hieb die Tür mit einer raschen Bewegung in Stücke – ohne Anstrengung. Es hatte seine Vorteile, sein eigenes Waffenarsenal am Körper zu haben.

Schnell stieg er über die Überreste der Tür und schaute sich um. Es schien ein normales Familienhaus zu sein, wohlsituiert und einfach – nichts Großartiges wie bei den Reichen. Das Wohnzimmer diente zugleich als Bibliothek mit einem riesigen Fernseher und vielen alten DVDs und Blu-Rays. Die anderen Räume waren kleiner. Es blieb nur wenig Platz neben den Möbeln. Während das Wohnzimmer recht modern und stilvoll wirkte, war die Küche eher alt.

Hier hingen überall Bilder von Menschen, die sich in den Armen hielten und glücklich in die Kamera lächelten. Viele davon waren alt und noch in Schwarzweiß abgelichtet. Darunter fanden sich nur zwei oder drei Bilder in Farbe. Die Hausbesitzer mussten sehr alt gewesen sein. Das Wohnzimmer diente als der Empfangsbereich für Besuch und die Küche als der private Erinnerungsbereich.

Er holte die Frau und den Beutel mit den Medikamenten ins Haus und trug sie in das Wohnzimmer. Nach einer kurzen Überlegung legte er sie vorsichtig auf die Couch. Er holte die Arzneien aus dem Beutel und begann, auf der Verpackung zu lesen, gegen was sie genau helfen sollten. Als er schließlich ein Fläschchen und einige Tabletten für spätere Anwendungen aussortiert hatte, flößte er einige Tropfen mittels eines Löffels in ihren Mund ein und gab ihr zusätzlich eine Tablette. Wie ihm dabei auffiel, waren ihre Lippen blass und rissig. Zuerst schluckte sie nicht, aber sie brauchte die Medikamente.

„Wolf, pass auf sie auf. Ich glaub, sie benötigt Flüssigkeit. Ich hole etwas."

Er ging in die Küche und starrte hilflos in den Raum. Die Filme, die er ab und zu gesehen hatte, hatten Leute gezeigt, die aus Flaschen oder Gläsern tranken. Aber woher hatten sie die immer? Der Mann war so unbedarft mit den menschlichen Bräuchen. Vielleicht die Schränke? In den Regalen sah er jedenfalls nichts. Nach und nach öffnete er die Schränke und fand zumindest die Gläser. Ein paar Sekunden später hatte er auch eine ungeöffnete Wasserflasche aufgetrieben.

Nachdem er zu der Frau zurückgekehrt war, hob er ihren Kopf an und flößte ihr Wasser ein. Sie trank im ersten Moment nicht, doch dann schienen ihr Lebensgeister sich zu regen und sie schluckte die Flüssigkeit. Ein Glück!

Langsam entließ er den Atem, den er unbewusst angehalten hatte. Jetzt würde es ihr bestimmt in wenigen Minuten besser gehen – so funktionierte Medizin doch. Aus ihrer Bewusstlosigkeit erwachte sie allerdings nicht. Anscheinend würde es überraschenderweise länger dauern, bis sie wieder hundertprozentig fit war. Somit war er zum ersten Mal in seinem langen Leben gezwungen, sich um einen Menschen zu kümmern. Der Mann überlegte, was er noch für die Menschenfrau tun konnte. Vielleicht half ihr ein Bad in eiskaltem Wasser, um die Temperatur zu senken?

Die Frau trieb in einem Sumpf umher und versuchte ihre Arme und Beine rauszuziehen. Es war so schwer – alles tat ihr weh. Eine Seite von ihr wollte aufgeben, die andere wollte kämpfen. Letztendlich gewann der Überlebenswille. Langsam bewegte sie sich aus dem Sumpf heraus. Ihr ganzer Körper wurde immer wieder runtergezogen und es kostete Selen viel Kraft sich wieder hinaus zu kämpfen. Dann sah sie in der Ferne etwas. War das Glühwürmchen? Oder ein Lichtschein? Es versprühte einen Hauch von Hoffnung, was Selen zu sich holen wollte. Wartete da jemand auf sie? Sie bewegte sich auf zu diesem Schein hin. Wartete ihre Familie dort? Konnte sie endlich ins Jenseits gehen wie all die anderen Menschen? Sie wanderte weiter – hoffnungsvoll. Das Licht umhüllte sie warm. Jetzt würde ihre Reise weitergehen.

Selen schlug die Augen auf. Sie sah in weiße Augen, die zu den Pupillen hin eisblau wurden. So ein kaltes Blau hatte sie bei einem Menschen noch nie gesehen. Es erinnerte sie an einen Gletscher. Wer hatte solche Augen? So außergewöhnlich und definitiv nicht menschlich. Das Gesicht, zu dem die Augen gehörten, war sonnengebräunt wie feinste Vollmilchschokolade. Wenn Selen schätzen müsste, würde sie ihn um die Mitte dreißig einordnen.

Das Einzige, was dieses Bild des Alters störte, waren die schlohweißen Haare. Zusätzlich durchzogen mit schwarzen Strähnen. Es hätte den Eindruck von einem alten Mann erwecken sollen, doch es ließ ihn seltsamerweise sogar jünger erscheinen. Etwas irritierend.

Seine Nase war gerade und ein kleiner Drei-Tage-Bart erhob sich über einem hart wirkenden Mund. Im Großen und Ganzen wirkte das Gesicht des Mannes überaus männlich und kantig. Seine Augen jedoch sprachen von Geschichten, sehr alten Geschichten, mehr als ein normaler Mensch erleben konnte. Sie wollte sich aufsetzen, allerdings der Mann schüttelte sofort mit seinem Kopf.

„Beweg dich nicht. Du bist noch nicht wieder fit", ordnete er mit einer Stimme an, die so tief war, dass es fast wie Donnergrollen klang. „Hier trink! Du brauchst Wasser." Er reichte ihr ein randvoll gefülltes Glas.

Vorsichtig nahm sie es entgegen. Es fühlte sich in ihren Händen eiskalt an. Sie nahm einen kleinen Schluck und bemerkte erst jetzt, wie durstig sie war, daher trank sie den Rest in einem Zug aus. Anschließend nahm er ihr das Glas aus der Hand und schaute ihr intensiv in die Augen. Ihr Herzschlag beschleunigte sich und das Blut wich aus ihrem Gesicht. Dieser Blick war starr, wie bei einem Raubtier, welches Beute erspäht hatte. War er etwa auf der Jagd? Vor lauter Angst brachte sie keinen Ton heraus. Was wollte er von ihr?

„Geht es dir besser?", fragte er sie leise mit einer noch tieferen Stimme. Wollte er sie beruhigen? Sie konnte es nicht sagen.

„Wer bist du?", krächzte sie mit einer Stimme wie ein Reibeisen. Ihr Rachen war staubtrocken. Für eine Sekunde weiteten sich seine Augen.

„Wer ich bin, ist nicht von Belang. Aber wer bist du? Wie lautet dein Name?", stellte er die Gegenfrage. Er wich ihr aus. Selen spielte für den Augenblick mit, aber das würde sie nicht für lange.

„Mein Name ist Selen. Wo bin ich hier? In welchem Teil von Österreich? Und wo ist Darkness?", fragte sie ihn vorsichtig. „Was ist mit mir passiert?"

Er schaute sie an und es schien, als würde er das in der näheren Zukunft weiterhin tun.

Vorsichtig legte er die Hand auf ihre Schulter und sagte ruhig, „Du bist in einem Vorort ein paar Kilometer vor Wien. Wir haben dich etwa fünfzehn Kilometer von hier in den Bergen gefunden. Leider weiß ich nicht, wen oder was du mit Darkness meinst."

„Darkness ist mein Hund. Was ist geschehen? ", stammelte Selen.

„Du warst krank und wir haben dich gefunden. Du hattest so was wie Fieber." Seine dunkle Stimme ließ einen wohligen Schauer über ihre Haut laufen. Während sie sich wunderte, warum das so war, schaute sie sich um. Etwas an diesem Raum und dem Mann war seltsam. War es – um ein besseres Wort verlegen – seine Aura eines wilden Tiers?

Selen wollte aufstehen, als der Unbekannte sie blitzschnell festhielt und an ihr zu schnüffeln begann. Entsetzt fuhr Selen zurück. Welcher normale Mann machte das bei Frauen? Der Typ war wohl verrückt.

„Was machst du? Warum riechst du an mir?"

Als er nicht aufhörte, wurde er ihr unheimlich und sie begann, sich gegen ihn zu wehren. Auf einmal fiel ihr ein, woher sie ihn kannte.

„Warst du nicht vor der Höhle gewesen!", entwich es ihr. „Wieso bin ich hier – mit dir?" Selen war sich nicht bewusst gewesen, dass sie die Worte laut gesagt hatte. Erst als der Mann den Mundwinkel verzog, bemerkte sie es.

„In dem Moment, sobald ich dich gesehen habe, bist du ohnmächtig geworden. Ich konnte dich nicht allein dort liegen lassen. Du warst so zerbrechlich. Daher habe ich dich mitgenommen und gesund gepflegt.", brummelte er, wobei er allerdings nicht in ihr Gesicht schaute. Lügte er sie vielleicht an? Aber warum? „Deine Wunden könnte sich entzündet haben und zusammen mit deinem Blutverlust wurde es kritisch für dich. Ich habe dir Medikamente besorgt, die helfen sollten, und dich in ein Bad mit eiskaltem Wasser gelegt. Eine ganze Zeit lang sah es aus, als würdest du es nicht schaffen. Du warst zwei Tage bewusstlos, aber wir haben es geschafft. Woher hast du sie und wie alt ist sie?" Er zeigte auf ihren Bauch, der mit einer Bandage fest umwickelt war.

„Wenn ich zwei Tage bewusstlos war, habe ich die Wunde vor drei Tagen bekommen. Da haben mich diese komischen Kreaturen angegriffen", murmelte sie verwirrt. „Einer von ihnen hatte so lange Zähne und wollte mich beißen, dann hat er mir mit seiner Hand in den Bauch geschlitzt. Meine Haut ist wie Papier aufgerissen."

Selen hatte schon Angst vor der Erinnerung. Der Mann verzog seine Lippen, sagte aber nichts. Wusste er etwas, das er ihr nicht offenbaren wollte? Wer war dieser Mann? Und was wollte er von ihr? Selens Gedanken kreisten in ihrem Kopf umher.

„Die Männer waren Vampire.", gestand er ihr schließlich.

„Vampire? Das hätte ich jetzt nicht gedacht.", fuhr sie auf. War sie etwa tot und in eine Parallelwelt geraten, in der solche Fantasiewesen lebten und keine Menschen mehr?

„Heißt das, dass du auch ein Vampir bist und ich auch?", rief sie erschrocken aus. Nein, nein, das durfte nicht sein. Sie wollte kein Blut trinken. Das war so ekelhaft. Nicht romantisiert, wie in diesen Filmen und Büchern, sondern es sind brutale Monster, welche Unschuldige aussaugten. Oh ja, Killer bis ins Letzte.

Er schüttelte seinen Kopf. „Du bist kein Vampir, sondern nur ein Mensch. Außerdem bin ich ..." Seine Aussage klang herabwürdigend, als wäre das ein Schimpfwort.

„Aber du bist wohl jetzt ein Vampir und willst mein Blut trinken?", fiel sie ihm ins Wort und versuchte sich von ihm wegzubewegen. Das war nicht so einfach, wenn man auf einer Couch lag und sich kaum rühren konnte.

„Auch ich bin kein Vampir. Ich bin ein Gestaltwandler. In der Nacht habe ich dir geholfen, zu fliehen." Plötzlich wurde sie bleich wie eine der zahlreichen Leichen in dieser neuen Welt.

„D ... Du bist der Wolf", stotterte sie.

„Also bitte ... *Ein Wolf!*", fuhr er sie an und knurrte. „Ich bin doch nicht so ein räudiger Köter, der seinem eigenen Schwanz hinterherjagt. Oh nein. Ich bin viel majestätischer – und tödlicher."

Erschrocken lehnte sich Selen noch weiter zurück. „Dann warst du der weiße Tiger. Oh mein Gott, das ist nicht real. Das kann nicht sein. Das muss es sein. Ich muss wieder zu meiner Familie zurück. " Selen merkte, wie ihr Kopf sich zu drehen begann. „Verschwinde! Fass mich nicht an! Ich muss hier weg – von dir."

Selen wandte ihr Gesicht von diesem Mann ab. Sie wusste, dass sie ihm durch ihr Verhalten wehtat, aber sie konnte nicht anders. Selen hatte Angst vor ihm – vor dem Tiger, der mühelos ihre Angreifer zerfetzt hatte.

Auf einmal bewegte er sich. Vorsichtig legte er eine Hand auf ihre Wange und schüttelte den Kopf. Anscheinend war das seine Lieblingsbewegung, sooft wie er es seit ihrem Aufwachen getan hatte.

Mit ruhiger Stimme sagte er beschwörend, „Das darfst du dir nicht einreden. Das hier ist kein Traum. Es gibt nur diese eine Dimension – zumindest glaube ich das -, auch wenn sie gerade ziemlich verkorkst ist, und du bist ein Teil von ihr sowie ich und diese fremden Männer. In dieser Welt gibt es mehr als das, was die Menschen bisher immer zu wissen glaubten. Die Überlebenden der Tragödie – die Übernatürlichen – wir sind genauso ein Teil der Welt, wie auch ihr es wart. Leider sind die Menschen vor dreizehn Tagen aus dem Leben geschieden. Dadurch ist die Welt aus dem Gleichgewicht geraten …"

Selen war bei dieser Erklärung schlecht geworden. Wie konnte man nur so herzlos über dem Aussterben der Menschheit reden? `

„Ich glaub, mir wird gerade wieder schlecht. Lass mich los, du Tier. Ich muss mich übergeben."

Sie wollte sich aufrichten und versuchen ein Bad zu finden, als der Tiger in Menschengestalt sie hochhob und mit ihr auf den Armen den Raum verließ. Er stieg vorsichtig eine Treppe hoch und öffnete oben eine Tür mit einem kraftvollen Fußtritt.

„Von Türklinken hast du noch nie gehört, oder?", warf sie ein. Dabei machte sie eine heftige Bewegung mit ihrem Körper, wodurch sich ihre Mageninhalt noch mehr hob.

„Es würde zu viel Zeit kosten. Ich habe keine Lust, deinen Mageninhalt abzubekommen."

Er schaute ihr in die Augen und setzte sie vorsichtig ab. Erst jetzt erkannte sie, wie groß er war. Sie war selbst nicht klein, doch bei ihm musste sie ihren Kopf in den Nacken legen, um seinen Blick erwidern zu können.

Sein nackter Oberkörper war muskelbepackt und voller Narben. Kampfspuren von alten Auseinandersetzungen. Rasch schaute sie runter und bemerkte so das übergroße Hemd, das sie anhatte. Trug sie etwas darunter? Unauffällig lugte Selen in das Hemd hinein. Er hatte sie ausgezogen? Oh Gott, wie konnte er nur? Klar, er musste ihre Wunde versorgen, aber es hätte nicht gereicht, wenn er nur ihren Pullover hochgeschoben hätte?

„Könntest du bitte rausgehen? Ich will kurz allein sein und meine Privatsphäre haben, auch wenn das durch die offene Tür jetzt nicht mehr wirklich möglich ist.", Selen drehte sich schnellstens weg. Ihr Gesicht war etwas blass geworden.

Er nickte ohne Widerspruch und verließ das Bad.

4. Kapitel Dreizehnter Tag nach dem Ende der Menschheit
„Übe dich unablässig darin, dem Weg zu folgen" - Miyamoto
Musashi, Das Buch der Erde

Was der Tiger gesagt hatte und auch die vergangenen Kämpfe hatten
ihre Vorstellung der existierenden Welt in den Grundfesten erschüttert.
Sollte es wahr sein, was Mythen und Fantasy behaupteten? Nein, nein,
das durfte nicht sein! Das dachte sich dieser Mann aus. Und ihre
Angreifer? Wer waren sie dann? Es waren irgendwelche Freaks, die
durch den Untergang der Menschheit durchgedreht waren und nun
meinten, sie wären Vampire. Selbst die ausgeglichensten Menschen
würden einen Schlag wegbekommen. Und dann diese riesigen Tiere,
das waren nur Wahnvorstellungen von ihrem Gehirn, aufgrund von der
plötzlichen Einsamkeit, der sie jetzt ausgeliefert war. In so einer
Situation projizierte ihr Gehirn hinter jeder Ecke etwas. Genau, so
ergab alles Sinn. Selen redete es sich immer verzweifelter ein und doch
wusste sie es insgeheim besser. Sie hatte definitiv in den letzten zwei
Wochen nichts zu sich genommen und war auch kein schädliches Gas
ausgesetzt gewesen. Oder hatte sie vielleicht schlecht gewordenes
Wasser oder gegärten Saft zu sich genommen? Nein, eigentlich nicht,
dass hätte sie sofort geschmeckt. War es etwa doch wahr? War dieser
Alptraum real? Ein bitteres Schluchzen stieg in ihr auf, denn egal wie
die richtige Erklärung lautete und der Kampf vielleicht eine Einbildung
war, ihre Wunden waren real. Somit entsprach zumindest ein Teil der
Erzählungen von diesem Tiger der Wahrheit. Menschen mit langen
Eckzähnen hatte es früher nicht gegeben. Das wäre bestimmt sehr
vielen normalen Menschen aufgefallen. Und auch im Internet hatte es
kaum wissenschaftliche Grundlagen für solche Mutationen gegeben.
Das bedeutete nur eins, wie Sherlock Holmes so schön sagt. „Wenn
man alle logischen Lösungen eines Problems eliminiert, ist die
unlogische obwohl unmöglich unweigerlich richtig" Selen wurde es
heiß und kalt. Um diese Wahrheit zu akzeptieren, brauchte sie Ruhe. In
ihrem Kopf drehte es sich hin und her, sodass es sie schwindelte.

Plötzlich schwankte sie, sodass sie sich am Waschbecken abstützen
musste. Ihr Blickfeld verschwamm und der Schwindel wurde
schlimmer. Sie setzte sich auf den Fußboden, damit sie nicht stürzte.
Um das Schwindelgefühl etwas auszurichten, schloss sie ihre Augen.

Nach einer Weile wurde es glücklicherweise besser. Selen wollte sich trotzdem nicht aufsetzen. Sie fühlte sich zu schwach dafür. Die Krankheit und die Verletzungen sowie die Anstrengungen der Tage, die hinter ihr lagen, hatten sie sehr geschwächt. Ihre Muskeln fühlten sich an, als seien sie Brei.

Plötzlich stand der Mann mit den eisblauen Augen, und der sich als Tiger vorgestellt hatte, vor ihr. Das konnte sie schon fast spüren. Als sie langsam ihre Augen öffnete und nach oben blickte, konnte sie erkennen, dass er intensiv auf sie herunterschaute. Sein Blick verriet nichts außer Interesse, was Selen beunruhigte. Seine Starren brannten sich in ihre. Vielleicht wusste er nicht, was er nun mit ihr tun sollte.

„Was willst du von mir?", fragte sie ihn mit schwacher Stimme. Sie hatte schon fast klägliches an sich „Schaust du auf das arme Menschlein herab und bist noch unsicher, ob du es quälst oder es gleich frisst?"

Selen blickte nicht mal zu ihm auf. Sie hatte keine Ahnung, wie es weitergehen würde. Sie war der letzte Mensch auf der Welt, in unmittelbarer Nachbarschaft von Wesen, die um einiges stärker waren als sie und sie als Pausensnack verputzen würden. Sie wollte nicht das schwächste Glied in der Nahrungskette sein. Das würde sie nicht überleben. Zudem saß sie hier neben einen potenziellen Fressfeind. Im wahrsten Sinne des Wortes hilflos ausgeliefert. Angstschweiß brach ihr aus. Sie konnte nur hoffen, dass er es nicht roch

„Warum sollte ich dich fressen? Das hatte ich nie vor. Ich schau auch nicht auf dich herab. Ich beobachte dich nur. Versuche, aus dir schlau zu werden. Ich war einem Menschen bisher selten so nah. Zudem brauchst du keine Angst vor mir zu haben!", antwortete er verwundert. Er wollte wohl ihre Angst neben, was ihm nicht wirklich gelang.

„Warum warst du noch nie einem Menschen so nah? Was willst du dann eigentlich von mir?"

„Ich kann es nicht benennen, aber du bist auf eine seltsame Art und Weise interessant." Er kniete sich vor sie hin und seine sonderbaren weißblauen Augen schienen ihr direkt in die Seele zu schauen. Selen schluckte. Ihre Pupillen weiteten sich. Was wollte dieser Mann von ihr?

Auf einmal hörte sie ein tiefes Knurren und ein schwarzer Schatten zwängte sich zwischen den Mann und Selen. Das weiche Fell mit vereinzelten stachligen Haaren glitt an ihrem Gesicht entlang. Der Geruch des Hundes umfing sie.

„Darkness, du bist es wirklich. Wie schön. Ich hatte mir schon Sorgen gemacht!", rief sie aus und umarmte den Hund.

Darkness ließ es zu und schleckte sogar ihr Gesicht ab. Er schien sich zu freuen, denn sein Schwanz wedelte begeistert hin und her. Selen stiegen Tränen in die Augen. Es tat auf einmal gut Fünkchen und Normalität bei sich zu haben. Auch wenn sie gewöhnlich kein Hundemensch war.

„Wo hast du ihn gefunden? Hast du ihn etwa mitgenommen, als du mich hierhergetragen hast?", hauchte Selen glücklich und sah zu dem Mann. Kurz stockte er und blickte nachdenklich drein, als würde er jemandem zuhören. Was war los? Hörte er, wie sich jemand näherte?

„Eher umgekehrt, das Tier hat mich gefunden und mich zu dir gebracht", erklärte er stockend, als wäre er sich seiner Worte nicht sicher.

Er wirkte auf einmal unbeholfen. Der Tiger schrumpfte regelrecht in sich zusammen. Vorher hatte er noch ein gewisses Maß an Stärke gezeigt, doch jetzt hatte er sich verändert. Darkness platzierte sich hin, sodass Selen die Umarmung löste. Sie konnte den Pelz dadurch selbst in der Enge des Badezimmers ohne Probleme streicheln.

„Oh, Darkness, dein Fell muss gewaschen werden. Dann wirst du wieder wie ein richtig edler Hund aussehen."

Tiger schaute sie an, als wäre sie verrückt geworden. Und irgendwo hatte er damit recht. Wer dachte schon in so einer Situation an das Säubern eines Hundes? Selen wusste selbst nicht, warum sie das tun wollte. Vielleicht würde diese normale alltägliche Tätigkeit sie in die Realität zurückholen. Sie schaute zu den Tigermann auf und hatte das Gefühl, als würde er sich ein Lachen verkneifen.

Langsam zog sie sich an dem Waschbecken hoch. Auch Tiger erhob sich. Während sie dastanden und sich unschlüssig ansahen, überwand Selen ihre Furcht vor Tiger und fragte: „Wie heißt du überhaupt?"

„Ich habe keinen Namen. Man nennt mich nur Tiger oder Tier", sagte er ohne jeden Zorn, als wäre es das Normalste der Welt.

Selen zuckte trotzdem zusammen. Niemand sollte nur nach der Art seiner Erscheinung genannt werden. Jeder brauchte einen Namen –

einen richtigen Namen. Vielleicht war das ein typisches Menschending, aber wenn es so war, konnte sie nichts daran ändern.

„Ich will dich nicht Tiger oder Tier nennen. Das ist so … oberflächlich! Darf ich dir einen Namen geben? ", fragte sie ihn. Sie wartete bis er zaghaft nickte. Er war sich anscheinend nicht sicher, ob er wusste, was es mit einem Namen auf sich hatte. Ehrlich gesagt, war sich Selen selbst nicht genau bewusst, warum sie ihm einen Namen geben wollte.

„Wie wäre es mit Leo? Oder hast du einen Wunschnamen?"

„Ich bin doch ein Tiger. Leo steht für Löwe. Ich habe auch keine besondere Vorstellung bezüglich eines Namens. Hatte mir eigentlich nie Gedanken darüber gemacht.", lautete seine verständnislose Antwort.

Er richtete sich etwas auf und spannte sich an. Anscheinend war ihm dieses Thema doch nicht so egal, wie es zuerst den Anschein hatte. Er lehnte sich nach vorn, als würde er neugierig auf ihre Antwort warten. Dabei drängte er sich mit seiner überwältigenden Größe in ihre Comfortzone, doch Selen wollte sich davon nicht einschüchtern lassen. Sie überlegte weiter.

„Hm, das stimmt. Wie wäre es mit Bado?", dachte sie laut. Seine Miene hellte sich auf. Ihm gefiel dieser neue Name. Ehrfürchtig flüsterte er ihn und schaute Selen mit leuchtenden Augen an. „Danke für diesen Namen."

Obwohl er es nicht vor ihr zugeben würde, so freute er sich doch. Bisher war ihm nicht bewusst gewesen, wie schön es sich anfühlte, einem Namen zu besitzen. Das führte ihn zu der Frage, warum sie es getan hatte. Warum ein Mensch ihm, einem wilden Tier, einen Namen schenken wollte, verstand er nicht. Ihm war es früher oft sehr seltsam vorgekommen, dass Menschen jeder Sache, jedem Tier einen Namen geben wollten. Menschen waren manchmal irritierend. Jetzt erfuhr er den Grund dafür: Es fühlte sich gut an. Bado meinte, durch seinen neuen Namen eine Verbindung zu Selen zu spüren.

Bado war ein guter Name. Zumindest dachte er es, doch wusste er nicht, was er bedeutete. Daher fragte er Selen danach.

„Vor Jahrhunderten, als Namen noch nach ihrer Bedeutung ausgesucht worden waren, stand dieser Name für ‚Kämpfer'!", erläuterte Selen ihm.

Er dachte zurück. Seit er jung gewesen war, hatte er ums Überleben gekämpft. Mit den Jahren war er stärker geworden und mittlerweile gehörte er zu den wenigen Kreaturen, die es mit einem Großteil der übrigen Übernatürlichen aufnehmen konnten. Nur sein Alpha war stärker als er. Zumindest war sein Clansführer, der Einzige, den Bado kannte, der ihm überlegen war, aber tief im Inneren wusste er, dass es immer einen größeren Fisch im Teich gab. Zumindest hatte er es einmal aus der Ferne einen Menschen sagen gehört. Irgendwie war es in diesem Moment passend.

Seine Gedanken wanderten zu der aktuellen Situation mit dem Wolf und Selen und ihrem Wunsch, ihn zu waschen, bis ihm ein Licht aufging. Obwohl er sie noch nicht verstand, mit der Zeit war er ein Stück weit hinter die Psychologie der Menschen gekommen. Nachdem er die Bombe platzen lassen hatte, hatte sie sich stark gezeigt. Allerdings war sie im Bad zusammengebrochen und suchte etwas, das sie kannte. Vertraute Dinge, etwa, dass sie dem Wolf durch das Fell streichelte. Dabei verzog sie das Gesicht.

„Wir müssen dich wirklich waschen. Du riechst fürchterlich", flüsterte sie liebevoll.

Bado stutzte. Normalerweise wäre ihr wahrscheinlich nicht in den Sinn gekommen, gerade jetzt den Wolf waschen zu wollen, aber bei außergewöhnlichen Situationen brauchten einige Menschen normale Handlungen. Allerdings wäre es ein gewöhnlicher Wolf, wäre sie schon nicht mehr am Leben. Ein Wolf war ein gnadenloses Raubtier und Selen die perfekte Beute. Der Wolf war folglich nicht normal, er schien Selen zu mögen. Sonst hätte er sich schon längst auf sie gestürzt.

Bados Gedanken wanderten zu dem Kampf mit dem Wolf zurück. Das Tier war stärker, als er gedacht hatte, sodass sie am Schluss unentschieden auseinandergegangen waren. Das hatte sie gezwungenermaßen für Selen zu Verbündeten gemacht. Doch in den finalen Momenten der vergangenen Schlachten hatten sie beide realisiert, was für eine Bedeutung Selen hatte und dass sie beide nur gemeinsam Selen schützten konnten. Dabei kam ihm in den Sinn, was der Wolf vorhin gemeint hatte.

Ich will nicht, dass sie weiß, wer oder was ich bin. Es reicht, wenn ihr klar ist, dass du bei dem Kampf dabei gewesen bist und es übernatürliche Wesen gibt. Sag es ihr noch nicht. Sie würde wahrscheinlich daran zerbrechen. Es fehlt nur ein kleiner Stoß in die falsche Richtung. Wir sollten sie Stück für Stück in unsere Welt einführen.

Nach kurzer Überlegung hatte er dem Wolf zugestimmt. Die junge Frau war gefährlich nahe daran, komplett überzuschnappen – er konnte es ihr auch nicht wirklich verdenken -, Und das wäre nicht gut. Um in dieser Welt zu überleben, brauchte man einen klaren Verstand. Sonst erkannte man die Gefahren nicht, wenn sie einem direkt ansprang.

„Soll ich dir helfen, den Hund zu waschen?", versuchte er, sich hilfsbereit zu geben.

Sie schüttelte ruhig den Kopf und strich mit ihren Händen sanft über das verfilzte Fell des Wolfes. Regelrecht liebkosend. Ein bisschen war er auf den Wolf eifersüchtig. Manchmal wünschte er sich, dass jemand ihm so durch das Fell strich.

Auf einmal stand sie auf und sagte: „Los, komm, Darkness, jetzt machen wir dich sauber, damit du so glänzt wie das frische gewaschene schwarze Auto."

Sie zog den Wolf zur Dusche. Darkness sprang hinein und blieb ruhig stehen. Auch als Selen die Dusche anstellte und das eiskalte Wasser auf die beiden fiel, sprang der Wolf nicht panisch zur Seite. Jedoch sprang Selen zur Seite und wäre fast gefallen, wenn Bado nicht schnell einen Schritt vorgetreten wäre und sie festgehalten hätte. Sie war nicht auf das Wasser vorbereitet gewesen.

Während Bado sie langsam wieder hinstellte, ging ihr der Gedanke durch den Kopf, dass Glück hatte. Denn es bestand noch ausreichend Wasserdruck in den Rohren, sonst hätte das Waschen schwierig werden können.

Selen fühlte sich unter seinen Händen weich an, nicht ansatzweise kräftig genug, um in dieser Welt überleben zu können. Sie schien nicht dafür gemacht zu sein. In diesem Moment konnte er kurz ihre Wärme fühlen, dann befreite sich die Frau und ging zurück zu dem Wolf, ohne Bado anzuschauen. War es ihr peinlich, dass er sie hatte auffangen müssen? Oder konnte sie ihn nicht leiden? Bado wusste es nicht. Ihm war das Verhalten von Menschen immer noch ein Rätsel. Jetzt fühlte es sich in seinen Armen leer an.

„Vielleicht wird das Wasser noch wärmer werden", murmelte sie ausweichend. Ihr Blick war fest auf den Wolf gerichtet. War ihr auf einmal unwohl mit ihm in einen Raum zu sein? Och Mensch, was wusste er schon? Das war alles so verwirrend.

Selen begann, den Hund gründlich mit einem alten Waschlappen zu waschen, und kippte ein ganze Duschbadpackung mit einem typischen Männerduft in das Fell des Wolfes. Das Geschehen sah so gewöhnlich aus. Er fühlte sich hier in diesem Moment fehl am Platz. Vielleicht sollte er aus dem Raum verschwinden. Er sich noch einmal um, dann stahl er sich davon.

Selen war froh, dass er endlich ging. Seine Nähe hatte sie verunsichert. Während sie Darkness gesäubert hatte, hatte sie seinen Blick in ihrem Rücken gespürt. Als sie zuvor auch noch zurückgeschreckt war und er sie festgehalten hatte, war ihr das Herz in die Hose gerutscht. Selten war ihr ein Mann so nah gekommen und dann hatte sie auf einmal die warmen Hände von ihm auf ihren Körper gespürt.

Nach fast zehn Minuten war Selen damit fertig und rubbelte das feuchte Fell des Hundes.

Selen trocknete zum Schluss die Tatzen des Hundes ab. Sie musste regelrecht zwischen den Krallen das Handtuch quetschen, sodass sich keine Bakterien ansiedelten oder es zu Entzündungen kommen konnte. Das Fell glänzte wieder und war weich. Schnell suchte sie nach einer Bürste und begann, es zu kämen.

Es war seltsam: Selbst als sie das verfilzte Haar gewaschen hatte, hatte sich der Hund nicht gerührt. Er schien stoisch zu sein, oder er empfand es nicht als schmerzhaft. Selen wusste es nicht, aber sie vermutete, sein Herrchen oder Frauchen musste ihn sehr gut erzogen haben.

Ihre Gedanken kehrten zu dem Mann zurück, dem sie gerade einen Namen gegeben hatte. Selen wusste nicht einmal, warum sie das getan hatte. Bado war ihr in dem Moment in den Sinn gekommen und sie empfand ihn als geeignet für jemanden, der sich in ein wildes Raubtier verwandeln konnte. Krieger waren immer auf eine bestimmte Art ungezähmt – somit den richtigen Namen für ihn.

Sobald sie das Waschen und Trocknen beendet hatte, ließ sie den Hund hinaus. Er schleckte sie ab, dann war Darkness weg. Sie hingegen blieb für ein paar Sekunden in dem kleinen Bad zurück und schaute abwesend Darkness hinterher. Selen konnte sich nicht aufraffen, aufzustehen und sich wieder der grausamen Wirklichkeit zu stellen. Das Bad fühlte sich wie eine winzige Oase der Normalität an.

Nach zwei Minuten kehrte Darkness zu ihr zurück. Er drängte sie aufzustehen und Selen kam dieser Aufforderung nur widerwillig nach. Sie wollte ihre Oase nicht verlassen, aber Darkness ließ ihr keine Wahl. Sie stand auf und lief mit steifen Beinen zur Tür hinaus. Die Schwäche von ihrer Verletzung fühlte sie noch immer.

Jetzt konnte sie sich vielleicht endlich die Zeit nehmen, dass Haus genauer zu betrachten. Auf dem Flur konnte sie einige Bilder ausmachen, die eine alte Familie zeigten. Die Verwandtschaft musste mal groß gewesen sein. Es waren unzählige Menschen zu sehen, die sich ähnelten. Beim nächsten Raum handelte es sich um ein pompöses altertümliches Schlafzimmer. Überall befanden sich mit Rüschen verziert und - altrosa! In der Mitte des Zimmers stand ein riesiges Himmelsbett, das mit Sternen, Sonnen und Monden dekoriert war. Bei dieser Einrichtung musste die Innenarchitektin einen schlechten Geschmack besessen haben.

Selen merkte, wie sie müde wurde. Sie fühlte sich immer noch geschwächt vom Fieber. So hässlich das Bett auch war, es wirkte weich und einladend. Der unschöne Anblick, den es bot, konnte sie nicht davon abhalten, es für sich zu beanspruchen. Selen warf sich aufs Bett und drehte ihren Kopf in Richtung des Fensters. Die Sonne war untergegangen und die Sterne begannen nacheinander zu leuchten. Langsam fielen Selen die Augen zu. Das Waschen des Hundes hatte sie ausgelaugt.

Der Schlaf überrollte sie. Selen spürte noch, wie es um sie herum auf einmal wärmer wurde. Allerdings war sie zu müde und ihre Augenlider zu schwer, sodass sie nicht weiter untersuchte konnte, was diese Wärme erzeugte. Die Hauptsache war, dass es sich angenehm anfühlte.

Die Nacht war weit fortgeschritten, als Selen die Augen langsam öffnete. Sie wusste nicht, wie lange sie geschlafen hatte, es mussten mehrere Stunden gewesen sein, da sie sich ausgeruhter fühlte. Ihr Herz war einen Moment lang stehen geblieben, als sie aus dem Tiefschlaf ruckartig erwacht war. Ruhig blieb sie liegen und lauschte. Das laute Atmen von zwei Lebewesen um sie herum sagte ihr, dass sie nicht mehr allein im Zimmer war.

Aufgrund der Dunkelheit konnte sie nichts erkennen, aber als sie sich umdrehte, spürte sie einen schweren Körper am Fuße des Bettes und einen weiteren, der auf der anderen Seite lag. Anscheinend hatten Darkness und Bado ihr Gesellschaft geleistet, während sie geschlafen hatte. Die beiden wollten sie in zu diesen seltsamen Zeiten offenbar nicht allein lassen. Sie ließ sich beruhigt zurück in die Kissen sinken, im ersten Moment hatte sie gedacht, es wäre eins von diesen Ungeheuern, Vampire, wie Bado gesagt hatte. Sie empfand nichts als Angst vor dieser neuen Welt. Sie wusste nicht, ob sie Bado vertrauen konnte.

Während sie sich schlafend stellte und ihren Atem gleichmäßig hielt – sie wollte die beiden nicht aufwecken –, überlegte Selen, wie es weitergehen sollte. Einfach so in die Straße langlaufen, würde nicht funktionieren, sowohl Hunde als auch Bado hatten einen besseren Geruchssinn als sie. Mit einem Auto zu fahren, würde sie zwar schneller nach Wien bringen, doch würde es jetzt auffallen, wenn ein Auto zu fahren und würde wahrscheinlich die Vampire auf sie aufmerksam machen. Ihr fiel nichts mehr ein, wie sie Bado loswerden konnte, und Darkness mitzunehmen, würde egal wie schwierig werden. Wenn sie den Hund weckte, würde Bado bestimmt ebenfalls munter werden. Er würde sie bestimmt zur Rede stellen, wohin sie wollte. Allerdings würde Selen nicht wissen, was sie antworten sollte. Sie wusste selbst nicht, was sie wollte.

Weiterhin konnte sie Darkness nicht auf das Motorrad setzen und Laufen wäre zu langsam, da würde Bado sie innerhalb kürzester Zeit einholen und erneut verlangen, dass sie nach seinen verkorksten Regeln zu leben hatte. Mit so einem Macho wollte Selen nichts zu tun haben.

Auch nach einigen Minuten des Grübelns kam sie auf keine gute Idee und entschloss sich, Darkness wohl oder übel bei Bado zu lassen und allein weiterzuziehen. Sofort stiegen ihr wieder Tränen in die Augen. Darkness war ihr so sehr ans Herz gewachsen, dass sie sich kaum überwinden konnte, ihn wirklich zurückzulassen. Selen wusste, dass Bado Darkness gut behandeln würde – wehe, wenn nicht, überlegte sie traurig schmunzelnd. Sie musste ihre Aufgabe erfüllen und konnte dafür niemanden in ihrer Nähe gebrauchen. Wenn Darkness sie begleitet hätte, hätte sie ihn in für einen kurzen Moment in der

Wohnung ihrer Eltern allein gelassen. Doch war diese Überlegung hinfällig.

Vorsichtig und darauf bedacht, keine unnötigen Geräusche zu verursachen, stand Selen auf und bewegte sich lautlos zur Tür. Die beiden Schlafenden rührten sich nicht. Zum Glück stand der Durchgang offen und Selen konnte ungehindert in das Erdgeschoss schleichen.

Unten angekommen, suchte sie ihre Messer und ihr Katana und schaute sich um. Das Wohnzimmer mit seinem alten Möbel und einer abgenutzten Couch, welche schon bessere Tage gesehen hatte, strahlte eine Gemütlichkeit aus, welche zum Bleiben verführte. Aber das konnte sich Selen nicht leisten. Auf den Beistelltisch lagen noch alte Zeitungen ... aber nichts anderes. Also ging sie wieder in den Flur. Bei der Garderobe hing nur die Schlüssel zu dieser Wohnung. Irgendwo hier musste der Schlüssel des Motorrades doch sein. Nach kurzem Suchen fand sie ihn in der altmodischen Küche auf dem Tisch unter einer Zeitung – welche, wenn sie genauer hinschaute, von dem Tag war, als die Menschen starben.

Die Schlüssel waren von Bado hier hingelegt worden und durch die Zeitung verdeckt. Nicht gerade offensichtlich. Was hatte das zu bedeuten? Wollte er sie wegsperren? Schnell ergriff sie die Schlüssel und trat aus dem Haus. Es fühlte sich an, als verließe sie eine schützende Höhle, denn sofort umfing sie die eiskalte Luft, aber Selen konnte und durfte nicht hierbleiben. Während sie sich Arme reibend, um wenigstens ein bisschen Wärme wieder zurückzugewinnen, zwang sie sich, nicht einen Blick zurückzuwerfen. Das versprach sich Selen. Am Ende würde sie vielleicht noch ihren Willen verlieren und wieder zurückgehen.

Stattdessen suchte sie ihr Bike. Irgendwo in der Nähe musste es sein. Auf der Straße stand es nicht und auch nicht in einer näheren Nebenstraße. In der Garage, welche neben dem Haus befand, sah sie es. Schnell steckte sie den Schlüssel rein. Kurz bevor sie es startete, fiel ihr ihr Fehler auf. Das Motorrad war viel zu laut, um es direkt vor dem Haus einzuschalten. Also schob sie das Fahrzeug einige hundert Meter, bis sie mehrere Seitenstraßen entfernt war. Danach startete sie den Motor und setze sich auf das Zweirad. Mit einem letzten Blick zurück – wodurch sie ihr eigenes Versprechen brach - fuhr sie los. Diesmal verabschiedete sie sich endgültig von Darkness ... und von Bado.

Bado schreckte auf. Etwas war anders und im ersten Augenblick kam er nicht darauf, was es war. Mit einer Hand tastete er nach Selen und fuhr zusammen. Verdammt, sie lag nicht mehr hier. Die Stelle, wo sie gelegen hatte, fühlte sich bereits kalt an. Obwohl ihr Geruch immer noch dem Bettlaken anhaftete, war sie schon seit einer Weile weg. Er musste sich beeilen, wenn er sie einholen wollte, bevor sie jemanden anderes sie traf, der nicht so wohlwollend war. Schnell und lautlos rannte er zum Fenster und konnte nur noch sehen, wie Selen mit dem Motorrad losfuhr. Er lief eilig aus dem Zimmer, dabei hörte er, wie der Wolf aufwachte.

„Wir müssen los. Selen läuft weg!", rief er aus, während er hinunterrannte.

Sofort war der Wolf auf den Beinen und sprang ihm nach. Verärgert beschimpfte er Bado telepathisch, als er ihn überholte. *Du verdammter Stubentiger! Wie konntest du sie davonkommen lassen? Sie darf nicht allein sein. Die Vampire können überall sein und sie gerade jetzt attackieren. Wenn wir sie nicht finden, wird sie sterben.*

So schnell wie sie konnten, liefen sie hinter der jungen Frau her, aber ihr Tempo mit dem Motorrad war zu hoch. Sie war nur noch als roter Punkt zu erkennen, der hastig kleiner wurde. Um ihr besser folgen zu können und auch in der Dunkelheit besser zu können, verwandelte sich Bado und stürmte hinterher. Auch der Wolf vergrößerte seine Gestalt. Zusammen begannen sie die Verfolgungsjagd. Nach wenigen Minuten konnten sie das Motorrad zum Glück wiedersehen. Dadurch angespornt erhöhten beide ihre Geschwindigkeit.

Während sie rannten, wunderte sich Bado, warum sich das Motorrad nicht weiterbewegte. Das Rücklicht des Bikes kam für seinen Geschmack zu schnell näher. Nach weiteren Sekunden erreichte er es und bekam die Antwort auf seine Frage: Selen saß nicht mehr auf dem Zweirad. Sie war verschwunden. Ihre Waffen lagen wild um das Motorrad verstreut. Oh nein, das durfte nicht wahr sein.

Prüfend zog er die Luft durch die Nase ein und roch ihren Duft. Sie war hier gewesen, aber nicht allein. Der andere Geruch, den er wahrnahm, war modrig, sodass es nur eine Erklärung gab: Vampire. Es musste die Gruppe von neulich gewesen sein, mit ihrem verdammten Anführer, dessen Kopf Selen aufgespießt hatte. Eilig verwandelte Bado sich zurück in einen Menschen und griff nach dem auf den Boden liegenden Katana. Er musste sich beeilen, sonst würde die Sache für Selen grausam enden.

Selen brummte der Schädel. Was war geschehen? Vorsichtig öffnete sie die Augen und schloss sie gleich wieder. Das Licht stach in ihre Pupillen. Wo war sie? Sie ging in Gedanken die letzten Sekunden durch, an die sie sich erinnern konnte. Sie war mit dem Motorrad losgefahren und hatte sich umgeschaut, ob sie verfolgt wurde. Sie hatte noch erkennen können, dass Bado in der Ferne aus dem Haus gestürmt war, dann war es schwarz geworden. Mist, es war, als wären die Momente danach aus ihrem Gehirn gelöscht worden.

Selen kehrte mit ihren Gedanken zu ihrer jetzigen Situation zurück. Vorsichtig öffnete sie erneut ihre Augen, diesmal einen kleinen Spalt. Zuerst tat es weh, aber dann gewöhnte sie sich an das Licht.

Sie lag in einem großen Raum, anscheinend eine alte Lagerhalle. Überall standen unterschiedliche Kisten, auf denen „Zerbrechlich" stand. Die alten Lampen waren dunkel, aber es standen einige Autos im Kreis um sie herum, deren Scheinwerfer eingeschaltet waren. Ihr Licht erlaubte Selen einen genauen Blick auf ihre Umgebung. Die Decke und auch die Wände waren teilweise durchgerostet. Alte Maschinen standen in einer Ecke. Schon von weiten konnte Selen erkennen, dass diese von Spinnweben fast vollständig verdeckt waren. Der Boden war mit Glasscherben von den zerstörten Fenstern bedeckt. Ein einzelner Tisch stand mitten im Raum – einige Meter von Selen entfernt – genauso wie ein alter Schulstuhl. Diese Halle wurde schon vor dem Untergang der Menschheit seit Längerem nicht mehr gepflegt.

Jetzt fiel Selen noch etwas anderes auf: Obwohl es eine Nacht mitten im Oktober war, schien es in der Halle warm zu sein. Sie fror nicht. Gerade als sich Selen aufrichten wollte, um sich in der Halle umzuschauen, hörte sie eine männliche Stimme, die ihr zwar bekannt vorkam, die sie aber nicht einordnen konnte.

„Ah, das Dornröschen ist aufgewacht und ich musste ihr nicht mal den Kuss der *wahren Liebe* geben", bemerkte der Mann lachend.

Als Selen den Kopf wendete, wusste sie, woher sie die Stimme kannte. Sie stammte von dem Vampir, dem Selen vor einigen Tagen ein

Messer durch den Kopf gejagt hatte. Sein Gesicht sah so normal aus, wie von einem Nachbarn. Doch eine wulstige Narbe befand sich unter seinem Kinn. Genau an der Stelle, wo Selen das Messer in ihn reingetrieben hatte. Seine schwarzen Augen blickten erbarmungslos auf sie herab, so wie er vor ihr stand. Er hatte überlebt? Aber wie konnte das sein? Sie hatte gedacht, dass er damit erledigt gewesen wäre. Welches Wesen überlebte schon, wenn es ein Messer durch den gesamten Schädel gerammt bekam? Die Antwort stand vor ihr.

„Du scheinst überrascht zu sein. Du hättest wohl nicht gedacht, dass ich deinen lächerlichen Angriff überleben werde. Was kann mir so ein kleines niedliches Messerchen schon antun? Da musst du schwerere Geschütze auffahren. Doch die Tatsache, dass du dich gegen mich gewehrt hast und ich vor meinen Gefolgsleuten zu Boden gegangen bin, dafür musst du bezahlen. Du hast mich zur Witzfigur gemacht."

Er lachte ein kaltes grausames Lachen und wurde dann schlagartig ernst. Das verhieß nichts Gutes. Selen musste schlucken. Der Mann überlegte kurz, dann schien er einen Entschluss gefasst zu haben. Er nickte jemandem zu. Erst jetzt fiel Selen auf, dass sie beide nicht allein war.

Die anderen Wesen hatten sich neben den Autos aufgestellt und waren so bisher kaum zu sehen gewesen. Schnell drehte Selen ihren Kopf und konnte eine Gruppe von fast zwanzig Männern und vereinzelten Frauen erkennen, die still dastanden. Die Augen von jedem einzelnen blitzten bösartig. Lange Eckzähne traten zwischen den Lippen hervor. Es hatte etwas mordlüsterndes an sich.

Plötzlich lösten sich vier hochgewachsene Männer aus der Gruppe und kamen auf sie zu. Sie positionierten sich um Selen und griffen nach ihren Armen und Beinen. Selen wehrte sich sofort, doch genauso gut hätte sich eine Maus gegen eine Katze wehren können. Die Hände waren unzerbrechlich wie Stahlklammern an.

Furcht kroch Selen den Rücken hoch. Was hatte der Anführer vor? Warum wurde sie von diesen Männern festgehalten? Sie griffen so fest, dass sie zu keinerlei Bewegung fähig war. Selen schrie frustriert auf. Warum war sie nur vor Bado geflüchtet? Was hatte sie geritten, so eine blöde Aktion durchzuziehen? Hatte sie einen Fehler gemacht? Hatte sie ihren Instinkt betrogen? Sie war so verwirrt, dass Selen nicht mehr gerade ausdenken konnte.

Zumindest hatte sie nicht die Befürchtung bei Bado gehabt, dass er ihr Blut und sofort ihr Leben nehmen wollte. Oder hatte er nur abwarten wollen, bis sie sich komplett sicher fühlte. Sie war weggerannt wie ein verängstigtes Tier.

„Warum schreist du denn, mein zartes Dornröschen? Es wird dir sowieso niemand zur Hilfe kommen. Du bist allein auf dieser Welt und mir hilflos ausgeliefert", säuselte der Vampir ihr ins Ohr. Gleich darauf fuhr er plötzlich jemanden an: „Beeil dich, wir haben nicht die ganze Nacht Zeit. Ich will es so schnell wie möglich erledigt haben."

Selens Blick zuckte in die Richtung, in die der Vampir gesprochen hatte, und sie erstarrte. Dort stand ein weiterer Vampir an einem Ofen und hielt ein langes Stück Eisen in das Feuer.

Oh Gott, die wollen mich brandmarken! erkannte Selen. Sie wehrte sich noch wilder, aber die Hände der Männer rührten sich nicht einen Millimeter. Sie war zu schwach, zu menschlich. Wäre nur Bado hier, er würde sie retten.

Nach einer gefühlten Ewigkeit drehte sich der Mann am Ofen schließlich um und ging fast schon zeremoniell zu seinem Anführer. Das Eisen glühte weißgolden. Die Luft flimmerte am Ende der Stange. Immer verzweifeltes versuchtes Selen, sich zu befreien. Nicht einen Zentimeter lockerten sich die Fesseln.

Schließlich kam der Mann neben ihr zum Stehen und Selen wurde klar: Man wollte sie nicht brandmarken, sondern blenden und foltern – solange es dem Anführer Spaß machte.

Sie wand ihren Kopf hin und her, um ihm keine Möglichkeit zu geben, das Eisen in die Nähe ihrer Augen zu führen. Plötzlich hielten jedoch die Hände des Anführers ihren Kopf fest. Angstvoll weiteten sich ihre Pupillen.

„Das Letzte, was du in deinem Leben sehen wirst, wird mein Gesicht sein", spuckte er aus. „Wir werden das wie in der guten alten Zeit machen, als die Menschen noch kreativer waren."

„Nein, bitte, bitte tu das nicht. Ich werde alles tun, was ihr wollt, aber bitte blende mich nicht", flehte Selen ihn an. Sie wollte hier nicht sterben, nicht erblinden. Sie wollte nicht gefangen sein. Ein Schluchzen wollte aus ihrer Kehle herausbrechen, aber die Angst, die als dicker Klumpen in ihrem Hals hing, verhinderte es.

„Oh, du wirst so oder so alles tun, was *wir* wollen. Du wirst unser neues Haustier sein, den ganzen Tag an der Leine und vielleicht lassen wir dich ein Weilchen leben oder noch ein bisschen mehr", sagte er und kicherte hysterisch los. „Leg los, ich will mein neues Haustier fertig."

Sofort hielt der andere Vampir das Eisenstück näher an ihr rechtes Auge, nur wenige Millimeter entfernt. Die Hitze war unerträglich. Sofort begann ihr Auge zu tränen, doch die Flüssigkeit verdampfte auf der Stelle. Unerbittlich kroch die Hitze in ihren Kopf. Fast so als würden sie den Stab direkt in ihr Kopf jagen. Innerhalb weniger Millisekunden verbrannte ihre Netzhaut. Das Letzte, was sie mit ihrem rechten Auge erkennen konnte, war das bösartige Lächeln des Anführers. Danach wurde es dunkel und der Schmerz überrollte sie wie ein Tsunami – zerstörerische und tödlich. Das Leiden war so vernichtend, dass Selen aufkreischte. Endlose Sekunden schrie sie, bis ihre Stimme brach und ihr die Luft wegblieb. Doch es hörte nicht auf. Niemals würde es aufhören. Wie lange würde es nur dauern, bis sie keinen Schmerz mehr verspürte?

Langsam spürte sie, wie die Hitze an ihrem rechten Auge schwächer wurde – oder täuschte sie sich gerade und der Schmerz blendete nur alles andere aus - und sie wusste, jetzt würde das linke Auge drankommen. Während sie weiterhin vor Schmerzen schrie, wurde das Eisenstück an das Linke gehalten und eine neue Schmerzwelle rollte über sie hinweg. Ihr Schrei wurde zu einem Kreischen, noch lauter, noch hysterischer.

Nach Minuten der schier endlosen Qual, die für Selen wie eine grauenhafte Ewigkeit vorkamen, brach ihre Stimme erneut und sie wimmerte nur noch. Ihre Kehle fühlte sich wie Sandpapier an und ihre Augen waren nicht mehr existent, sondern nur leere Löcher, als hätte jemand mit einem Kunststofflöffel diese ausgeschabt. Die Schmerzen waren so allumfassend, dass Selen nichts mehr von ihrer Umgebung mitbekam. Der Anführer hatte recht gehabt: Das Letzte was sie gesehen hatte, war er gewesen. Sie wusste, dass sie in dieser Lagerhalle sterben würde, wenn nicht heute, dann morgen.

„Bist du endlich ruhig?! Das ist nicht zum Aushalten. Du bist ein Weichei. Die Menschen sind heutzutage schwach, ganz im Gegensatz zu den letzten Jahrhunderten."

Von überall brandete das Lachen her. Hilflos bewegte Selen ihren Kopf in die eine und andere Richtung. Sie versuchte zu orten, woher die Stimmen kamen, doch ihr Schädel schwirrte vor Schmerz. Sie war gefangen in ihrer persönlichen Hölle aus Schwärze.

„Lasst sie los. Sie wird uns jetzt nicht mehr davonlaufen. Selbst wenn sie es täte, würden wir sie jederzeit wiederfinden", befahl der Anführer seinen Männern.

Sofort wurden ihre Arme und Beine freigegeben und Selen krümmte sich in die Fötushaltung zusammen. Die Schmerzen rollten weiterhin über sie weg. Hilflosigkeit überwältigte sie. Die Dunkelheit war undurchdringlich. Sie konnte nichts mehr erkennen. Langsam starb in ihr die Hoffnung. Es gab nichts mehr, wofür es sich zu leben lohnte. Ihre Zukunft wurde nun von den Vampiren in dieser Gruppe festgeschrieben. Sie würde eine blinde Sklavin sein, die keine Hoffnung mehr hatte, ein selbstbestimmtes Leben zu führen. Diese Gruppe von erbarmungslosen Monstern würden ihren Lebenswillen zu Staub zermalmen. Die Verzweiflung schlug ihre Zähne in Selens Seele. Niemand würde ihr jetzt noch helfen. Sie war allein!

Auf einmal brach Unruhe aus. Stimmen schrien auf. Selen hörte, dass Waffen entsichert wurden. Was passierte? Wollten die Vampire sie schon töten? Sie würde also doch kein Haustier werden. Endlich würde Selen wieder mit ihrer Familie vereint sein.

Noch während sie diesen Gedanken nachhing, hörte sie, wie ein Fenster zerbrach und dann eine Tür aus den Angeln gehoben wurde. Kurz danach landeten zwei schwere Körper in der Halle und einen Moment herrschte Stille.

Ihr verdammten verrotteten Leichen, jetzt habt ihr einen Fehler begangen, den ihr nie wiedergutmachen könnt, hörte sie eine tiefe knurrende Stimme in ihren Gedanken.

Zuerst dachte Selen, dass sie sich das nur eingebildet hatte, aber dann hörte sie den Anführer nach Luft schnappen.

„Bitte tut mir nichts. Wir sind doch alle viel besser als die Menschen. Wir wollten ihr doch nur zeigen, wie man sich uns Übernatürlichen unterordnet. Den natürlichen Platz in der Nahrungskette zuweisen", flehte der Vampir mit ängstlicher Stimme. Nichts war von der Arroganz übriggeblieben.

Dieser Mensch, wie ihr es nennt, ist weder mickrig noch steht sie in der Rangordnung unter den Übernatürlichen. Sie hat das gleiche Recht zu leben wie jeder andere auch. Ihr habt ihr Leid angetan, meiner Freundin. Und jetzt werdet ihr dafür lernen, was es heißt am falschen Ende der Reißzähne zu sein.

Dann brach Chaos aus. Überall hörte Selen Schreie ertönen und ein grausames Reißen von Fleisch. Sie wollte eigentlich nicht wissen, was das bedeutete, und war daher sogar dankbar für ihre Blindheit. Selen wusste nur eines: Sie musste von hier weg. Sie wollte hier nicht wie auf dem Präsentierteller liegen bleiben. Am Ende würde sie von dem Neuankömmling getötet werden wie die Vampire.

Mit unsicheren Bewegungen stieg sie vom Tisch herunter. Anscheinend war es ein Holztisch, sie konnte das glatte Material unter ihren Fingern spüren. Selen kroch zu dem Tisch und blieb dort zusammengekrümmt sitzen. Ein Wimmern drang aus ihrer Kehle. Sie hatte keine Ahnung, wie weit die Wände der Lagerhalle entfernt waren und ob sie es in ihrem Zustand dorthin schaffen würde. Allzu weit krabbeln konnte Selen nicht. Also blieb sie lieber unter dem Tisch. Verängstigt hielt sich Selen ihre Hände an ihre Ohren. Um sie herum kam die Schlacht wurden immer brutaler. Ab und zu fühlte sie, wie Tropfen von einer Flüssigkeit, wahrscheinlich Blut, auf ihr landeten.

Selen besaß nicht genug Kraft, diese Blutstropfen wegzuwischen. Ihre blinden Augen schmerzten weiter, als hätte man ihr Körperteile ohne Betäubung amputiert und sie spürte, dass eine klebrige Flüssigkeit aus ihren Augen die Wangen herunterlief und sich mit dem Blut der anderen vermischte. Selen konnte nicht mehr. Sie wollte nur noch, dass alles ein Ende hatte und sie sterben würde.

Mit einem Schlag war es still. Sie hörte keinen einzigen Schrei mehr, kein Reißen, kein Aufprallen von Körperteilen. Das Einzige, was sie jetzt mitbekam, war die angstvolle Stimme des Anführers.

„Bitte, bitte tut mir nichts", flehte er mit den gleichen Worten, die Selen kurz zuvor selbst benutzt hatte, woraufhin er verächtlich gelacht hatte.

Selen hörte erneut die dunkle knurrende Stimme in ihren Gedanken. *Selen, möchtest du, dass wir ihn umbringen?*

Selen wunderte sich. Sie dachte über die Qualen nach, die er ihr bereitet hatte, und was er ihr angedroht hatte. Ruckartig nickte sie in der ewigen Dunkelheit, die sie umgab. Kurz darauf hörte sie den Todesschrei des Vampirs, zeitgleich zu dem Zerreißen von Fleisch.

Selen war nicht froh darüber, dass sie sein Todesurteil

ausgesprochen hatte, doch sie wäre immer auf der Flucht, immer in Furcht gewesen, wenn er weitergelebt hätte. Der Vampir hätte sie gejagt und irgendwann, wenn sie allein gewesen wäre, hätte er sie erwischt und getötet.

Jetzt war es endgültig still geworden in der Lagerhalle. Nichts rührte sich mehr. War sie nun an der Reihe oder war der Besitzer dieser tiefen Stimme verschwunden und hatte sie allein gelassen? Sie hoffte und fürchtete es zugleich. Es fiel ihr nicht leicht, vorherzusagen was kommen würde. Obwohl sie gerne selbstständig und ohne Hilfe zurechtkommen wollte, brauchte sie, besonders jetzt, in dieser tödlichen Welt und mit ihrer neuen Behinderung, einen Verbündeten.

Auf einmal näherten sich langsam Schritte und eine andere männliche Stimme – diesmal laut und nicht nur in ihrem Kopf – sprach zu ihr: „Selen, es ist vorbei. Du bist frei. Darkness und ich sind jetzt da. Wir sind hier, um dich zu beschützen. Du brauchst dich nicht mehr zu fürchten."

Es war Bado, der gekommen war, um sie zu retten. Sofort fühlte sich Selen noch elender. Gerade er, den sie vor weniger als einer Stunde – war es wirklich nur eine Stunde her? – so heimlich zurückgelassen hatte, um fortzulaufen.

„Es t… tut m… mir l… leid", stotterte sie.

Sie wimmerte vor Schmerz und wiegte sich hin und her. Ihr Gesicht versteckte sie hinter ihren Knien.

„Ist doch okay. Es ist für dich eine ungewohnte Situation und du hast Angst bekommen. Es tut mir nur leid, dass wir nicht eher gekommen sind und dich schneller retten konnten. Nimm meine Hand und ich zieh dich heraus."

Zuerst klang seine Stimme sanft und verständnisvoll gewesen, zum Schluss wurde sie hingegen befehlsartig. So seltsam es auch klang, dieser Befehlston half ihr, aus ihrem Schmerzuniversum herauszukommen und in die Realität zurückzufinden.

„Ich kann deine Hand nicht nehmen", gestand sie hilflos.

„Wieso nicht? Sie ist doch direkt vor deiner Nase", fragte Bado verwundert.

„Der Vampir hat mich geblendet. Ich kann nichts mehr sehen. Meine Augen … meine Augen tun so weh."

Dabei blickte Selen zum ersten Mal auf und hoffentlich in die

Richtung von Bado. Sie hörte ihn erschrocken Luft holen.

Selen versuchte, die Tränen, die ihr kamen, zu unterdrücken, doch es half nichts. Ihre Tränensäcke waren ausgebrannt, sowie ihre Augäpfel und die nicht vergossenen Tränen verschlimmerten die Qualen noch. Anscheinend konnte sie nicht mehr weinen, dafür waren die Schmerzen umso stärker.

Wimmernd zog sie ihre Beine zu sich und begann erneut, sich zu wiegen. Sie wollte und konnte nicht mehr. Die letzten Stunden waren zu viel für sie gewesen. Zuerst hatte sie alle Menschen sterben gesehen, dann kamen diese seltsamen Kreaturen aus ihren Löchern gekrochen und jetzt hatte man sie geblendet. Schlechter konnte es nicht laufen. Es gab nichts Gutes in dieser Welt. Sie fühlte sich so allein in dieser tiefschwarzen Welt, auch wenn Bado und diese unbekannte Stimme. Da fuhr ihr der Gedanke durch den Kopf, wo den Darkness war.

Plötzlich fühlte sie eine kalte feuchte Nase an ihrer Wange und kurz danach leckte eine nasse Zunge darüber. Der warme kraftvolle Körper von Darkness drückte sich gegen sie und spendete ihr Trost.

Ein Knarzen ertönte und etwas wurde zur Seite gestellt. Es war der Tisch, gegen den sie sich bis vor wenigen Augenblicken noch angelehnt hatte. Dann fühlte sie auf der anderen Seite Bado näherkommen, der sie nach kurzem Zögern umarmte.

„Sch… schh… ist ja gut. Es tut mir leid, dass wir nicht eher gekommen sind. Wir sind so schnell gelaufen, wie wir konnten", versuchte er, sie zu trösten. Er schien es nicht gewohnt zu sein, denn er wirkte sehr gespannt und unbeholfen. „Ich weiß, dass es eine harte Zeit für dich ist, und ich versteh dich. Ab jetzt werde ich dich beschützen, doch du musst mir vertrauen und nie wieder weglaufen. Ich kann dir sonst nicht zur Seite stehen und Darkness würde auch sehr traurig sein."

Wie aufs Stichwort spürte Selen, wie Darkness sich noch fest an ihre Seite drückte. Sie wollte Bado ja vertrauen, doch war es so einfach? Konnte sie einem dieser sogenannten Übernatürlichen glauben, nachdem andere sie geblendet und fast umgebracht hatten?

„Ich will dir ja vertrauen, doch ich weiß nicht, wie das geht", sagte Selen. Ihre Stimme klang dabei sehr aufrichtig, fand Bado. „Ich habe zu lange vielen Menschen misstraut. Die Einzigen, denen ich immer vertraut habe, waren meine Familie und meine besten Freunde. Doch jetzt sind sie tot und ich bin ganz allein auf der Welt, umgeben von Wesen, die ich nicht kenne und die bösartig sind", murmelte sie so leise, doch Bado hörte jedes Wort.

Er sah sie an und wusste nicht, was er sagen sollte. Die letzten Tage war sie ihm in ihrem Charakter kämpferisch erschienen, doch jetzt hatte das Meer der Verzweiflung sie überspült. Mühsam rang sie um ihre Fassung. Ihr leises Geständnis beeindruckte ihn. Er konnte nicht einmal erahnen, was sie in den letzten Tagen alles erlebt hatte, und auch vorher schien sie ein bewegtes Leben gehabt zu haben. Es musste schwer für sie gewesen sein. Verständlich, dass sie niemandem mehr vertrauen konnte. Trotzdem musste er sie von hier wegbekommen. Nicht mehr lange und andere Übernatürliche würden auf diese Lagerhalle aufmerksam werden. Der Geruch von Selen verbrannten menschlichen Fleisch würde sie anlocken. Da hatte er eine Idee.

Spitzbübisch meinte er: „Dann ist es ja gut, dass Darkness und ich keine Menschen, sondern Hund und Katze sind, denen du vertrauen kannst. Wir werden deine neue Familie sein. Wir sind immer für dich da." Ein leichtes Lächeln umspielte Selens Lippen.

Kaum hatte er das gesagt und ihre Reaktion studiert, fühlte er, wie sich ein Gewicht von der Größe des Mount Everest auf ihn legte. Wie sollte er sie schützen, wenn er allein mit ihr war? Sicher, er hatte noch den Wolf bei sich, aber konnten sie beide diese Menschenfrau vor den ganzen Übernatürlichen schützen? Sein Clanführer wollte sie in seiner Obhut haben und beschützen. Das war die beste Möglichkeit für sie, zu überleben. Dann würde es besser werden. So lange musste er durchhalten, um sie so schnell wie möglich dorthin zu bringen.

Er versuchte, Selen diese Überlegungen als plötzliche Idee zu präsentieren. „Ich weiß, was wir machen werden: Ich werde dich zu meinem Clanführer bringen, dann bist du bei ihm sicher und er kann dich vor allen anderen beschützen."

Vorsichtig drückte er Selen an sich und schaute sich um, als sie nicht reagierte. Hier saßen sie, umgeben von den zerfetzten Leichen der Vampire und deren Blut. Die rote Flüssigkeit war bis zu den Hallenwänden weggespritzt. Überall lagen die Eingeweide der Toten herum. Es war kein schöner Anblick und im Moment war er froh, dass Selen nichts sehen konnte. Sie hätte es nicht ertragen und wäre vielleicht verrückt geworden.

„Komm, wir können gleich losgehen", forderte er sie auf.

„Nein, das geht nicht! Ich muss nach Wien. Ich will meine Eltern und meine Geschwister beerdigen. Wenigstens sie, wenn ich schon nicht den Rest der Menschheit beerdigen kann. Ich muss es tun. Nichts anderes hat eine wichtigere Bedeutung für mich im Moment."

Selen wirkte zerbrechlich, als sie sich in seine Arme schmiegte. Ihr war es vielleicht nicht bewusst, aber egal, wie kräftig sie auf den ersten Blick wirkte, sie war immer noch zierlich und zerbrechlich. Übernatürliche waren von Natur aus stärker als die Menschheit

„Also gut, wir werden erst deine Familie beerdigen, dann werden wir zu meinem Clanführer gehen. Wo müssen wir hin?" Bado würde ihr diesen Gefallen tun. Dadurch konnte er sie leichter davon überzeugen, ihn danach zu seinem Clansführer zu begleiten.

„Herretweg in Wien. In der Nähe ist der Kaiserebersdorfer Friedhof. Es wird dir wahrscheinlich nichts sagen, vielleicht sollten wir es einfach…", versuchte Selen abzuwiegeln. War es ihr vielleicht doch nicht so wichtig? Nein, das glaubte er nicht. Es war ihr überaus bedeutend, doch anscheinend glaubte sie es jetzt nicht mehr, dass sie es tun konnte. Das würde Bado jedoch nicht zulassen.

„Ich werde es schon finden. Wenn wir nach Wien reinfahren, besorge ich mir einen Stadtplan und dann sollte es nicht mehr so schwer sein. Jetzt müssen wir allerdings aus dieser Lagerhalle raus. Bald werden weitere Übernatürliche kommen, dein Geruch ist hier überall und das zieht sie an."

Und er wollte es auch nicht. Das Schlachtfeld war eine Zumutung für seine gesamten Sinne.

Selbst der Wolf drückte sich mittlerweile an ihre Beine, um sie zum Vorwärtsgehen zu bewegen. Sie mussten hier verschwinden. Den Vampir, den sie hier getötet haben, war einer der führenden Herrscher gewesen. Wenn plötzlich einer von ihnen ausfiel, würde es auffallen. Nicht mehr lange und andere Vampirherrscher würden der Spur des verblichenen folgen und schließlich hier landen.

Vielleicht sollte Bado das Gebäude abbrennen. Es würde in der derzeitigen Situation nicht einmal auffallen. Durch den Ausfall von Sicherheitssystemen kam es bei Kraftwerken und bei Lagerstätten von chemischen Materialien ständig zu Bränden. Da würde ein Feuer in so einer Lagerhalle nicht weiter auffallen. Er wollte keine Spuren von dem Wolf, Selen und sich, die jeder Verfolger lesen konnte, hinterlassen. Während er sich nach Möglichkeiten umsah, um das Lagerhaus in Brand zu stecken, fiel sein Blick auf das schwarze Tier neben ihm.

Während er seinen Plan für das Feuer weiter vorantrieb, dachte er über den Wolf nach. Er wurde immer noch nicht schlau aus ihm. Was wollte er von der Frau? Wollte er sie auch beschützen? Oder sie nur für eine spätere Mahlzeit aufbewahren? Sie war eine einfache Sterbliche. Im selben Moment musste er diese Einschätzung revidieren. Sie hatte das Massaker an der Menschheit überlebt, ohne Schäden oder Verletzungen davonzutragen. Sie war nicht nur sterblich. Bado musste nur herausbekommen, was genau sie war.

„Okay, lass uns gehen", riss Selen ihn aus seinen Gedanken.

Trotzdem klammerte sie sich weiter an ihn und wagte es nicht, sich zu rühren. Selen war noch immer starr vor Schreck.

„Ich werde dich jetzt kurz loslassen und aufstehen. Danach streckst du einfach die Hand in die Richtung aus, von wo du meine Stimme hörst, und ich werde dich hervorziehen. Okay?", schlug Bado Selen vor.

Zögernd nickte sie und Bado löste sich langsam von ihr. Sobald er allerdings nur ein paar Zentimeter weggekrochen war, roch er schon, wie ihre Panik zurückkam. Sie war traumatisiert. Es brauchte wahrscheinlich eine ganze Weile, bis sie die psychische Verletzung überwunden hatte. Tapfer versuchte Selen, die Angst zu unterdrücken, doch Bado und der Wolf wussten Bescheid. Schnell drückte sich Darkness an Selen und ließ sie seine Nähe spüren, woraufhin sich die Angst wieder legte. Selen griff nach dem Fell des Wolfs und vergrub ihr Gesicht darin.

Sobald Bado stand, hockte er sich hin und sagte: „Streck deine Hand aus. Ich werde sie gleich greifen und dich vorsichtig hochziehen. Vertrau mir." Bado versuchte, seiner Stimme einen beruhigenden Klang zu geben.

Vorsichtig löste Selen eine ihrer Hände aus dem Fell von Darkness und hielt sie zitternd in die dunkle Leere. Sofort schloss sich eine riesige Pranke um ihre Finger und zog sie hervor. Unsicher stand Selen in der für sie neuen unbekannte Dunkelheit und versuchte, sich zusammenzureißen.

Einige seltsame Geräusche drangen ihre Ohren. War das ein Knacken? Oder konnte das ein Wasserhahn sein, der tropfte? Von irgendwo her hörte sie ein schweres Zischen. War das etwa ein Vampir, der noch am Leben war. Selen fühlte sich so hilflos, wie seit langen nicht mehr. Wie konnte sie nur diese neue seltsame Welt überleben? Nein, Selen durfte sich nicht selbst so herunterziehen.

Anscheinend war sie ab jetzt vollständig von Bado abhängig. Allein konnte sie in dieser Welt nicht mehr überleben. Von Hilfe zwar abhängig, aber bestimmt nicht auf lange Sicht hilflos.

5.   Kapitel 3 Wochen nach der Menschheit
„Mach dich vertraut mit allen Techniken und Künsten.“ -
Miyamoto Musashi, Das Buch der Erde

Selen schien unsicher zu sein, was jetzt passieren würde. Ihr Kopf drehte sich hin und her, als wollte sie die Umgebung analysieren, doch es mussten die unterschiedlichen Geräusche sein, welche auf sie einstürzten. Der Wolf drückte sich weiter an ihre Beine, was Bado einen unerklärlichen Stich in der Brust spüren ließ. Auf wackligen Beinen stand sie vor ihm und presste beide Hände zitternd an seine Brust.

Bado musste ihr Vertrauen einflößen, mit ihm zu gehen. Vorsichtig nahm er eine Hand von ihr und zog sie an seine Lippen. Hautkontakt bedeutete bei Übernatürlichen wie ihm Vertrauen und Nähe auf einer tieferen Ebene. Seine Eckzähne fuhren dabei unerwartet aus. Er spürte den Drang, sie zu beißen und dauerhaft zu markieren. Ruckartig zog er die gut riechende Hand weg und schüttelte heftig den Kopf. Was war das gewesen? Was war nur in ihn gefahren?

„Komm, wir müssen gehen. Ich muss mir deine Augen anschauen. Vielleicht hast du Glück und sie können sich regenerieren.“, sagte er schnell, aber er hatte kaum Hoffnung. Bei einem Übernatürlichen wäre es kein Problem, aber sie war nur ein Mensch. Diese waren nie besonders widerstandsfähig.

Er wollte ihr vielmehr gut zu reden. Sie durfte nicht zu viel über das Geschehene nachdenken, sonst würde sie es nie mehr loswerden. So wie es aussah, war die Blendung dauerhaft. Er hatte im Mittelalter schon häufig diese Art von Brutalität gesehen. Damals waren die Menschen sehr kreativ geworden, wenn es um das Erpressen von Geständnissen durch Foltern ging. Brutal, schmerzhaft, oft tödlich und meist dauerhaft schädigend. Sollten die Geblendeten die Folter überlebte, starben sie nach kurzer Zeit an den Infektionen der dreckigen Gerätschaften.

Sobald er Selen aus der Halle geführt hatte, blieb er stehen.

„Ich weiß, das wird jetzt hart für dich, aber ich muss noch einmal in die Halle hinein. Ich möchte nur noch einmal kontrollieren, dass wir keine Spuren hinterlassen. Darkness wird bei dir bleiben und dich beschützen. Es wird nicht lange dauern."

Selen öffnete ihren Mund, doch schloss sie ihn nach einigen Sekunden wieder. Beide Hände grub sie in das Fell des Wolfs, bevor sie zaghaft nickte.

„Ich beeil mich. In weniger als zwei Minuten werde ich wieder da sein."

Bado rannte blitzschnell in die Halle zurück und legte sich alle Utensilien für ein Feuer zurecht. Einerseits ließ er das Benzin der Autos auslaufen, was zum Glück mit einem raschen Hieb seiner Krallen möglich war. Dabei erklang ein kreischendes Geräusch, was sogar Bado leicht in seinen empfindlichen Ohren wehtat. Als er seine Hand von dem Auto wegzog, konnte er gut in das Innere des Autos schauen. Das hätte aus einem Jurassic Park sein können. Jetzt konnte Bado sich um den Zünder kümmern. Dafür teilte er eine der herumstehenden trockenen Paletten in zwei. Er tränkte mit dem Stück Holz in den Kraftstoff. Mit einem Feuerzeug, das sich bei einer der Leichen fand, zündete Bado das Holzstück an. Sofort breiteten sich die Flammen aus, sodass Bado sich beeilen musste, um aus der Halle zu kommen. Sofort rannte er zurück zu Selen und berührte sie vorsichtig an der Schulter.

„Ich bin wieder da."

„Puhh." Selen ließ erleichtert ihren Atem entweichen.

Mit ihren Händen griff sie nach Bado. Langsam führte er Selen von der brennenden Lagerhalle weg. Die ganze Zeit hielt sie sich sowohl bei ihm als auch bei dem Wolf fest. Ab und zu kam sie ins Stolpern, doch beklagte sie sich nicht ein Stück. Und das obwohl sie unter mörderischen Schmerzen in ihrem Kopf leiden musste. Dies ließ sie nur durch Zuckungen um ihre Augen herum ab und zu anmerken.

Den Weg über ging Bado durch den Kopf, dass Menschen immer so zerbrechlich waren. Sie konnten sich nicht mal richtig selbst heilen. Plötzlich blieb Selen stehen und zog an seinen Arm. „Wo gehen wir hin?"

„Zurück in die Wohnung. Da schauen wir uns deine Augen an und ich hole das Motorrad und dein Schwert. In der Wohnung kann Darkness auf dich aufpassen", sprach er ihr freundlich zu.

„Warum?", wollte Selen auf einmal misstrauisch wissen. „Hast du es dir auf einmal anders überlegt? Nur weil es dir besser in deinen Kram passt? Du willst dich vielleicht nur allein lassen? Damit ich unter dem Tisch hervorkriechen sollte? Deine Versprechen sind nichts weiter als leere Worthüllen."

„So versteh doch. Ich möchte dich nicht allein lassen und auch nicht verschwinden, sondern ich möchte es nur vorbereiten, dass wir nach dem Begräbnis schnell von der Wohnung verschwinden und zu meinem Clan kommen. Mein Clanführer würde sich gern deiner annehmen und dich vor allen Unannehmlichkeiten beschützen, genauso wie ich und auch Darkness es tun würden. Doch müssen wir dich erst mal untersuchen und verhindern, dass sich deine Verletzungen infizieren. Schon die letzte ist sehr gefährlich für dich gewesen. Außerdem habe ich dir mein Versprechen gegeben, dass wir deine Familie begraben werden, und ich halte mein Versprechen – immer."

„Du hast mit ihm über mich gesprochen?", zweifelte Selen an ihn. „Bin ich etwa die Jahrmarktattraktion in dieser beschissenen neuen Welt, oder was? Eigentlich will ich gar nicht zu deinem Clanführer. Ich bin doch nirgendwo in dieser Welt mehr sicher." Fluchend versuchte sich Selen von ihm loszureißen. Sie ging einige Schritte schwankend vor und stieß fast mit einem Auto zusammen. Schnell stand Bado wieder vor ihr und zwang sie, stehen zu bleiben.

„Bitte, glaube mir, wir wollen dir nichts Böses. Gib uns eine Chance. Wir sind nicht so wie diese Vampire. Wir sind – wie würdest du es sagen? – menschlicher? Wir sind genauso unterschiedlich wie die Menschen. Es gibt nicht nur Dunkles. Gut, Vampire sind seltsamerweise fast durchgängig bösartig, aber bei dem Rest kann es variieren. Zumindest habe ich es hier in Europa so mitbekommen."

„Oh bitte, das glaubst du doch nicht im Ernst. *Ihr seid menschlicher?* Dass ich nicht lache. In allen Mythen oder aus den

Legenden wird vor euch gewarnt. Werwölfe, Trolle und alle, welche mir momentan nicht einfallen, sind bösartig. Aber mir kommt eine gerade eine Idee, damit ich mich etwas sicherer fühle und nicht ständig im Glauben leben, dass du mir die Kehle herausreißt. Wir können es so machen: Du lässt mich in Ruhe und ich ziehe meiner Wege. Ich wäre dir doch nur einen Klotz am Bein und würde dich nur verlangsamen. Darkness könnte mein Blindenhund werden. Zwar müsstest du deinen Clansführer das irgendwie beibringen, aber das solltest du vielleicht hinbekommen Ich will doch nur meinen Frieden und Ruhe – vor allem Ruhe. Einverstanden?", wütete Selen gegen ihn. Sie wollte sich nicht durch ihre Blindheit von jemandem abhängig machen. Das verstand Bado, aber sie hatte keine andere Wahl.

Wie zur Bestätigung von Selens Aussage wurde Darkness ein bisschen größer und schlich unter ihre ausgestreckte Hand. War das so eine Menschensache?

Grimmig schaute Bado den Wolf an. Dieser Verräter! Er wusste nicht, was dieser Wolf wirklich war. Nur eines war ihm klar: Dieses Tier war mächtig. Lieber wollte Bado ihn auf seiner Seite haben. Daher musste er vorsichtig versuchen, Selen zu überreden, bei ihm zu bleiben. Sie sollte aus freien Stücken bei ihm bleiben, denn sonst würde er es mit dem Wolf zu tun bekommen. Außerdem … Wenn sie nicht freiwillig blieb, würde sie bei der ersten Gelegenheit fliehen. Zusätzlich kam noch hinzu, dass er eine Bindung zu ihr spürte, die er sich nur mit ihrer Namensgebung erklären konnte. Es war für ihn fast ein Zwang, bei ihr zu bleiben. Er verstand es nicht, doch vertraute er auf seinen Instinkt wie kein anderer von den Gestaltwandlern.

Stockend begann er erneut zu sprechen: „Und wenn ich dich auf deiner Mission begleite und wir tun in erster Linie das, was du möchtest? Ich kann neben Darkness deine Augen sein. So würdest du von uns beide beschützt werden."

Langsam wendete Selen ihren Kopf in seine Richtung. Etwas war komisch an ihren leeren Augen. Er konnte aber nicht genau benennen, was es war. Ihre ausgebrannten Augen schauten auf eine erschreckende Art tief in seine Seele oder was sonst in seinem Körper steckte. Ihm fuhr ein kalter Schauer über den Rücken, wie er es in seinem Leben nur selten erlebt hatte.

Nach endlosen Sekunden nickte Selen zögerlich. „Eigentlich ich will nur leben, so wie ich es mir wünsche. Obwohl ich der letzte Mensch auf Erden bin, will ich meine eigenen Entscheidungen treffen. Immer war ich an irgendwelche Zwänge gebunden. Gesellschaft, elterliche Vorgaben, freundschaftliche Begrenzungen. Diese Freiheit, die ich jetzt lebe, ist zwar brutal, aber immerhin kann ich selbst entscheiden."

Selen stockte. Sie atmete tief durch. Anscheinend war das Thema schwieriger für sie, als er vorhergeahnt hätte. War es so anstrengend gewesen, als die Menschen noch lebten? Nach einem Moment Ruhe riss sie sich sichtbar zusammen. Dabei zog sie kurz die Schultern hoch und ihren Kopf wieder hob.

„Na gut, ich bin zwar immer noch nicht glücklich darüber, aber wir können es machen. Ich will bloß nicht hilflos sein.", sagte sie schließlich. „Sollte ich aber auf irgendeine Art und Weise gefangen werden, dann gehe ich mit Darkness fort. Egal wie ich es schaffen werde, aber ich werde es."

Erleichtert stieß Bado die Luft aus. Das konnte er ihr zumindest versichern. Von seinem Clan brauchte sie nichts zu befürchten. Zugleich merkte er erst jetzt, wie gespannt er auf ihre Antwort gewartet hatte. „Er wird dich beschützen und dir nichts zuleide tun, aber zuerst gehen wir nach Wien zu deiner Familie. Da kannst du dich von ihnen verabschieden. Darkness wird dich führen und ich bin in deiner Nähe. Das verspreche ich dir."

„Vielen Dank. Das musste ich hören. Es tut mir leid, wenn ich irrational gewirkt habe."

„Kein Problem, du hast viel durchgemacht. Lass uns erst mal ausruhen bis den Tag beginnt", meinte Bado.

In der Dunkelheit, die Selen umgab, hörte sie die Vögel zwitschern. Anscheinend dämmerte der Morgen. Vorsichtig richtete sie sich auf und versuchte, ihre Augen zu öffnen. Erst nach mehreren Versuchen, erkannte sie, dass sie schon offen waren. Jetzt fiel ihr wieder ein, dass sie geblendet worden war. Am liebsten wäre sie in Tränen ausgebrochen, doch das zog, wie sie inzwischen wusste, nur erhebliche Schmerzen nach sich.

Krampfhaft versuchte Selen ein Schluchzen zu unterdrücken und es gelang ihr auch nicht vollständig. Leise Geräusche drangen aus ihrer

Kehle. Wie hatte es nur so weit kommen können? Ihre Situation wurde zusehends schlimmer. Selen legte vor Schmerz ihre Hände vor ihr Gesicht.

Plötzlich jagten helle Blitze durch ihren Kopf. Die Unerträglichkeit verschlug Selen den Atem. Was war in ihrem Kopf los? Es fühlte sich an, als würde jemand mit dem gleichen heißen Eisen ihr Gehirn immer wieder durchbohrte, mit dem zuvor ihre Augen verbrannt worden waren. Nicht einen Atemzug konnte sie jetzt noch tun. Es fühlte sich an, als zuckten diese Blitze eine Ewigkeit durch ihren Kopf, aber Selen hätte hinterher gewettet, dass nur wenige Sekunden vergangen waren. Das Ende der Blitzwelle kam genauso überraschend, wie sie begonnen hatte. Einzig ein dumpfes Gefühl blieb zurück. Ein leichtes Wummern ging durch ihren Kopf, der sprichwörtliche Nachhall. Ein metallartiger Geschmack machte sich in ihrem Mund breit. War das Blut?

Was konnte nur das gewesen? Hatte sie etwa auch noch einen Tumor in ihrem Kopf? Oder war es ein Schlaganfall gewesen? Vorsichtig horchte Selen in ihren Körper hinein. Nein, ein Schlaganfall war es nicht, dafür fühlte sie sich zu gesund. Was war es dann? Es schien sich nur auf ihren Kopf zu konzentrieren.

Zitternd holte Selen Luft, schlang die Arme um ihre Brust und wiegte sich nach vorne und zurück. Selen hatte das Gefühl als wäre ihr Gehirn für diesen Moment vollständig leer. Diese Wahrnehmung des Vakuums musste viele Gründe haben und jetzt auch noch eine Krankheit? Oder würde sie jetzt das gleiche Schicksal erleiden wie die restliche Menschheit? Das durfte nicht sein. Sie wollte noch nicht sterben. Erst musste sie bis zu ihrer Familie durchhalten. Wenigstens diese Aufgabe wollte sie noch erfüllen. Es war die letzte Ehre, die sie noch für ihre Familie erweisen. Jeder von ihnen würde Ruhe finden.

Eine Weile saß sie noch in dem Bett und wartete auf den Tod, der nicht kam, bis sie ein leises Geräusch hörte. War das Darkness? Oder Bado? Im ersten Moment konnte Selen es nicht sagen. Erst als eine Hand ihre ergriff, wusste sie, dass der Gestaltwandler zu ihr gekommen war. Im ersten Moment sagte er nichts, sondern zog sie langsam auf ihre Füße.

„Du musst dich fertig machen. Wir müssen los. Die Sonne ist gerade aufgegangen und die Vampire können uns nicht mehr folgen. Wir müssen sehen, dass wir so viele Kilometer wie möglich zwischen sie und uns bringen und einen geschützten Ort finden, falls wir vor Einbruch der Dunkelheit nicht bei deiner Familie ankommen."

Wortlos nickte Selen. Sie wusste nicht, ob sie kurz nach der heftigen Schmerzattacke in ihrem Kopf wieder sprechen konnte. Die Bekanntschaft mit den Vampiren wollte sie lieber nicht erneuern. Der letzte Vorfall mit ihnen hatte ihr gesamtes Leben auf den Kopf gestellt.

Sie spürte, wie Darkness neben ihr entlangstrich und auch Bado blieb im Zimmer, aber ließ ihre Hand los. Sie konnte seine Wärme fühlen. Einen Augenblick lang überlegte Selen, ob sie von der Schmerzwelle erzählen sollte. Dann entschied sie sich dagegen. Hoffentlich war das eine einmalige Sache. Wer wusste schon, was die beiden tun wollten, wenn sie davon erfuhren?

Vorsichtig beugte sich Selen runter und fuhr mit ihrer Hand über das Bett, bis sie zu ihrer Kleidung kam. Mühsam versuchte sie, die unterschiedlichen Stoffstücke voneinander zu trennen, aber egal wie sehr sie sich anstrengte, es gelang ihr nicht. Nach einigen erfolglosen Sekunden hörte sie, wie Bado näherkam. Geduldig schob er ihre Hände fort und schien dann, dem Rascheln nach, selbst die Sachen zu ordnen. Schließlich gab er ihr etwas, dass sich nach einer Jacke anfühlte.

„Zieh das als Erstes an", meinte er.

Nachdem Selen die Jacke angezogen hatte, gab er ihr auch schon das nächste Stück: eine dicke Hose. Langsam begann sie sich anzuziehen. Es war schwierig die Sachen richtig anzulegen, wenn man nichts sah.

„Warum bin ich so dick eingepackt?", fragte sie verwirrt.

„Wir werden mit deinem Motorrad fahren und du bist ein Mensch. Dir wird schnell kalt werden und du darfst nicht wieder krank werden. Darkness kann uns anhand von deinem Geruch problemlos folgen", lautete seine nüchterne Aussage.

Nach ein paar Minuten fühlte sich Selen durch die Kleidungsschichten wie eine Zwiebel und die Wärme stieg in ihr. Selbst bei der kleinsten Bewegung brach ihr der Schweiß aus.

Sobald Selen fertig angezogen war, führte Bado sie an ihrer Hand mit sich. Auf der Stelle spürte sie seine Wärme, in ihre Haut durchdrang. Warum reagierte sie so heftig auf ihn? Vielleicht, weil er ihr als Einziger nicht töten wollte? Bado legte den Arm um sie und zog sie so noch näher an sich heran. Wollte er sie wirklich beschützen, was sie verwunderte, da sie sich ihm gegenüber so abweisend verhalten hatte. Sie wurde nicht schlau aus ihm, jetzt, da sie nicht mehr sehen konnte, wurde es sogar noch schwieriger.

Bado verließ mit ihr das Haus. Das konnte sie daran erkennen, dass der kalte Wind ihr ins Gesicht schlug. Selen spürte trotz der Kleiderlagen die Kälte. In diesem Moment wurde ihr bewusst, dass der Herbst langsam dem Winter wich. Die Kälte stach ihr noch nicht ins Gesicht, allerdings wusste sie, sobald sie mit dem Motorrad fahren würden, würde sie tiefgefroren werden. Durch die zusätzliche Kleidung von Bado sollte es immerhin nicht ganz so schlimm werden. Vorsichtig schob er sie ein paar Meter weiter nach vorn und stoppte sie schließlich.

Sie hörte, wie er begann, mit etwas zu hantieren, und dann war es bis auf den Wind und dem Rauschen der letzten Blätter in den Bäumen einen Moment lang still.

„Achtung! Ich steige jetzt auf. Nicht erschrecken.", flüsterte er ins Ohr.

Sofort spürte Selen, wie Bado seine Hände um ihre Taille legte, sie mühelos hochhob und auf das Motorrad setzte. Ohne etwas sehen zu können, war das Gefährt sehr viel wackliger. Es schwankte unter ihr hin und her. Selen versuchte, sich irgendwo festzuhalten, doch konnte sie auf die Schnelle keinen Griff finden. Hoffentlich fiel sie nicht herunter.

„Bleib ganz ruhig. Ich werde uns schon halten", hörte sie Bados dunkle Stimme an ihrem Ohr.

Obwohl es lachhaft war, spürte sie eine gewisse Ruhe über sich kommen. Die Stärke in seinen Armen und auch die Sicherheit, welche aus seiner Stimme klang, ließen ihre Unruhe verschwinden. Dann sackte die Maschine ab. Eine Mauer aus festen Muskeln setzte sich vor sie und rutschte nah an sie heran. Bado nahm ihre Hände und legte sie sich um seinen Bauch.

„Halt dich fest. Ich fahr jetzt los."

Mit einem scharfen Ruck fuhr er an und hätte sich Selen nicht festgehalten, wäre sie womöglich hinten runtergefallen. Sofort umfasste sie ihn enger und drückt sich fest an seinen Rücken. Die einzige Reaktion von ihm bestand in einem dunklen Grollen, welches sie schließlich als leises Lachen erkannte.

Verärgert stellte Selen fest, dass er es mit Absicht getan hatte. Sie fluchte leise vor sich hin, wie arrogant Bado doch war, was einen weiteren Lachanfall nach sich zog. Hochnäsiger Mistkerl!

Grummelnd kroch sie noch näher an ihn. Schon nach den ersten Metern war die Kälte in sie eingedrungen. Zum Glück wärmte die Nähe zu Bado sie auf.

Einige Zeit später lenkte Bado das Motorrad durch die Straßen einer Ortschaft, da spürte Selen, wie sie langsamer wurden und letztendlich stoppten.

„Wir sind in Wien angekommen, wohin müssen wir jetzt genau fahren?", fragte er sie.

„Wenn ich es richtig in Erinnerung habe, musst du auf die Ost-Autobahn fahren und dann bei der Zinnergasse runter", begann Selen zu überlegen. Hoffentlich machte sie jetzt keinen Fehler bei der Wegbeschreibung. Blind hatte sie sich noch nie hier orientieren müssen. „Dort muss du wieder Richtung Westen fahren, damit du nach wenigen hundert Metern in die Kaiser-Ebersdorfer-Straße einbiegen kannst. Nach circa 500 Metern kommt eine Kreuzung und hier kannst du in die Meidigasse einbiegen. Du fährst so lange auf dieser Straße, bis du zu einem Friedhof kommst und direkt gegenüber gibt es ein paar Mehrfamilienhäuser. Dort wohnt – oder besser gesagt, wohnte – meine Familie."

„Halt dich gut fest. Ich fahre wieder los."

Sofort krallte sich Selen an ihm und hoffte, dass es bald vorbei sein würde. Diese Motorradgeräusche machten sie verrückt. Selen wusste nicht mehr, wo sie war und wohin sie sich bewegten, und das wurmte sie. Sie konnte nur hoffen, dass Bado sie an die richtige Adresse brachte und sie endlich ihre Familie begraben konnte – die letzte Ehre erweisend. Was danach passieren würde, wusste Selen noch nicht, aber es war ihr in diesem Moment egal. Die Idee von Bado, sie zu seinem Clansführer zu bringen, war interessant. Dann konnte sie sich in Ruhe Gedanken machen, was sie in Zukunft tun wollte. Die Almhütte als Lebensziel war mehr oder weniger gestorben. In ihrer neuen Situation konnte sie allein nicht überleben. Oder konnte Darkness ihrem Leben einen neuen Sinn geben? Sie musste ihn doch ein zu Hause geben und vor allem Hegen und Pflegen, damit er lange gesund blieb.

Sie wäre Bado in jedem Fall ein Klotz am Bein. Bei den

alltäglichsten Dingen brauchte sie seine Hilfe. Auch deshalb konnte sie nicht verstehen, warum er sich um sie kümmerte. Diese Abhängigkeit würde sie am Ende beide unglücklich machen, das war doch abzusehen.

Aber was konnte Selen anderes tun? Die Welt war zu gefährlich geworden. Sie wollte gar nicht darüber nachdenken, was in den nächsten Jahren noch passieren würde. Jetzt allerdings war ihre Familie oberste Priorität. Zumindest ihre Familie musste ein anständiges Begräbnis bekommen. Dann würden sie Ruhe finden können, und auch Selen selbst. Anschließend würde sie sich Gedanken machen, wie sie am besten mit ihrer Blindheit zurechtkommen könnte.

Wieder dauerte die Fahrt fast eine Stunde. In dieser Zeit fuhr Bado in ständigen Kurven über die Straße. Als Selen nachfragte, was der Grund sei, sagte er nur: „Hier stehen überall Autos auf der Straße. Ich kann nicht mehr geradeaus fahren. Daher kommen wir auch nur so langsam voran."

Nach einer gefühlten Ewigkeit hielt er endlich an und schaltete den Motor aus. Vorsichtig tastete Selen mit ihren Füßen nach unten. Es fühlte sich an, als würde sie auf einer Klippe sitzen und der Abgrund unter ihr könnte sie jederzeit verschlingen. Auf einmal hob Bado sie vom Motorrad runter und stellte sie vorsichtig auf den Boden. Bado bemühte sich immer mehr um Selen. Einen Momentlang wusste sie nicht, welches Gefühl, das war – angenehm. Genau, dass war es. Selen zuckte im Geiste mit den Achseln und schob diesen Gedanken zur Seite. Das war nicht wichtig. Das kam nur durch die Umstände.

„Wo müssen wir jetzt hin?", fragte Bado und riss sie damit aus ihren Gedanken.

Standen sie vor dem Haus ihrer Kindheit? Selen konnte es nicht glauben.

„Wir müssen in das Haus mit dem runden Dach. Meine Familie wohnt ganz oben", antwortete Selen und fragte weiter: „Wann wird eigentlich Darkness hier sein? Kann er einfach so unserer Geruchsspur folgen?"

Bado führte sie eine Straße entlang und schwieg. Schon wollte Selen noch mal nachfragen, als sie an ihrem Bein das Fell von Darkness fühlte. Wie schnell war er nur hierhergekommen? Selen war das herzlich egal. Mit einer Hand berührte sie das weiche Fell und strich drüber. Sofort beruhigte sie sich tief in ihrem Inneren. Selen genoss die Wärme, die von den beiden Wesen neben ihr ausging. Obwohl es ihr einen Moment lang so erschien, als würde die Wärme von Bado wesentlich heißer sein als die von Darkness. Egal, das war jetzt irrelevant. Langsam und Hand in Hand wie ein altes Ehepaar liefen sie weiter. Bado führte sie vorsichtig bis vor die Haustür. Waren sie tatsächlich angelangt? Selen fühlte sich so unsicher wie noch nie.

„Hast du einen Schlüssel? Ich möchte nicht die Wohnung deiner Eltern zerstören.", fragte er.

Selen schüttelte den Kopf. „Leider nein, ich hatte ihn in meiner Wohnung in München vergessen … ähm … liegt hier vielleicht jemand, dem man den Schlüssel abnehmen kann?", fragte sie vorsichtig.

Sie wollte nicht daran denken, wie sie vor wenigen Tagen in den Taschen eines älteren Mannes rumwühlen musste, um an seine Motorradschlüssel zu kommen. Ihr wurde schlecht bei dem Gedanken. Hoffentlich musste sie es nicht noch einmal machen.

„Ich werde einfach meine Krallen benutzen. Da müssen wir die Toten nicht anfassen und es geht genauso einfach."

Dann hörte sie ein klirrendes und reißendes Geräusch und spürte einen Lufthauch auf ihrer Haut. Anschließend zog Bado sie vorwärts in das Treppenhaus. Es fühlte sich gut an, wieder zu Hause zu sein, und Selen spannte sich immer mehr an. Bald würde sie ihre Familie begegnen oder besser gesagt die Leichen von ihnen.

Als wäre ihre Ruhe ein Auslöser gewesen, kehrten die Kopfschmerzen und hellen Blitze zurück, die sie vor einigen Stunden erlebt hatte, nur dreimal so heftig. Selen schwankte und fiel auf den Boden. Mit jeder Sekunde, die verging, wurden die Schmerzen schlimmer. Die ganze Welt drehte sich. Sie tastete auf dem Teppich hin und her. Irgendwo musste doch ein Geländer sein, an dem sie sich festhalten konnte.

Bado und Darkness waren zusammengezuckt, als Selen plötzlich zu Boden glitt. Er kniete sich neben sie hin und berührte sie sachte an der Schulter. Was war mit ihr passiert? Er roch etwas an ihr. Ihr Geruch hatte sich verändert. Es stank nach Krankheit, aber er konnte nicht bestimmen, woher sie kam. Urplötzlich hatte sich das Gesicht von

Selen vor Schmerz verzerrt und sie war an der Wand zusammengebrochen.

Ihr Herzschlag hatte sich erhöht und Schweiß lief ihr über das Gesicht. Ihr Wimmern drang ihm bis auf die Knochen.

„Was ist los?", fragte er erschrocken, doch sie sagte nichts. Nach wenigen Sekunden erbrach sie sich auf den Boden. Ihr Gesicht blieb fahl, trotzdem schien es ihr langsam besser zu gehen. Er hörte, wie ihr Herz sich beruhigte.

Bado schaute beunruhigt zu Darkness und zuckte verwirrt mit den Schultern. Der legte nur seinen Kopf schief. Auch er schien ratlos zu sein. Was war ihr geschehen?

Zitternd hob Selen die Hand und Bado zog sie langsam auf die Füße. Sie wirkte auf einmal sehr zerbrechlich. Ihre Hand war in seiner so dünn wie ein Zweig und ihre Haut leichenblass. Als Selen abermals zu wanken begann, hob er sie hoch und begann, die Treppe zu den oberen Stockwerken hinaufzusteigen.

Selen runzelte die Stirn und fragte verwirrt: „Ich … Du … Warum trägst du mich?"

Dann begann sich ihr dickköpfiger Charakter durchzusetzen. Konnte diese Frau sich nicht mal einigen?

„Ich kann allein laufen. Außerdem bin ich zu schwer für dich."

„Ich glaube nicht. Du siehst so aus, als würdest du gleich wieder umfallen", widersprach Bado entschieden. Als wäre das noch nicht bestimmend genug, knurrte in diesem Moment der Wolf dazu.

Er schien Bado in dieser Hinsicht unterstützen zu wollen. Selen versuchte, böse in Richtung des Wolfes zu schauen, aber es gelang ihr nicht. Noch war ihre Blindheit zu neu, um seine Position durch bloßes Hören zu bestimmen.

„Selen, du bist nicht schwer. Du könntest ein bisschen zulegen. In meinen Armen fühlst du so leicht wie eine Feder an." Dann stutzte Bado und fragte knurrend nach: „Oder willst du wie diese spindeldürren Gerippe sein, die sich kaum geradeaus bewegen konnten?"

„Viele meiner Freunde haben diese Wunschvorstellung verfolgt. Ab und zu ist mir auch schon jemand begegnet, der meinte, er könne mich nicht hochheben. Ich wäre zu dick."

„Dann muss derjenige ein ziemlicher Waschlappen gewesen.

Ich könnte dich mühelos mit meinem kleinen Finger hochheben. Und das kann ich dir gerne beweisen", meinte er.

Sofort lief Selen rot an und auch ihr Herz begann sich zu beschleunigen. Das konnte Bado gut hören. Anscheinend war sie eine von der schüchternen Sorte, aber ihr Puls verriet sie. Ihr schien der Gedanke zu gefallen. Anscheinend war jemand einmal nicht so nett zu gewesen. Bado wusste es nicht genau, aber hoffentlich erzählte sie es ihm – irgendwann.

Damit war Bados Entschluss gefasst. Er wollte sie bei sich haben – vielleicht als Freundin, vielleicht irgendwann sogar mehr. Das stand für ihn fest. Niemand würde sich ihm in den Weg stellen.

Nachdem Bado die Treppen bis nach oben hinaufgestiegen war, stand er vor drei Türen. Bei keiner einzigen war ein Namensschild befestigt. Welche war die von Selens Familie? Sie sahen alle drei gleich aus.

„Welche von diesen Türen ist die deiner Liebsten?", fragte er nach.

Als Bado jedoch runterschaute, konnte er erkennen, dass Selen die Augen geschlossen hatte und sich in seine Arme einkuschelte. Also musste er es allein lösen.

Bado senkte seinen Kopf zu Selen und atmete tief ein. Sobald er ihren Geruch wahrgenommen hatte, konnte er drei ähnliche riechen. Sie waren abgestanden, aber immer noch klar erkennbar. Die mittlere Tür – dort kamen sie heraus. Vorsichtig stieß er die Tür auf und ging hinein.

Während er durch die Wohnung lief, schaute er sich aufmerksam um. Hier hatte definitiv eine Familie gelebt. Die Wohnung war weder edel oder exquisit eingerichtet noch war sie sehr groß – sie war klein gehalten, allerdings waren die Möbel auf Komfortabilität und Kuschlichkeit ausgesucht. Das Sofa und die Sessel waren sich zugewendet und nicht auf den Fernseher gerichtet.

Überall standen Familienbilder und Fotos von den zwei Töchtern waren zu sehen. Eine davon war Selen. Das andere Mädchen in den Bildern, war definitiv ihre Schwester. Sie war Selen wie aus dem Gesicht geschnitten.

Es schien, als wollten die Eltern nie vergessen, wie im Verlauf ihres Großwerdens aussahen. Mit wenigen Schritten hatte er die Zwei-Zimmer-Wohnung durchquert.

Er legte Selen vorsichtig darauf und verschwand in die Küche.

Dort fand er die Familie.

Die drei Menschen saßen am Tisch und hatten wohl zu Abend gegessen. Sie waren während des Essens zusammengesunken. Die Kartoffeln, das Gemüse und auch das Stück gebratenen Hühnchenfleisch war verfault und überall tummelten sich Fliegen, Maden und andere Insekten. Der süßliche Geruch der toten Familie vermischte sich dem beißenden der verfaulten Nahrungsmittel. Es kroch in seine Nase wie gasförmige Säure.

Schnell drehte sich Bado um und ging hinaus. Er war froh, dass Selen nichts mehr sehen konnte. Trotzdem wollte er ihr den Geruch ersparen. Es war die eine Sache, Leichen unbekannter Leute zu sehen, doch etwas anderes, wenn man den Tod der eigenen Familie bezeugen musste.

Als er wieder zurücklief, hatte sich Selen aufgesetzt und tastete mit ihrem Fuß den Boden ab.

„Warte. Bevor du aufstehst", brummte Bado, „trink erst mal was. Ich habe hier Wasser für dich."

Ihre Lippen waren leicht gesprungen. Sie brauchte etwas zu trinken, daher füllte er ihr in der Küche ein Glas Wasser aus einer Flasche ab.

Zögernd hielt sie die Hand hoch und er drückte ihr das Glas in die Finger. Sie kam nach und nach wieder zu Kräften, doch wirkte sie immer noch als könnte sie jeden Moment umkippen.

„Danke, ich wüsste nicht, was ich ohne dich machen würde. Ich hätte den Weg hierher nicht mehr gefunden, seitdem ich …", Selen verstummte.

Noch konnte sie nicht beim Namen nennen, was mit ihr passiert war. Sie konnte nicht begreifen, was sich gerade in ihrem Körper oder in ihrer direkten Umgebung mit all diesen neuen Eindrücken geschah. Es war erschreckend.

„Als ich das Wasser geholt habe, habe ich deine Familie entdeckt. Es tut mir so leid. Sie befanden sich gerade beim Essen. Was willst du mit ihnen machen?", fragte Bado nach.

Er hatte nur wenig Erfahrung mit Menschen und ihren Begräbnisritualen.

„Ich möchte gerne ein ehrenvolles Begräbnis durchführen. Sie waren mein Ein und Alles. Ich konnte mich immer auf sie verlassen.

Sie waren in den schlimmsten Situationen für mich da. Das soll mein letztes Geschenk an sie sein. So kann ich mich richtig von ihnen verabschieden." Er merkt, wie sehr sie mit ihren Tränen zu kämpfen hatte, während sie das sagte.

Bado kannte so was nicht. In seiner Kindheit hatte er für kurze Zeit eine Mutter gehabt und war dann den größeren Teil der Zeit auf sich allein gestellt gewesen. Selbst jetzt in seinem Clan lebte er als Einzelgänger. Er wusste nicht, wie er mit jemandem umgehen sollte, der so einen Verlust erlitten hatte, daher setzte er sich neben Selen und zog ihren Kopf auf seine Schulter. Als wäre das ein geheimes Signal für Selen gewesen, begann sie zu schluchzen. Es tat ihm leid, dass sie diesen Schmerz erleiden musste. Dieses Massensterben war so unnatürlich gewesen.

Nach einigen Minuten wurde Selen ruhiger und sank erschöpft auf das Sofa zurück. Sie behielt ihren Schmerz für sich und sagte kein Wort zu Bado. Anscheinend war der Gefühlsausbruch nun vorbei. Etwas unbeholfen stand Bado auf und blickte auf Selen herab. Was taten die Menschen in so einer Situation? Vielleicht sollte er die Toten in der Erde vergraben, wie von ihr gewünscht.

„Ich werde jetzt die Gräber für deine Familie vorbereiten und dann können wir sie anständig beerdigen", sagte Bado vorsichtig.

„Danke. Kann ich dir dabei irgendwie helfen?", fragte Selen, doch ihr Gesicht sah aus, als wollte sie im Moment gar nichts tun.

„Brauchst du nicht. Sobald ich alles vorbereitet habe, werde ich dich holen und dann können wir die Zeremonie durchführen. In der Zwischenzeit kannst du dich ausruhen. Nach dem Begräbnis werden wir weiter in Richtung Süden ziehen."

Er versuchte, möglichst viel Mitgefühl und Zuversicht in seine Stimme zu legen, obwohl ihm gerade nicht danach zumute war. Sie brauchten Hoffnung, um optimistischer in die Zukunft schauen zu können. Wenn sie im Süden von Italien angekommen waren, konnte er aufatmen.

„Bleib einfach hier sitzen. Darkness wird bei dir bleiben. Bis gleich."

Selen nickte nur und lehnte sich zurück. Schnell verzog sich Bado. Fast kam es ihm wie eine Flucht vor, aber was sollte er sonst machen? Er ging in die Küche und hob die drei Leichen hoch. Eine konnte er auf seine Schulter legen, die anderen beiden lud er sich auf die Arme. Lieber alles mit einem Gang wegbekommen als mehrmals die Treppe hoch- und runterzugehen. Außerdem musste Selen nicht unnötig die Geräusche hören, wenn er an ihr vorbeischritt. Denn es wäre mit dem Wissen verbunden, dass er ihre tote Familie mit sich nahm. Ohne gegen die Möbel zu stoßen, lief er zur Tür und die Treppe hinab. Sobald er auf der Straße stand, schaute er sich um. Wo konnte er in der Nähe drei Gräber ausheben? Nach einem tiefen Atemzug kannte er die Antwort: Gegenüber lag ein Friedhof, das konnte er an dem intensiven und abgestandenen Verwesungsgeruch erkennen. Hatte Selen nicht vorhin auch so etwas gesagt?

Mit raschen Schritten ging er zum Friedhof. Der schien älter zu sein. Es gab sogar eine Gruft und Massengrab mit über 30 Leichen darin, zumindest ließen das die Namensauflistung darauf schließen.

Diese Menschen waren schon seltsam gewesen. Warum musste man Gräber und Friedhöfe anlegen? Konnte man sie nicht einfach in die Erde verscharren oder liegen lassen? Von Natur aus verweste alles, dadurch wurden wieder Nährstoffe gebracht. Na ja, wer wusste schon, was sie sich über die Jahrtausende ausgedacht hatten? Er lud die Leichen am Eingang des Friedhofes ab und ging auf dem Gelände umher. Irgendwo musste hier doch ein Platz für drei Menschen sein, vielleicht in der Nähe eines Baums oder an der Mauer. Ein erkennbares Merkmal, dass er sie hier begraben hatte.

Nachdem er einige Zeit gesucht hatte, fand er schließlich in einer kleinen Nische einen Platz. Hier war es perfekt und absolut einzigartig, es würde hoffentlich auch Selen gefallen. Der Ort war versteckt hinter einer Reihe von Bäumen und direkt an einer kleinen verfallenen Mauer. Es bildete eine natürliche Kuhle. Also lief er zurück und holte die Leichen. Er brachte sie runter und legte sie hin. Jetzt konnte er einfache die Gräber graben, ohne umständlich Maß zu nehmen. Erst nach einer knappen Stunde war er damit fertig.

Zu Darkness, der zwischenzeitlich aus dem Haus gekommen war, sagte er telepathisch: *Du kannst sie jetzt runterbringen. Es ist alles vorbereitet.*

Der Wolf knurrte zustimmend und rannte in das Haus hinein. Bado schaute ihm hinterher und schüttelte den Kopf. Was war das nur für ein Tier?

Nach ein paar Minuten kamen die Beiden hinaus. Dabei hatte sich Selen mit beiden Händen in das Fell von Darkness verkrallt. Der Wolf trabte zur Grabstelle, sodass Selen ohne Probleme folgen konnte. In der Zwischenzeit hatte Bado die Leichen in die Löcher gelegt.

„Tut mir leid, dass wir jetzt schon hergekommen sind, aber Darkness hat mich einfach hinuntergezogen", stammelte sie.

Sie wusste nicht, dass Bado das Tier zu ihr geschickt hatte, und so wie der Wolf zu ihm schaute, sollte sie es auch nicht erfahren.

„Kein Problem, ich habe die Gräber vorbereitet und deine Familie hineingelegt. Möchtest du noch ein paar Worte sagen, bevor ich die Erde darauf schütte?", fragte er Selen.

Sie schüttelte stumm den Kopf. Anscheinend näherte sie sich wieder einem Angstzustand oder sie war zu sehr von ihrer Trauer übermannt. Bado konnte es nicht sagen. Er hätte die Menschen gründlicher beobachten sollen.

Doch dann sagte sie zwei Worte: „Auf Wiedersehen."

Es war diese Aussage, die mehr ausdrückten, als tausend andere es gekonnt hätten. Danach stand sie stumm da und ihr liefen die Tränen aus den leeren Augen. Bado wollte diese Ruhe nicht stören. Selen sollte sich die Zeit nehmen, die sie brauchte.

Nach einer halben Stunde drehte sie sich schließlich um und wollte zurückgehen, als sie auf einmal wie angewurzelt stehen blieb. Ihr keuchender Atem sagte ihm alles. Sie litt unter Schmerzen. Auch ihr Geruch hatte sich wieder verändert. War es die Trauer oder körperlicher Schmerz?

Was war nur los mit ihr? Trug sie irgendeine Krankheit in sich, die jetzt ausbrach? Ihr Atem beschleunigte sich immer weiter. Sie schien kurz vor einem Kollaps zu stehen. Schon schwankte sie.

Nun stürzte Bado zu ihr und hielt sie in seinen Armen, bevor sie zusammenbrach. In diesem Moment schien es ihr kurzzeitig besser zu gehen, denn ihre Luftzüge verlangsamten sich etwas. Dann schrie sie kreischend. In diesem Schrei lag der gesamte Schmerz, den sie empfand. Sein Herz zog sich bei dem Klang zusammen. Bado konnte jedoch nichts gegen ihr Leiden tun.

Sie schrie so lange, bis ihr Körper erschlaffte vollständig. Die Kraft wich aus Selen und hätte Bado sie nicht festgehalten, wäre sie mit ihrem Kopf auf dem Boden aufgeschlagen.

Mit seinem Körper stützte Bado sie ab, gleichzeitig fragte er Darkness fassungslos: *Was ist denn jetzt geschehen? Ist sie krank? Sie trägt zwar einen seltsamen Geruch, aber keinen nach Krankheit.*

Auch der Wolf schien verwirrt zu sein. Sein ganzer Körper schrak zurück.

Wir müssen sie sofort in ein Bett legen. Sie braucht Ruhe. Wenn sie wieder aufwacht, können wir sie fragen – falls sie wieder aufwacht. Wenn es tödliche Krankheit ist, was dann? Die entscheidende Frage ist, ob sie das schon früher hatte. Ich hoffe nur, dass es nicht zu spät ist. Sollte sie einen akut wachsenden Gehirntumor haben, wird sie wahrscheinlich nicht mehr lange leben, meinte der Wolf.

Zustimmend nickte Bado dem Wolf zu und brachte Selen in die Wohnung. Die Situation war so seltsam. Noch nie war er nah bei einem kranken Menschen gewesen. Als er sie in den Armen hielt, hatte er das Gefühl, dass Selen noch weniger wog als vor einer knappen Stunde. Ihr Körper raubte ihr zusehends ihre Kraft. Was passierte hier? Vorsichtig legte er sie auf das Sofa. Ihr Atem ging jetzt nur noch flach, ihr Puls raste hingegen.

Er blickte zum Wolf: „Pass auf sie auf! Wenn irgendwas sein sollte, sag Bescheid. Ich versuch, was zu finden, wo wir sie ohne Probleme hinlegen können. Nicht dass sie ihre Muskeln noch zerrte."

Bado verschwand in den anderen Raum, wo er die Betten der Familie fand. Es fanden sich dort ein Einzelbett und ein Doppelbett, welche lediglich durch einen einfachen Vorhang getrennt waren. Zwei Punkte wurden ihm dabei klar. Einerseits war Selen schon ausgezogen gewesen ist. Und das Privatsphäre anders aussah. Er nahm sich eins von den Kissen und eine dicke Decke. Dann schaute er sich um, ob es vielleicht noch gab, was er ihr mitbringen konnte, aber ihm fiel nichts auf. Er wusste nicht, was ein Mensch brauchte, damit er es bequem hatte.

Als er zurückkehrte, ging ihm durch den Kopf, dass er nicht wusste, wie lange Menschen bewusstlos bleiben konnten. Konnten das nur ein paar Minuten sein oder auch Stunden. Das Schlimmste wäre Tage. Da lag auch ein großes Problem - die Zufuhr der Nährstoffe, da Menschen nicht so stark waren wie die Übernatürlichen. So überlebten sie nur drei Tage ohne Wasser und gerade mal drei Wochen ohne Essen. Das hatte er mal in einer Dokumentation auf einer Mission aufgeschnappt. Somit hatten Bado und Darkness ein Problem. Jetzt, so schien es, würde er rausbekommen, wie überlebensfähig Selen war.

Im Wohnzimmer wartete der Wolf auf ihn und sagte telepathisch: *Sie hat sich ein bisschen erholt. Trotzdem etwas stimmt nicht. Sie wacht nicht auf. Ich glaube, sie liegt in einem Koma – so was befällt Menschen ab und zu, wenn sie sehr krank sind. Sie hatte, kurz nachdem du das Zimmer verlassen hattest, für einen Moment die Augen geöffnet, ansonsten gab es keine weitere Regung. Sie ist starr. Ich habe mal gehört, dass man einerseits Nährstoffe zuführen musste und sie regelmäßig bewegen muss, wenn sie mehrere Tage lang bewusstlos ist.*

„Verdammt, das hat uns gerade noch gefehlt. Musst du so ein Schwarzmaler sein? Wir können keinen kranken Menschen zu meinem Clanführer bringen. Es würde unsere Reise zu sehr aufhalten. Wir müssen sie unbedingt aufwecken."

Meinst du nicht, dass es ungefährlicher ist, wenn wir sie hierlassen und umsorgen würden? fragte der Wolf nach.

Er schien Bado nicht zu vertrauen. Das war nicht ungewöhnlich. Manchmal vertraute er sich nicht mal selbst. Bisher hatte er den Befehl seines Clansführers ohne Widerspruch befolgt. Erst durch die Begegnung mit Selen wandelte sich sein Weltbild langsam. Vorher hatte er sich als etwas Besseres gesehen. Doch Selen zeigte ihm, dass auch vermeintlich schwächere Wesen über sich hinauswuchsen. In diesen Momenten erkannte er, dass psychische Stärke nichts mit der physischen gemein hatte.

Da er nicht wusste, was er sagen sollte, blieb er vorsichtshalber stumm und legte das Kissen unter den Kopf von Selen. Sie gab keinen Laut von sich. Das Unheimlichste war die komplette Regungslosigkeit. Schnell wandte sich Bado ab. Er konnte es nicht mit ansehen. Als er gezwungenermaßen ihre Augenlider anhob, um zu schauen, ob sie auf Licht reagierten – im gleichen Moment fiel es ihm wieder ein, diese Augen würden nicht auf Helligkeit reagieren -, lief es ihm eiskalt den Rücken runter. Irgendwas an diesen Augen war seltsam, dass man nicht lange hinschauen konnte. Es schien, als würden sie alles über die Welt und deren Bewohner wissen und direkt in die Seele eines jeden Lebewesens blicken.

Spöttisch fragte der Wolf: *Was ist los mit dir? Hat das große Kätzchen auf einmal eine Panikattacke?*

„Nein!", fauchte Bado ihn an. "Ich habe ihr in die Augen geschaut. Die sind irgendwie anders."

Neugierig stellte sich der Wolf mit seinen Vorderbeinen auf das Sofa und schaute Selen in die Augen, doch er hielt es nicht mal eine Sekunde aus. Schnell wandte er den Kopf ab.

Du hast recht. Dafür, dass diese Augen blind sind, scheinen sie sehr viel zu sehen – zu viel. Aber jetzt einmal was ganz anderes: Wir wissen nicht, wie lange es dauern wird, bis sie wieder munter wird, daher sollten wir uns einerseits überlegen, wie wir sie am besten bei Kräften halten können, andererseits wie wir dieses Haus absichern. Wenn wir es nicht tun, werden wir überrannt. Selens Geruch wird Angreifer anlocken. Er breitete sich schon jetzt aus. Jetzt zu flüchten würde uns bestimmt in irgendeine Art der Falle locken. Und hier sitzen wir wie in einen Hexenkessel. Egal in welche Richtung wir uns bewegen, wir werden auf irgendeine Art und Weise von jemanden angegriffen. Daher müssen wir uns anstrengen, dass wir hier gut geschützt sind und Selen ihre Ruhe hat.

Bado schaute auf und begann, seine Sinne zu schärfen und auszuweiten. Er hörte, das leise Getrappel von Dutzenden Füßen über Asphalt. Sie waren offenbar noch einige Kilometer entfernt, doch das würde nicht ewig so bleiben. Die Feinde kamen immer näher und Bado saß mit dem Wolf und Selen hier fest. Verdammt, das lief anders als geplant.

„Wir müssen so schnell wie möglich alles verbarrikadieren. Die Vampire, oder wer auch immer uns angreift, dürfen nicht an Selen rankommen", überlegte Bado.

Der Wolf nickte zustimmend.

„Ich werde ein paar Holzplatten, Stahldraht und Nägel dazu besorgen. Du suchst die Wohnung nach was Brauchbarem ab. Werkzeugkiste oder so. Wir müssen uns verteidigen und die Türen und Fenster verschließen."

Sofort stand Bado auf und rannte die Treppen runter. Als er vorhin Selen hochgetragen hatte, hatte er bei den Mülltonnen neben dem Haus einige Massivholzteile gesehen. Die waren hervorragend geeignet für ihr Vorhaben. Ohne Zeit zu verlieren, schnappte er sich ein paar Teile und lief zurück. Nach einigen weiteren Gängen die Treppe rauf und runter wandte er sich dem Errichten einer provisorischen Barrikade zu.

Nach knapp einer Minute hatte er eine weitere Idee.

Schnell fragte er den Wolf telepathisch: *Gibt es hier im Haushalt irgendwas Giftiges? Wir müssen das Holz damit übergießen.*

Der Wolf erschien in der Tür und schüttelte mit seinem kräftigen Kopf. *Wir brauchen zudem noch was zu essen, bevor diese blutrünstigen Tiere hier ankommen. Wir wissen schließlich nicht, wie lange wir hier sein werden. Es hängt von Selen ab.*

Grimmig nickte Bado. Ihm war das bewusst. Er konnte vielleicht einige Wochen ohne Essen auskommen, doch was passierte mit Selen? Sie lag in diesem seltsamen Koma und konnte keine Nahrungsmittel zu sich nehmen. Er wusste nicht einmal, ob ihr Körper instinktiv reagieren würde, wenn er mit Essen in Berührung kam. Alles war so verdammt ungewiss. Vielleicht lagen Portionen dieser Breisachen herum, die die Menschen gerne ihren Jungen gaben. Nach einer kurzen Durchsuchung des Gebäudes zeigte sich, dass es in diesem Haus keine Kinder oder Babys gegeben hatte. Er roch nur allgegenwärtige Tod und Verwesung.

Ehe er wieder in die Wohnung hinaufstieg, kam ihm die Idee, die Haustür zu verriegeln. Bado suchte sich aus dem Keller noch einige Holzplatten zusammen. Dort gab es sogar mehrere Werkzeugkisten. Mit raschen Bewegungen befestigte er die Platten an den Eingangstüren, die vollkommen aus Glas bestand. Hierbei trieb er die Nägel erbarmungslos durch die Platten in den Metallrahmen. Nach wenigen Minuten war es stockdunkel in dem Eingangsbereich. Nur durch das schmale Schlitzen der Briefkästen drang noch Licht hinein. Diese musste er auch sichern. Am besten würden wahrscheinlich Holzplanken sein, so schmal wie die Tritte von Holzleitern. Einige von diesen Übernatürlichen konnten ihre Finger und Arme so stark verrenken, dass sie durch die Kästen greifen konnten. Nachdem er alles abgeschottet hatte, ging er zurück nach oben.

Bado schaute in allen Wohnungen nach, ob nicht doch noch irgendwo dieser Breimix zu finden war. Vielleicht hatte er was übersehen. Dem war leider nicht so. Also mussten sie diesen Brei herstellen, nur wie?

Nachdenklich ging er weiter. Ein Punkt stellte die Verabreichung des Breis dar – wie ging das vonstatten? Gerade als er die Tür zu der Wohnung erreichte, kam ihm eine Idee. Er würde das Essen vorkauen müssen, so wie es die Vögel immer machten. Danach musste er es ihr nur noch einflößen. Wenn alles gut klappen würde, würde sie hoffentlich wieder aufwachen und nicht zu stark geschwächt sein.

Bedächtig öffnete er die Tür.

„Wir müssen reden.", eröffnete er dem Wolf und nickte in Richtung der Küche.

Der Wolf folgte ihm und zusammen setzten sich beide hin. Ihm gingen mehrere Ideen durch den Kopf, was sie tun konnten. Durch seinen Instinkt, der ihn bisher so gut wie nie betrogen hatte, wusste er, dass sie nicht nur einen Tag lang in dieser Wohnung bleiben würden. Also musste er sich gedulden und das konnte er von Geburt an sehr gut.

Abwesend schaute er sich um. Gab es irgendwo eine provisorische Waffe, mit der er sich auf engsten Raum verteidigen konnte? Wenn er sich in dieser Wohnung verwandelte, war er nicht mehr so wendig. Er würde den Vorteil seiner Tiergestalt in diesen beengten Verhältnissen verlieren. Aber sie hatten nicht mehr die Möglichkeit auf ein größeres Feld zu kommen. Innerhalb von Wien würden sie jedoch nur von dunklen Ecken und Schatten umgeben sein. Das wäre sogar noch gefährlicher als die kleine Wohnung hier. Hier kannten sie jede Ecke von ihr und konnten so einen Vorteil gegenüber den Feinden sein. Bados Blick blieb auf Selens Katana liegen. Bado hob es hoch und zog das Schwert aus der Scheide heraus. Sein Blick glitt über das Metall hinweg. Das Schwert war stumpf. An einigen Stellen konnte er Selens Bemühungen sehen, es zu schärfen. Man konnte es zwar neu schärfen, allerdings wurde es dadurch dünner und instabiler.

Telepathisch verständigte er den Wolf: *Ich werde mich ein bisschen um mögliche Waffen kümmern und das Katana schärfen. Vielleicht hat jemand eine Pistole oder Gewehre hier im Haus. Wenn wir Glück haben. Ansonsten müssten wir nach Messern Ausschau halten.*

Der Wolf knurrte zustimmend. Dann verschwand er wieder aus dem Raum und legte sich neben Selen auf den Boden.

Die Dunkelheit war überall. Sie zerrte Selen immer wieder in die Tiefe. Sie hatte fast das Gefühl, mit einem dicken fetten Ölfilm zu kämpfen, der alles verklebte. Ihr Kopf tat zwar kaum noch weh, doch konnte sie auch nichts anderes mehr spüren. Sie war abgeschnitten – abgeschnitten von der Welt. Sie musste wieder an die Oberfläche kommen. Es war egal, dass es dort genauso dunkel war wie hier. Sie musste wieder was hören fühlen, riechen und schmecken. Sie wollte endlich die reale Welt wiedersehen, doch die schwere Dunkelheit zog sie wieder hinunter.

Mittlerweile dauerte die Blockade bereits vier Tage an. Über diese Zeit hinweg hatten sie immer wieder Selen dünnflüssigen Brei zugeführt. Ab und zu hatte Bado ihre Gelenke bewegt, damit sie nicht steif wurden. Der Wolf hatte sich in den ruhigen Minuten neben sie hingelegt und ihr zusätzliche Wärme gespendet. Doch währten diese ruhigen Momente nur kurz. Besonders in den Nächten gab es keine Ruhe. Ständig versuchten die Vampire in das Gebäude einzudringen. Tagsüber versuchten sie den Hausflur so gut wie möglich zu reinigen. Die einzelnen Körperteile der Vampire warfen sie aus dem Haus. Sofort waren diese verbrannt. Aber innerhalb des Hausflurs – wo kein Sonnenlicht hinkam – sahen die Wände wie bei einer Schlachtung aus. Es gab kein Stück Wand mehr, welches nicht mit getrocknetem Blut bedeckt mehr.

Gerade war die fünfte Nacht angebrochen. Um das Haus herum standen fast hundert Vampire, das konnte Bado durch die Fenster sehen. Es schien, als wäre die gesamte Vampirpopulation von Österreich vor dem Haus zusammengekommen. In den ersten beiden Tagen hatten sie fast minütlich versucht, die Haustür einzurennen, doch konnte Bado sie immer wieder zurückschlagen. Jetzt war ein regelrechter Grabenkrieg daraus geworden. Es war zum Verrücktwerden.

Warum waren die Vampire nur so scharf drauf, diese junge Frau in die Finger zu bekommen? Allerddings konnte sich Bado diese Frage sofort wieder beantworten. Es war klar, dass die Blutsauger sie haben wollten – schließlich war sie der letzte Mensch auf der Erde. Vielleicht lag es an dem einen Vampir, den Selen fast aufgespießt hatte – im Alleingang wohlgemerkt – und der sie später geblendet hatte? Für Bao war es sehr mutig gewesen und er bewunderte diese zierliche Frau dafür. Der Parasit hingegen musste wohl eine Art Oberhaupt gewesen sein, bevor Bado ihn in Stücke gerissen hatte. Oder er war jemandes rechte Hand gewesen.

Er wusste es nicht. Das Einzige, was er wusste, war, dass dieser Typ ein Schwächling war und gebettelt hatte, was Bado an seiner Stelle niemals, selbst nicht unter der schlimmsten Folter, getan hätte. Das hatte er schon einige Male durch, besonders im Zeitalter der Inquisition. Die Menschen hatten ihn einige Mal das Fleisch von den Knochen gebrannt. Zwar war das nicht sehr schön gewesen, aber sie hatten ihn nie gebrochen. Bei der letzten Folter hatten sie am dritten Tag gewartet und begonnen, ihn zu zermürben. Dabei hatten sie ihm einerseits das Essen vorenthalten, aber auch den allseits bekannten Schlafentzug durchgeführt.

Doch solche Zermürbungstaktiken funktionierten bei ihm nicht. Als Tiger war er von Natur aus sehr geduldig, wenn es um die Jagd ging. In seiner längst vergangenen Jugend hatte er ständig auf seine Beute warten müssen. Nachdem er sich in einen Unsterblichen verwandelt hatte, hatte er diese Geduld zur wahren Meisterschaft gebracht.

Diese Tugend zeigte auch Darkness. Von ihm war bisher keinerlei vorschnelle Entscheidung gekommen, sondern meist erst nach reichlichen Überlegungen. Nach den ersten Tagen hatten sie sich darauf verständigt, immer abwechselnd Wache zu halten. Nicht einmal durften sie unaufmerksam werden.

Das Problem der Nahrungszufuhr hatten sie gelöst. Bado musste den Brei selbst herstellen und das war kein sehr appetitlicher Vorgang. Das Essen der Menschen war manchmal nicht lecker, so viele künstliche Zusatzstoffe darin, welche nicht hineingehörten. Danach flößte er es ihr von Mund zu Mund ein. In den ersten Tagen hatte er noch einen Löffel nutzen können, doch nach einiger Zeit waren alle aufgebraucht. Daher blieb ihm nur eine Möglichkeit. Es war mühevoll und auch gefährlich für sie. Selen wäre ihm einige Male fast erstickt, weil die Nahrung statt in die Speiseröhre in die Luftröhre gelangt war, doch mit der Zeit bekam Bado immer mehr Übung darin.

Ein anderes Problem, das mit der andauernden Belagerung aufkam, war die Knappheit der Lebensmittel. Sie mussten rationieren, da sie nicht wussten, wie lange Selen in diesem Zustand bleiben würde. Bado konnte nur hoffen, dass sie zumindest aufwachen würde. Etwas anderes durfte nicht sein, es würde ihn ansonsten mehr als nur ein bisschen zusetzen.

Die Dunkelheit war überall um sie herum. Sie zerrte Selen runter. Diese

Umgebung fühlte sich wie in einem schwarzen Loch, das alles von ihr aufsaugte. Ihr Kopf tat immer noch nicht weh. Sie konnte auch nicht den Rest ihres Körpers spüren. Nur etwas kam ihr seltsam vor. Manchmal fühlte sie eine Wärme um sich herum, als würde sie jemand halten. Diese Wärme zeigte ihr, dass außerhalb dieser Dunkelheit eine Person auf sie wartete. Sie musste wieder an die Oberfläche kommen – zurück zu diesen Menschen. Egal, ob es dort genauso finster und düster war wie hier. Sie wusste, dass es nur diesen einen Weg gab. Dieses Wissen gab ihr ein Ziel vor und Selen versuchte sich darauf zuzuarbeiten wie zu einem Rettungsring.

Die Tage vergingen wie im Flug. Tagsüber versuchte Bado die Schäden an dem Haus zu reparieren und die umliegenden Häuser auf Lebensmittel zu durchsuchen, während Darkness auf Selen aufpasste. Nachts griffen die Blutsauger ihre kleine Festung an. Es war ein ständiger Kreislauf, der sich nicht änderte. Mittlerweile war der siebte Tag angebrochen und die Vampire umlagerten die Wohnung nun ständig. Sie hatten sich tief in die Schatten der umliegenden Häuser vergraben. Bado und Darkness konnten nun nicht mehr raus, wodurch sie nun ein Problem mit den Lebensmitteln hatten, so wie sie es vorausgeahnt hatten. Und immer noch war Selen nicht aufgewacht. Sie schien einfach weiter friedlich vor sich hinzuträumen. Der Wolf hatte sich mittlerweile dauerhaft vergrößert – den sie wussten nicht, wann sich der nächste Vampir ins Tageslicht sich traute - und eine angespannte Haltung vor der Wohnungstür eingenommen. So konnte er eindringende Feinde sofort attackieren. Bado kümmerte sich nun dauerhaft um Selen, da es ihm durch seine Hände besser gelang.

Doch mit Selen war das so eine Sache. Sie konnten nicht alle nach draußen um Hilfe zu suchen. Jedoch war Selen in dieser Wohnung nur bis zu einem bestimmten Zeitpunkt überlebensfähig, doch danach wäre es zu spät. Bis zu diesem Zeitpunkt - sollte es soweit kommen -, musste Bado sich in Geduld und Hoffen üben. Sollte Selen wieder aufwachen, konnten sie besser beratschlagen, wie sie aus der Wohnung rauskommen würden. Noch hatte Bado keine Idee, weswegen er ruhelos durch die Wohnung schlich. Man könnte Selen einfacher mit sich ziehen, als sie ganze Zeit herumzutragen – es würde sie sonst nur behindern. Vielleicht hatte Selen selbst eine Idee, was sie tun könnten.

Das tat er so oft, dass er mittlerweile jeden Zentimeter dieser Wohnung kannte. Wie konnten die Menschen es nur in solchen kleinen Kämmerlein aushalten? Er selbst fühlte sich eingesperrt. Ihm fehlte die Luft zum Atmen. Als Tiger brauchte Bado ein Revier, indem er vor sich hin streunen konnte. Sobald er wieder in seiner Hütte war, würde Bado erst mal einige Tage lang nur als Tiger durch sein eigenes Land ziehen.

Laut sagte er daher zu Darkness: „Wir haben seit heute keine Lebensmittel mehr, mit denen wir Selen ernähren können. Wir müssen so schnell wie möglich hier ausbrechen, sonst stirbt Selen. Wie lange können Menschen ohne feste Nahrung überleben? Eine Woche oder weniger?"

Der Wolf zuckte mit den Ohren. Er antwortete: *Ich glaub, sie können länger ohne feste Nahrung überleben, aber Flüssigkeit müssen sie möglichst kontinuierlich zu sich nehmen.*

„Wasser haben wir auch nicht mehr. Die Leitungen sind tot – es gibt keinen ausreichenden Druck in ihnen. Die Flüssigkeiten in den Flaschen sind entweder aufgebraucht oder haben begonnen zu gären."

Wir haben noch eine Flüssigkeit. Die könnte vielleicht sogar helfen, dass Selen aufwacht, aber es wird eine Verbindung zu demjenigen herstellen, der sie ihr gibt. Diese Verbindung wird dauerhaft sein und wie bei einer Paarung von uns Übernatürlichen sein.

„Du meinst Blut?", fragte Bado nach.

Der Gedanke war ihm zuvor flüchtig gekommen, aber er war so absurd für Bado gewesen, dass er ihn gleich wieder von sich geschoben hatte. Wer wollte sich schon mit ihm zusammentun. Er war nur ein einfacher Tiger. Seine Bedenken mussten ihm in seinem Gesicht geschrieben stehen.

Denn Darkness trat auf ihn zu. *Ich selbst kann kein Gefährte sein, ich stamme von einem Gott und einer Riesin ab und bin der einzige meiner Art. Andere übernatürliche Wölfe sind aus anderen Konstellationen entstanden. Wir sind so unterschiedlich, dass es keine gemeinsame Komponente zwischen den Anderen und mir. Ich bin dazu bestimmt, allein durch eine verwüstete Welt zu streifen und soll einen Gott verschlingen. Na ja, jetzt nicht mehr. Es existieren fast keine Götter mehr auf diesen Planeten.*, sagte der Wolf bestimmt.

„Ich kann es doch auch nicht sein. Ursprünglich war ich ein

reinrassiger Tiger, der sich erst später – durch einen dummen Zufall - in einen Menschen verwandeln konnte. Nur echte Gestaltwandler haben das Recht auf eine Gefährtin. Ich bin nur eine Laune der Natur auf zwei Beinen, na ja, manchmal vier Beinen. Wenn ich nicht ein einfacher Handlanger von dem Alpha wäre, hätten sie mich schon vor Jahrtausenden getötet.", versuchte Bado das Unvermeidliche abzuwehren.

Er wollte nicht zugegeben, dass sein Herz einen Sprung gemacht hatte, bei dem Gedanken, dass Selen seine Gefährtin werden konnte, doch wollte er Selen das keinesfalls antun. Es wäre wie eine Gefangenschaft und sie würde wahrscheinlich todunglücklich sein. In einer Paarung wussten die Partner immer wo der jeweilige andere war, was man fühlte. Mit der Zeit konnte es einem auf die Nerven gehen. Sie sollte das Recht haben, selbst zu entscheiden, ob sie einen Gefährten wollte oder nicht.

Tja, dann haben wir eine Patt-Situation, aber wir werden es uns einfach machen. Der Wolf machte eine kleine Pause. *Dann werfe ich mal die Karte des Älteren auf den Tisch. Du wirst mit ihr diesen Bund eingehen. Und damit ist die Diskussion beendet. Selen muss überleben, koste es, was es wolle. Als ich begegnet war, hatte ich die Ahnung, dass sie unbedingt überleben muss und ich handele niemals gegen meine Instinkte. Daher dürfen wir weder auf deine noch auf ihre Gefühle Rücksicht nehmen. Ihr müsst euch damit arrangieren. Ich gebe dir eine Stunde, damit du das für dich klärst, und danach machst du sie zu deiner Gefährtin. Es ist mir scheißegal, was du denkst. Du wirst es tun oder du wirst meinen ganzen Zorn zu spüren bekommen.*

Bado zuckte zusammen. Er ließ sich nicht gern über sich bestimmen, aber er spürte, dass dieser Wolf eine gehörige Portion Macht mehr besaß als er. Das Tier hatte selbst gesagt, dass es von einem Gott abstammte. Damit stand auf einem unmessbar höheren Level in der Hierarchie als Bado.

Bado nickte, bevor er in Selens Zimmer verschwand. Er hatte niemanden, der ihn in diesem Moment unterstützen konnte, daher konnte er nicht genau sagen, wie sowas funktionierte oder durchgeführt wird. Seine biologischen Verwandten waren nicht mehr existent. Seine ursprüngliche Rasse starb in der Wildnis so gut wie aus oder wurde als gestörte Zootiere gehalten. Daher fehlten ihm einige Informationen was neben den ursprünglichen Akt noch zu beachten gab.

Leider konnte er das Ritual der Zusammenführung der Gefährten nicht vollständig vollziehen – eines war nur sicher, er würde sich mit ihr verbinden, aber sie mit ihm? Das konnte er noch nicht sagen. Am Ende würde er einen Fehler machen und das konnte er sich nicht verzeihen. Ein Teil war ihm jedoch von anderen Paarungen bekannt. Selen musste eine gehörige Portion von ihrem Blut abgeben. Allerdings brauchte sie das jetzt selbst und natürlich würde sie es nicht selbst aufgeben, aber den wichtigen Teil würde er ohne Probleme durchführen können: den Teil mit seinem Blut. Vielleicht konnte er zumindest einen Tropfen abgeben, dass würde die Bindung weiter stärken.

Einen Moment lang saß er still vor Selen und versuchte, seine Gedanken zu sammeln. Erst dann öffnete er sanft ihren Mund mit seinen Fingern und stützte ihren Oberkörper auf, damit das Blut nicht in ihre Lunge fließen konnte. Jetzt fuhr er seine Reißzähne aus und biss in seine Pulsader. Sofort sprudelte sein Blut dick und heiß hervor. Allerdings musste er schnell sein, denn seine Selbstheilungskräfte hatten sich im letzten Jahrtausend stark weiterentwickelt. Er führte sein Handgelenk an ihren Mund und ließ sein Blut in ihre Kehle laufen.

Bado konnte nur hoffen, dass es sie stärken und ihr helfen würde, das Bewusstsein wiederzuerlangen. Nach knapp drei Sekunden kamen nur noch Tropfen aus seinem Handgelenk. Anschließend ritzte er mit seinen Krallen in ihre Haut direkt am Hals und leckte den einen Tropfen Blut ab, der langsam herausquoll. Das würde für den Augenblick reichen müssen. Das Ritual war damit notdürftig durchgeführt und Selen war fürs Erste an ihn gebunden. Wenn sie in der nächsten Zeit sterben würde, würde er auch sterben. So etwas war kein sehr angenehmer Gedanke, für jemanden, der nahezu unsterblich war, doch das solle jetzt nebensächlich sein. Er hatte schon fast alles gesehen, was es auf diese Welt gab. Der Wolf und Bado konnten nur noch warten und hoffen.

Die Dunkelheit war überall. Sie zerrte an Selen wie ein Hund an einem Knochen. Es war in einer Bandschleife. Immer wieder kam sie zu Bewusstsein, nur um danach wieder ins Nichts zu entschwinden. Selen wusste nicht mehr, warum sie überhaupt noch kämpfen sollte. Auf einmal spürte sie Wärme um sich herum aufsteigen. Diese

Zuneigung war anders als das, was Selen bisher gefühlt hatte. Sie war die Rettung für sie, welche sie von dieser allgegenwärtigen Dunkelheit wegzog. Sie wurde an die Oberfläche zurückgedrängt, ob sie wollte oder nicht.

Wer hatte ihr diese Rettungsleine hingeworfen? Jemand wollte sie bei sich haben. Sie war diese ölige Dunkelheit langsam leid. Selen wusste, dass sie es jetzt schaffen würde. Etwas hatte sich verändert – oder war sie auf einmal stärker geworden? Selen konnte es nicht sagen. Sie würde endlich in dieses verdammte Licht – zumindest beschrieben es so die Bücher, welche sie früher gelesen hatte - gehen, auch wenn sie es in diesem Moment noch nicht sah. Ihre Leine schien sie herauszuziehen. Sie griff mit diesem Wissen nach ihrer Rettung und es zog sie hinaus.

Nach fast drei Stunden unendlichen Wartens spürte Bado eine winzige Regung in seinem Blut. War es das, was er dachte, was es war? Zuerst fühlte Bado nur wenig, doch dann ging es los: Eine elektrisierende Macht explodierte um ihn herum. Etwas war passiert. Nur was? Geschah etwas mit Selen? Voller Angst rannte er zu ihr.

6. Kapitel: 3 Wochen nach der Menschheit
Nie ahme man andere im Gebrauch der Waffe nach, sondern wähle diejenigen, die zu handhaben einem leichtfällt. - Miyamoto Musashi, Das Buch der Erde

Selen war nah an der Oberfläche – das konnte sie fühlen. Nach einer letzten Willensanstrengung durchbrach sie die Grenze der schmierigen Dunkelheit und schaute in das Licht.

Licht? Konnte sie etwa sehen? Im ersten Moment erkannte sie vor Helligkeit nichts. Alles war verschwommen. Es brannte und stach in ihren Augen als würde sie erneut geblendet werden, sodass Selen sie schnell wieder schloss.

Dies war der Startschuss dafür, dass sich ihre übrigen Sinne einschalteten. Der Geruch von abgestandener Luft der in ihrer Nase stach. Das Bettlacken kratzte auf ihrer Haut. Auf einmal hörte sie mehrere Dinge auf einmal: Zuerst drangen grausame Stimmen um sie herum auf sie ein. Dann der Ruf von einem Kauz, der jeden abergläubiger Mensch in die Flucht geschlagen hätte, und noch einige weitere, die sich wie ein Kanon zusammenschlossen. Die Rufe „Kuuuuwwiitt!" klangen wie „Komm mit!" Es hörte sich schaurig an. Was war denn hier nur los? Wo war sie hier? Immer noch in der Wohnung ihrer Eltern? Zumindest glaubte sie es, denn Selen fühlte die altbekannten Sprungfedern in dem Sofa und auch der muffige Duft stieg in ihre Nase.

Irgendwas in ihrem Gedächtnis versuchte einen Schalter umzulegen. Selen konnte es spüren, aber dieser Schalter war wie ein glitschiger Fisch. Er glitt ihr immer wieder durch die Hände. Nach einer Weile gab sie es auf. Es würde sich noch zeigen, was es mit diesen Rufen auf sich hatten.

Plötzlich spürte sie, wie sich etwas um sie herum veränderte – ein Luftzug, der sanft von über ihre Haut glitt - und sie schlug die Augen abermals auf.

Im ersten Moment wollte sie sich ohrfeigen, denn sie war blind. Es machte keinen Unterschied, ob sie die Augen offen oder geschlossen hatte. Alles lag in der Schwärze, ihre Welt bestand nur noch aus Schwärze.

Aber was war das? Farben? Rot, Grün, Gelb, Blau, jede auch nur erdenkliche Nuance, die Selen kannte. Selen dürfte doch eigentlich nichts sehen können, doch was sie sah, war so anders. Die Farben waren surreal wie ein Gemälde der gleichnamigen Epoche. Die Farbtöne brandeten zusammen wie ein tosendes Meer und kämpften um die Oberhand. Dies machte auf sie den Eindruck, als würde mehr als nur eine Farbe zur selben Zeit am selben Ort existieren. Interessanterweise vermischten sich die Farben jedoch nicht zu einem undefinierbaren Matschbraun. Selen konnte jede einzelne Farbe klar erkennen – jede einzelne Lage und jede einzelne Farbnuance. So etwas hatte sie noch nie erlebt. Was hatte das nur zu bedeuten?

Als Selen ihren Kopf senkte, stellte sie fest, dass von ihrem Körper die unterschiedlichsten Farben abstrahlten. Einige der Farbschichten waren Wellen, andere wiederum waren Fäden, die ins Leere gingen. Ihre Art, zu sehen, hatte sich komplett verändert. Was das jedoch bedeuten sollte, konnte Selen nicht sagen. Das war ihr in dem Moment auch egal.

Selen musste Bado finden. Vielleicht konnte er ihr weiterhelfen.

Gerade als sie aufstehen wollte, ging die Tür auf und Bado stürzte herein. Zumindest vermutete sie, dass er es war. Die Statur des Körpers glich der von Bado, aber sein gesamter Leib war umhüllt von so strahlenden Farben, dass es sie blendete. Es waren nicht seine eigentlichen Farben, die, die sie kannte, sondern ganz andere. Zusätzlich besaßen sie die gleichen Charakteristiken wie die Farben, die von Selen ausgingen: Wellen und Fäden. Die Farbtöne waren so klar, dass es ihr den Atem verschlug.

Selen schaute sich die Seltsamkeit genauer an. Dabei fiel ihr ein Faden besonders auf. Dieser war so strahlend rot wie eine Rose und bewegte sich von ihm weg. Als Selen ihm mit ihren Augen folgte, erkannte sie, dass der Faden sich zu ihr schlängelte. Wieso bestand zwischen ihnen eine Verbindung? Das musste eine Bedeutung haben.

„Bado, bist du das?", fragte Selen vorsichtig. Obwohl sie glaubte, ihn zu erkennen, wollte sie sichergehen – sie konnte sich auch irren. Als Bado nickte, stieß Selen einen erleichternden Seufzer aus. Sofort nahm Bado Habacht-Stellung an. Die von ihm ausstrahlenden Farben änderten sich rasant. Was war denn jetzt los?

„Selen", sagte er mit vorsichtiger Stimme, „was ist passiert? Kannst du wiedersehen? Du siehst mich, oder?"

Einen Moment lang zögerte Selen. Behutsam antwortete sie: „Ich kann dich sehen, ja, aber irgendwie anders. Nicht auf die normale Art und Weise wie zuvor ... und es ist beunruhigend."

„Was meinst du mit *anders*?"

„Ich sehe Farben, wellenförmig und fadenförmig. Ich sehe in unterschiedlichen Schattierungen und Helligkeitsstufen, in grellen und gedämpften Farben. Einfach alles. Alles ist so mehrschichtig, als würden mehrere Farben klar übereinanderliegen, ohne sich miteinander zu vermischen, und trotzdem kann ich jede einzelne Farbe in sich identifizieren. Ich kann erkennen, wie von deinem Herz ein dünner roter Faden zu meinem Herzen geht, obwohl es keine physische Verbindung gibt. Siehst du, wenn ich mit einer meiner Hand hier langgehe, kann ich durch den Faden hindurchgreifen ... ehrlich gesagt, weiß ich nicht, was ich da sehe." Selen verstummte.

Sie hatte keine Ahnung, was sie sonst noch sagen sollte, um ihre Sinneseindrücke auch nur ansatzweise zu erklären. Sie konnte es nicht mit Worten beschreiben, wenn sie selbst nicht einmal wusste, was ihr

Gehirn ihr vorgaukelte.

Auf einmal konnte sie einen erneuten Aufruhr in den Farben erkennen, die Bado umgaben. Bis zur untersten Schicht verdunkelten sie sich oder hellten auf wie in einem bunten Sturm. Es schien, als wäre er bis auf die Grundfesten erschüttert. Aber warum? Lag es an ihr? An dem was sie gesagt hatte? Nein, das konnte nicht sein.

„Bado, was passiert mit dir? Deine Farben sind auf einmal so chaotisch. Habe ich was Falsches gesagt?"

„Nein!", brauste er auf. Als Selen daraufhin heftig zusammenzuckte, entschuldigte er sich rasch: „Es tut mir leid. Ich wollte dich nicht anschreien, ich bin nur überrascht, dass du sehen kannst. Du wurdest geblendet. Nichts hätte das rückgängig machen können. Daher bin ich so verwundert, was es mit diesem wiedererlangten Sehen auf sich hat."

Etwas sagte Selen, dass Bado ihr nicht die ganze Wahrheit verraten hatte. Etwas in seinen Farben hatte sich verändert. Allerdings war es keine direkten Lügen gewesen, sondern eher ein Vorbeireden und Auslassen. Bado war froh, dass sie wiedersehen konnte, aber die Art und Weise, wie sie es beschrieben hatte, beunruhigte ihn.

„Du weichst mir aus", sagte sie geradeheraus. „Verrate mir die vollständige Wahrheit ohne Umwege. Was stört dich?"

Diesmal war es an Bado zusammenzuzucken. Vorsichtig wählte er seine nächsten Worte. „Ich freue mich, dass du wiedersehen kannst. Wirklich! Aber du siehst Dinge, die du eigentlich nicht sehen können, solltest. Was du genau wahrnimmst, das können wir dir jetzt leider nicht klären."

„Wieso denn nicht? Und wen meinst du mit *wir*? Wer ist hier noch und wo ist Darkness?"

„Im Moment werden wir von Vampiren umlagert, welche uns jede Nacht – und auch verstärkt auch am Tag - angreifen, um an dich heranzukommen. Erklärungen zu irgendwelchen Verbindungen müssen wir auf später verschieben. Die Konzentration von mir liegt derzeit woanders. Der … Darkness und ich haben jetzt seit einigen Tagen nichts mehr gegessen und langsam kommen auch wir an unsere körperlichen Grenzen. Wir drei müssen so schnell wie möglich aus dieser Wohnung rauskommen, bevor sie zu unserer Todesfalle wird. Das Haus besitzt – wie du ja weißt - keine Hintertür. Sonst hätten wir diese auch noch bewachen müssen. Das hat uns anfänglich auch genutzt, aber jetzt ist es zu einer Todesfalle geworden."

Kurz hielt Bado inne, als würde er tief Atem holen, dann sprach er in einem ruhigen Tonfall weiter: „Ich werde jetzt Darkness zu dir schicken, während ich rausgehe und unseren Ausbruch für die Nacht vorbereite. Jetzt da du wieder wach bist, wird es uns vielleicht helfen, dass wir endlich hier herauskommen und die Vampire verjagen können. Bisher hatten wir aus Rücksicht auf dich nur verteidigt."

Kurz hielt Bado inne und rief dem Wolf telepathisch zu, er solle zu Selen gehen.

Bado war beunruhigt, dass Selen die Gefährtenbindung sehen konnte, all das, was sie beschrieben hatte, war sehr merkwürdig. Dass so etwas passierte, hatte er noch nie in seinem Leben gehört und das waren schließlich dreitausend Jahre. Er konnte sich keinen Reim darauf machen. Doch wie konnte er herausbekommen, dass das Erzählte irgendeinen Sinn ergab?

Kaum hatte er an der Wohnungstür Position bezogen, trabte der Wolf in Selenes Zimmer. Sobald er drin war, hörte Bado Selen schreien. Schnell stürzte er in das Zimmer und suchte nach der Gefahr. Warum hatte der Wolf nicht angeschlagen? Der hätte doch eigentlich anschlagen müssen. Oder wurde er etwa überwältigt?

Niemand durfte Hand an Selen – doch es war tatsächlich auch niemand da. Nur der Wolf und Selen, die sich angsterfüllt gegen die Wand drückte.

„Wo ist Darkness?!", fragte sie ängstlich.

„Er steht direkt vor dir!", meinte Bado verwundert.

„Das ist nicht Darkness – nie im Leben. Das ist nicht mal ein Hund, sondern irgendetwas anderes. Seine Farben sind furchterregend und grausam. Sie schneiden sich brutal durch das gesamte Zimmer und nehmen alles ein. Ich habe Angst."

„Was meinst du damit?" Bado meinte fassungslos.

Er wollte etwas sagen, aber Darkness schaute ihn an und schüttelte den Kopf. Der Wolf wandte sich zu Selen hin und sprach telepathisch zu ihnen beiden.

Es stimmt, ich bin kein normaler Hund. Ich bin eher ein Wolf. Es tut mir leid, dass ich dich in die Irre geführt habe, aber glaube mir, ich habe nur das Beste für dich im Sinn gehabt. Bitte erkläre mir, was für Farben du siehst? fragte er mit einer brummigen Stimme.

Sofort griff sich Selen an den Kopf und schaute ungläubig zu dem Tier. Es war auch schwierig zu glauben, dass ein theoretisch einfaches Tier die Fähigkeit der Telepathie besaß. Für Selen musste es sehr ungewohnt sein, auch wenn es das zweite Mal war, dass der Wolf mit ihr telepathisch redete.

Vorsichtig nahm Selen die Hände von ihrem Schädel und schaute zu dem Wolf. Der begann, langsam im Zimmer hin und her zu gehen, als wollte er ihr alle Seiten von sich zeigen.

Nach fast einer Minute kam die zögerliche Antwort von ihr: „Die äußerste Farbe ist Schwarz, so ein geheimnisvolles, tödliches Tiefschwarz. Anschließend kommt ein aggressives Blutrot, welches mit spitzen Stacheln durch das Schwarz sticht. Darunter sehe ich Giftgrün, das von einem kalten, abweisenden Eisblau untermalt wird. Es sieht richtig gruselig aus. Aber … aber je länger ich hinschaue, desto stärker werden zwei andere Farbtöne: ein warmer Braunton und ein so reines, klares Weiß, wie ich es bisher noch nicht gesehen habe. Es sieht wunderschön aus. Jetzt weiß ich nicht, mehr was ich hier sehen. Es ist, als wäre eine komplette Verwandlung mit dir vor sich gegangen."

Schon nach der ersten Farbnennung war der Wolf, wie angewurzelt stehen geblieben und blieb starr wie eine Skulptur. Seine Nackenhaare hatten sich aufgerichtet. Anscheinend hatte das Gesagte ihn ebenso überrascht wie Bado. Er drehte den Kopf zu Bado und hieß ihn mit einem Kopfschlenker, Platz zu nehmen. Bado setzte sich neben Selen und legte den Arm vorsichtig um sie. Er hatte das Bedürfnis, sie vor diesen neuen Erkenntnissen zu schützen, aber er wusste, dass so ein Schutz nicht sein durfte. Nicht in dieser neuen Welt.

Zusätzlich war er selbst gespannt, was nun kam, denn das Sehen von Selen war so selten, dass es auch in der Welt der übernatürlichen Wesen fast nicht bekannt war.

Vor langer Zeit bin ich einer anderen Frau begegnet, begann der Wolf. *Sie ist von Geburt an blind gewesen und trotzdem sah sie jedem, dem sie begegnete, in die Seele. ES war unheimlich für die Menschen gewesen, wie akkurat sie den Charakter beschreiben konnte. So hatte die Frau auch mehrere Prophezeiungen verlautbart und auch Morde aufgeklärt. Das hatte zur Folge, dass sie mit der Zeit von den Anderen als Hexe angesehen wurde. Somit waren Folter und Brandmarkung alle Türen geöffnet. Letztendlich wurde sie schließlich den Flammen übergeben. Es war schade um diese einzigartige Frau gewesen.*

„Was hat das mit mir zu tun? Das Einzige, was ich sehe, sind Farben. Farben, die überall sind. Keine direkten Gegenstände, sondern nur die Konturen durch die Farben. Ich verstehe gar nicht, was ich da vor meinen Augen habe."

Selen, meine Liebe, das, was du siehst, sind die unterschiedlichen Farben der Seele eines jeden Lebewesens. Den Charakter, oder wie es diese hirnlosen Esoteriker heutzutage nennen: die Aura, erklärte der Wolf.

Selen schaute verdutzt.

„Was meinst du damit? Ich sehe Seelenfarben? Warum gerade jetzt, warum nicht …" Plötzlich verstummte Selen. Ihr Gesicht wurde kalkweiß. „Oh sch… Ich bin blind geworden und dadurch habe ich die Fähigkeit erlangt!"

Das stimmt zumindest teilweise, anscheinend gibt es immer wieder Menschen, die so tief in die anderen hineinschauen können., überlegte der Wolf telepathisch, *Die meisten davon waren blind, wodurch sie nicht abgelenkt werden, doch ich glaube, bei dir ist es noch ein bisschen anders.*

„Was meinst du damit?", erwiderte Selen erschrocken.

Ich glaube, dass du nicht nur die Auren siehst, sondern auch Verbindungen und Schwächen von Personen und bis zu einer bestimmten Größe von Gruppen. Allerdings wird sich alles erst noch entwickeln müssen. Deine Fähigkeit wird sich erweitern, mit jedem Tag, den du sie nutzt. Das habe ich schon bei der Frau gesehen. Am Anfang konnte sie nur sehr wenig erkennen, aber mit der Zeit wurde die Gabe stärker und stärker.

Bevor der Wolf seine Einschätzung näher erklären konnte, hörten sie plötzlich ein Knacken und Reißen. Sofort waren Bado und der Wolf auf den Beinen und Bado schob Selen hinter sich. Verdammt, diesen Moment der Unachtsamkeit hatten ihre Feinde genutzt. Wie konnte Bado nur so dumm sein? Jetzt musste er Selen um jeden Preis beschützen. Ihr Leben hing von ihm ab. Und seines von ihr.

Ohne zu murren, ließ Selen sich von Bado in eine Ecke schieben, denn sie fühlte, dass sie von dem langen Liegen geschwächt war. Sie konnte sich kaum auf den Beinen halten, geschweige denn kämpfen. Die anderen beiden standen angespannt vor ihr, um sich auf den ersten Gegner zu stürzen, der sich in das Zimmer traute. Eine halbe Minute lang blieb es ruhig, dann brach die Hölle los.

Auf einmal stürzten ein Dutzend Männer und Frauen in das Zimmer. Ihre Auren waren regelrecht zerfetzt. Einerseits schimmerten sie fahl und bleich wie die Haut des Toten. Andererseits lagen blutrote und schwarze Schlieren übereinander. Seltsamerweise konnte Selen die Gesichter dieser Wesen klar erkennen: Es waren schaurige Fratzen. Sie waren verzerrt und zeigten das reine Böse. Die Augen waren schwarz und zeugten von einer Grausamkeit, die nicht von dieser Welt war.

Die Ersten stürzten nach vorn und versuchten an Bado und dem Wolf vorbei zu ihr vorzudringen, doch hatten sie die Rechnung nicht mit den beiden gemacht. Noch während des Laufens wurden sie von Tiger und Wolf in der Luft zerrissen.

Selen konnte sehen, wie die Bösartigkeit aus den Körperteilen entwich. Sie zerfielen im wahrsten Sinne des Wortes zu Staub.

Als die ersten Vampire kämpften oder gerade dabei waren, zu Staub zu zerfallen, begannen zwei weitere, unentdeckt von Bado und Darkness, an der Wand und der Decke entlang zu klettern und landeten schließlich lautlos hinter den beiden und direkt vor Selen. Ihre Auren veränderten sich zu einem aggressiven Rot und stechenden Gelb, als sie Selen musterten. Beide waren siegessicher. Nach einem kurzen Augenblick stürzten sie sich auf Selen. Statt ihren Bauch zerteilten sie die Wand hinter ihr mit einem einzigen kraftvollen Hieb in zwei Teile. Selen konnte den Mörtel auf ihrer Haut fallen spüren.

Mit klopfendem Herzen stand sie vor den beiden und konnte nur die schrecklichen Farben sehen, die sie ausstrahlten. Diese beiden Vampire hatten alternierende oberflächliche Farben fast wie der Wolf, doch sie blieben immer bösartig bis auf die Knochen, während Darkness eine stahlharte Schale um seinen leuchtenden weichen Kern trug.

Immer stärker begannen die Vampire, Selen näher zu kommen, während sie kleine Schritte rückwärtsging, bis sie gegen eine Wand stieß. Die Angst wandelte sich in Panik und begann, sie zu überschwemmen. Ihr Gesichtsfeld verengte sich immer weiter, bis sie nur noch zwei Paar tiefschwarze Punkte sehen konnte, ihre Augen. Gerade als der linke Vampir seinen Arm mit ausgefahrenen Klauen hob – zumindest konnte Selen, das an der entsprechenden Bewegung der Aura erahnen, sah sie Etwas.

Ein schwacher rötlicher Draht wand sich um den Arm des Vampirs, um dann in die Höhe zu steigen und in der Decke zu verschwinden. Es schien, als wären die Vampire mit jemandem verbunden – wie bei einer Marionette. Als Selen genauer hinschaute, erkannte sie, dass sich bei beiden Vampiren die Drähte um den gesamten Körper wanden. Der Vergleich eines Puppenspielers im Hintergrund wurde immer treffender.

Ein einzelner Faden jedoch wand sich nur um den Hals und stieg nicht in die Luft. Bevor Selen jedoch weiter darüber nachdenken konnte, was das genau bedeutete, schlug der linke Vampir erbarmungslos nach ihr. Selen konnte sich gerade noch wegducken. Durch die schnellen Bewegungen legte sich einer der Drähte lose auf ihre Hände. Selen spürte ihn nicht, doch erschrocken drückte sie die Finger zusammen und riss den Draht mit sich. Was war das? Das war neu! Wieso konnte sie diese Verbindungen auf einmal bewegen? Selen verstand die Welt immer weniger.

Plötzlich stieß der linke Vampir mit dem rechten zusammen und zerfetzte ihn mit den Klauen. War sie das gewesen? Hatte sie das verursacht? Die Vampire, welche direkt vor Selen standen, schauten in diesem Moment genauso verwirrt wie Selen.

Als Selen vorsichtig nochmals daran zog, zogen in dem Schwarz gräuliche Schlieren in dieser Vampiraura. Es hatte etwas Ängstliches an sich. Etwas passierte. Die Vampire fühlten etwas, was sie nicht wollten. Vielleicht lag es an diesem Faden. Hatte Selen in diesem Moment Macht über die Vampire erhalten? Einen Versuch war es wert. Sie zog den Draht in Richtung der Kehle des zweiten Vampirs, welcher sich gerade rechts von ihr aufhielt. Sofort schossen die Klauen des linken Vampires in Richtung des anderen. Diese durchbohrten ohne Zögern und großen Widerstand seine Kehle. Seine Aura verändert sich schlagartig. Das Schwarz wurde vollkommen weggefegt und das Grau breitete sich aus, bis dieses Wesen zerfiel zu Staub. Unglaublich! Der reine Wahnsinn.

Selen blickte umher und genoss dieses kleine Triumphgefühl.

Obwohl sie nicht wusste, wie sie es geschafft hatte, war sie stolz auf sich, aber warum jetzt aufhören, wenn sie doch gerade so schön in Fahrt war? Zuerst versuchte sie mit einer Bewegung, den noch mehr oder weniger lebenden Vampir zu den anderen kämpfenden Wesen zu ziehen. Allerdings schien sie zu schwach zu sein. Der Vampir wehrte sich dagegen. Mist, das funktionierte so leider nicht. Daher blieb nur eine andere Möglichkeit übrig. Mit einer entsprechenden Zuckung ihrer Finger köpfte sie den Vampir mit seiner eigenen Hand. Das Adrenalin rauschte durch Selens Körper und ließ sie selbstbewusst lächeln.

Am liebsten wäre Selen vor Freude hin und her gesprungen, doch nach einem Augenblick nahm das Adrenalin ab und ihr Körper meldete sich wieder: Seine ganze Energie war nach dem langen Koma aufgebraucht und ihre schwachen Muskeln zuckten heftig. Selen begann zu schwanken. In den letzten Sekunden, bevor sich eine erneute Ohnmacht ankündigte, erkannte sie ihr grausames Werk. Gerade hatte sie Lebewesen getötet und das mit voller Absicht und Freude daran. Ihr wurde schlecht. Was wurde nur aus ihr, wenn sie so grausam mordete? Im letzten Augenblick spürte sie, wie zwei kräftige Arme sie umfingen und an einen harten Körper zogen. Dann nichts mehr.

Was Bado beobachtete hatte, hatte sehr nach Magie ausgeschaut. Wenn er nicht vorher schon gewusst hätte, dass etwas an Selen sonderbar war, wäre er spätestens jetzt auf diese Idee gekommen. Er hätte beinahe geglaubt, dass sie einen Zauber oder Fluch ausgesprochen hätte. Sie hatte ausgesehen wie eine typische Hexe aus dem Mittelalter. Wehende lange Haare, die das Gesicht umrahmten wie ein Feuer. Ihre Augen glühten von innen heraus und ihr Mund war siegesbewusst verzogen. Das Einzige, was fehlte waren die alten herunterhängenden Kleidungsfetzen und der Besen. Jetzt jedoch lag sie kraftlos in seinen Armen – ihr Gesicht schaute unschuldig aus. Wahrscheinlich war es zu viel für sie gewesen. Sie war kaum aus ihrem Koma erwacht, als das Blutvergießen angefangen hatte. Es war ein Wunder, dass sie so lange durchgehalten hatte.

Bado und Darkness selber waren in dieser Hinsicht nicht so glimpflich davongekommen. Sie beide bluteten aus mehreren Wunden, welche manchmal mehr oder weniger tief gingen. Anfänglich hatten sie beide die Oberhand gehabt. Doch nachdem die ersten Gegner zu Staub zerfallen sind, waren ihre Mitstreiter in Rage verfallen und sind nur noch über die Krieger hergefallen. Das Resultat nach den langen Kämpfen war eine zentimeterdicke Staubschicht, die jeden einzelnen Fleck in der Wohnung bedeckte. Auch Bado war bedeckt und das Fell von Darkness war nicht mehr pechschwarz, sondern ein mattes Hellgrau.

Er wandte sich zu Darkness: „Wir müssen von hier verschwinden ehe noch die restlichen Vampire draußen andere auf die Idee kommen, uns hier töten zu wollen. Aber wie können wir von hier verschwinden? Hast du eine Ahnung?"

Jedoch schüttelte Darkness sein mächtiges Haupt. Etwas verzweifelt stützte Bado seinen Kopf auf seine Hände. Wie kamen sie nur hier heraus. Plötzlich hörte er ein leises Stöhnen. Schnell fuhr er zu Selen herum. Ihr Kopf bewegte sich leicht hin und her, als würde sie aus einem Traum aufwachen.

„Selen! Selen, wach auf!", rief er aufgeregt.

„Hm, was ist los?", murmelte sie leise.

„Ich muss dir jetzt eine ganz wichtige Frage stellen. Versuche so gut wie möglich nachzudenken."

„Hm. Was ist los?", wiederholte Selen ihre Frage unwirsch.

„Gibt es einen Weg aus diesem Haus ohne, dass wir die Eingangstür verwenden müssen?"

Einen Moment lang war Selen ruhig. Fast zu still. War sie schon wieder eingeschlafen?

„Im Keller in der rechten hinteren Ecke ist ein Kanaldeckel. Ich bin früher manchmal runtergegangen! Aber lass mich jetzt in Ruhe.", kam es leise von ihr.

Das war es. Die Lösung, um hier herauszukommen. Bado schaute wortlos zu Darkness. Dieser nickte wortlos und wandte sich um. Im Vorbeigehen nahm er Selens Katana in sein Maul und schritt voran. Bado hob trotz der schmerzenden Wunden Selen hoch und trug sie vorsichtig hinter den Wolf her. Den Rest mussten sie liegen lassen. Zusätzliche Ausrüstung würde sie in diesem Moment verlangsamen. Gerade jetzt mussten sie vor allem schnell sein. Die Vampirherrscher würden weitere Truppen schicken, nur um sicherzugehen, dass Selen wirklich starb. Im Keller angekommen, begann sich Selen, langsam zu regen, doch kam sie noch nicht wieder zu sich. Es würde jedoch nicht lange dauern. Bado musste diese Zeit nutzen, um Selen durch den Kanal von dieser Todesfalle weg zu bekommen. Als er sich umschaute, konnte er den Kanaldecke sehr versteckt in der hinteren Ecke erkennen. Vorher war er dieser Ecke immer ausgewichen, weil sie so ekelhaft gerochen hatte.

Vorsichtig legte er Selen nun auf den Boden und riss sein zerrissenes Hemd in kleine Streifen. Mit zügigen Bewegungen band er sich ihren reglosen Körper auf den Rücken, damit sie nicht runterfiel, wenn er die Leiter runterstieg. Die Wärme, die von ihr ausging, brannte sich in seinen Rücken. Bado war wirklich schon auf sie geeicht.

Anschließend stieg in die Kanalisation runter. Im ersten Moment war es finster und Bado konnte nichts erkennen. Einige Sekunden später hatten sich seine Augen justiert und er konnte den Wolf vor sich erkennen. Der Wolf hatte sich um einiges vergrößert. Beide liefen nebeneinanderher.

Kurze Zeit später forderte der Wolf „*Wir müssen in den nächsten Minuten wieder an die Oberfläche und einen Unterschlupf finden. Ich glaube, sie könnte jetzt jederzeit aufwachen.*"

Bado wusste, dass der Wolf recht hatte. Schon seit einigen Minuten spürte er die Regungen in ihrem Geist in sich. Lange würde es nicht mehr dauern.

Nach fast zehn Minuten stiegen sie eine Leiter aus dem Untergrund in eine seit kurzem ausgestorbene Gegend hoch. Sie standen am Stadtrand und überall befanden sich nicht bewirtschaftete Felder.

„Schau, dort vorne gibt es einen Jagdposten.", zeigte Bado nach vorne.

Dann lass uns hinlaufen, meinte Darkness.

Schnell rannten sie schließlich an einem kleinen Hochstand mitten im Wald vorbei. Bevor sich Bado um Selen kümmerte, kletterte er den Hochstand hoch. Erst jetzt band er sich Selen langsam – um keinen Sturz zu verursachen - vom Rücken.

Selen sah mittlerweile wieder frischer aus und es blieben bestimmt nur noch Sekunden, bevor sie wieder aufwachte. Bado blickte sich um und erkannte, dass der Wolf überraschenderweise ohne Hilfe und sehr trittsicher die Leiter hochgestiegen war. Sprachlos blieb Bado der Mund offenstehen. Oben angelangt warteten beide ab, dass Selen die Augen wieder aufschlug.

Im ersten Moment war sie verwirrt. Sie wusste nicht, wo sie war – definitiv nicht mehr in der Wohnung. Das erkannte sie an dem Geruch und den Geräuschen, welche sie wahrnahm. Erst schlug sie die Augen auf und sah die Farben von Bados und Darkness' Auren. Jetzt wusste sie, dass sie in Sicherheit war. Erleichtert lehnte sie sich zurück – soweit es jedenfalls ging, denn Bado hatte sie an seine Brust hochgezogen und ließ ihr kaum Bewegungsfreiheit. Allerdings gab er ihr dadurch von seiner Wärme ab, ohne die sie höchstwahrscheinlich erfroren wäre. Es mussten mehr Tage vergangen sein, als sie gedacht hatte. Denn es war sehr eisig geworden. Sie blieb liegen und versuchte, sich wieder zu entspannen. Sie war jetzt in Sicherheit. Niemand tat ihr was Böses.

Schließlich begann Bado, mit ihr zu reden: „Geht es dir wieder besser?"

Ein warmer Schauer lief Selen den Rücken runter. Mit dieser dunklen Stimme konnte er bestimmt einige Frauenherzen brechen.

„Hmm", sagte sie unbestimmt. „Es tut mir leid, dass ich wieder ohnmächtig geworden bin. Wahrscheinlich bin ich noch sehr kraftlos von meiner vorhergehenden Ohnmacht. Ich fühle mich noch recht schwach."

„Entschuldige, Selen, dass du so viel durchmachen musst. Wirklich. Ich würde lieber alles von dir fernhalten, aber das geht nicht. Du lebst jetzt in einer Welt, in der es leider gang und gäbe ist, sich gegenseitig zu töten. Nur die Anwesenheit der Menschen hat uns zurückgehalten. Selbst hunderte Menschen hätten die Stärksten unter uns Übernatürliche lynchen können. Jetzt sind die Menschen nicht mehr da und wir können unsere Urinstinkte und unsere Fähigkeiten vollständig ausleben."

So sehr sich Selen gegen diese Denkweise sträubte, verstand sie es auf eine verdrehte Art und Weise. Das Gleichgewicht war nicht mehr da, also herrschte nun das Gesetz des Stärkeren.

Eine weitere Frage stand im Raum. Was war Darkness? Selen öffnete ihre Augen und schaute Darkness direkt an und da fiel es ihr wie Schuppen von den Augen: Er war nicht irgendein übernatürlicher Wolf. Seine Aura hatte etwas Göttliches – so hell erstrahlte die Aura wie die Darstellungen von Göttlichkeiten in Filmen -, zugleich war sie riesenhaft – große dicke Formen, welche sich in großen Radien hin und her bewegten. Es schüchterte Selen ziemlich ein. Diese beiden Seiten von dem Wolf verwoben sich. An irgendwas erinnerte sie es. Wo hatte sie das schon mal gehört? War das nicht aus der nordischen Mythologie? Genau. Jetzt hatte sie es. Er war der …

„Fenris!", rief sie überrascht aus.

Fenris erstarrte kurz und nickte dann. Selen spürte, wie Bado seinen Kopf ruckartig hob. Er war überrascht, dass Selen es so einfach herausbekommen hatte. Wie würde Fenris reagieren?

„Warum hast du mich in Glauben lassen, du wärst ein zahmer Hund?", fragte Selen weiter.

Als die Menschheit starb, wusste ich, dass etwas passiert war, was nie hätte passieren dürfen. Ich war auf der Suche nach Überlebenden, doch überall fand ich nur toten Menschen. Sobald ich dich dann gerochen habe, habe ich erst nur dein Blut gerochen, das du kurz zuvor verloren hattest. Im ersten Moment dachte ich, dass du zu den Übernatürlichen gehörst. Aber nachdem ich dich gesehen hatte und du mir etwas zu essen hingestellt hast, wusste ich, dass du ein Mensch bist. Ich wusste, dass ich dich beschützen muss, damit du in dieser neuen grausamen Welt überleben kannst. Etwas an dir verriet mir, dass du besonders bist. Aber wie besonders konnte ich noch nicht sagen. Ich musste mir jedoch erst ein Bild von dir machen und für mich im Klaren werden.

Einige Minuten war es ruhig. Selen war tief bewegt von dieser Aussage. Auch Bado schien seine Beweggründe zuerst nicht verstehen, allerdings nach einem Nachdenken verstand er es– das konnte sie alles an seiner bewegten Aura erkennen.

„Danke!" war das Einzige, was Selen dazu sagte. Langsam löste sie sich von Bado und stand auf. Eine unruhige Energie in ihr musste raus. Aber schon nach einem Schritt erkannte sie, dass sie nicht mehr auf dem Boden war, da sie ein Gelände erfühlte. Sie wusste nicht, was sie denken sollte.

Ihr Kopf war wie leer geblasen. Ihre selbst auferlegte Aufgabe hatte sie mithilfe von Bado und Fenris gelöst - ihre Familie war begraben. Zudem konnte sie wiedersehen, auch wenn es anders war als vorher. Selen wusste, dass sie am Scheidepunkt ihres Weges angelangt war, aber sie hatte keine Ahnung, in welche Richtung sie gehen sollte.

Ihre Überlegung, auf eine Alm zu leben, war nicht mehr möglich, sie war auf die Hilfe von anderen angewiesen. Ihre neue Sicht hatte half ihr nur bis zu einem bedingten Punkt weiter. So musste sie erst das Gelände erfühle, dass sie auch wusste, dass sie nicht mehr auf den Erdboden sich befand. Zwar half ihre Fähigkeit feindlich gesinnte Wesen schneller zu sehen, aber nicht um auf einer Alm mit den unterschiedlichen Wetterlagen, wo Lawinen und Gewitter normal waren.

Anscheinend war diese Hilflosigkeit, die sie erfüllte, nach außen gedrungen, denn sie spürte, wie Bado aufstand und hinter sie trat. Vorsichtig nahm er sie in die Arme und drückte sie an sich. Das rote Band, das zwischen ihren Herzen verlief, wurde auf einmal noch ein paar Schattierungen dunkler und schien sich zu festigen. Doch als Selen versuchte, dieses Band in die Hand zu nehmen, konnte sie es nicht. Es war anders als bei den Vampiren. Sie konnte es nicht greifen und es auch nicht einordnen. Bado musste ihr unbedingt erklären, was es damit auf sich hatte. Ehe Selen jedoch eine entsprechende Frage stellen konnte, ergriff Bado das Wort.

„Ich habe während deines Komas noch einmal über den Auftrag, dich zu meinem Clanführer zu bringen, nachgedacht. Er würde dich sehr gerne bei uns aufnehmen und unter seinen Schutz stellen. Er würde sich freuen, dich innerhalb der nächsten Wochen in seiner Villa in Süditalien zu begrüßen. Bitte tu mir den Gefallen und komm mit Fenris zusammen mit mir. Du wirst ein gutes Leben führen, das verspreche ich dir. Du kannst mir vertrauen. Ich würde alles tun, damit es dir gut geht."

Obwohl es sich im ersten Moment verlockend anhörte, so war Selen doch noch etwas misstrauisch. Sie wollte dieses Misstrauen erst für sich behalten. Bado würde es nicht verstehen, wenn sie ihm und seinem Clanführer vertraute. Trotzdem würde sie mit ihm mitkommen. Dies war schließlich der einzige Weg aus dieser ziellosen Situation, der sich ihr derzeit anbot.

In ihrem Kopf rasten die Gedanken noch eine kurze Zeit nach, dann nickte sie: „Ich habe aber eine kleine Bedingung von meiner Seite."

„Sag sie mir!", forderte sie Bado auf.

Er schien begierig wissen zu wollen, wie er sie dazu bringen konnte, dass sie ihn begleitete.

„Ich möchte gerne kämpfen lernen, mit einem Schwert. Ich möchte nicht mehr so hilflos sein. Ich will kein Opfer mehr sein. Aber kannst du eigentlich mit einem Schwert umgehen? Ich habe dich bisher noch nicht mit einer Waffe kämpfen gesehen!"

Im ersten Moment blieb Bado ruhig, wahrscheinlich war er etwas verständnislos – zumindest zeigte sich, dass in seiner hellblauen Aura, doch dann begann es ihm, zu dämmern – die Aura nahm ein kräftiges Blau an -, was sie genau gesagt hatte.

Er nickte. „Versprochen! Ich bin schon einige Zeit länger auf diesem Planeten und habe ein bisschen was unterschiedliche Dinge gelernt. Ich werde es dir gerne zeigen. Wir werden morgen sofort beginnen, aber jetzt müssen wir eine Übernachtungsmöglichkeit finden. Es wird noch sehr anstrengend für uns werden."

Widerstrebend setze sich Selen hin. Sofort legte sich Fenris neben sie und gab ihr seine Wärme ab. Langsam lullte diese Wärme sie ein und ihr fielen die Augen zu. Von einer Sekunde zu anderen schlief Selen ein.

7. Kapitel 4 Wochen nach dem Ende der Menschheit

Nach dem Schriftzeichen ist der Zimmermann ein Mensch, der „im Großen plant": Da nun der Weg des Kriegers ebenfalls ein „Planen im Großen" ist, ergibt sich daraus, dass man beide miteinander vergleichen kann. - Miyamoto Musashi, Das Buch der Erde

Die Sonne schien schwach vom wolkenverhangenen Himmel. Die Kälte umhüllte in einer nebligen Schicht den Erdboden. Fenris, Selen und Bado lagen so nah beieinander, dass sie sich gegenseitig wärmten. Bado schaute auf das schlafende Selen hinunter. Sie sah so unschuldig aus. Ihre Seele war noch rein. Doch was würde die Zukunft für sie bringen?

Diese Welt war zu grausam für sie, das würde ihre Seele nicht verkraften. Wenn Bado nicht aufpasste, würde Selen in einen tödlichen Teufelskreislauf geraten. Sein Beschützerinstinkt rührte sich in diesem Moment. Anscheinend war etwas dran an dieser seltsamen Gefährtenbindung. Bisher hatte er nur davon gehört, doch es jetzt zu spüren, war etwas ganz anderes. Er durfte sich jedoch davon nicht zu irgendwelchen Dummheiten verleiten lassen, das würde Selen ihm übelnehmen.

Mit der einen Hand nahm Bado eine Haarsträhne von ihr in die Hand und zwirbelte sie zwischen seinen Fingern. Sie hatten durch die Zeit im Koma etwas von ihrem Glanz verloren, doch war sie immer noch schön.

Generell wirkte Selen, seitdem sie wiedererwacht war, um einiges schöner. Es schien, als habe ihre Haut einen übernatürlichen Glanz bekommen. Sie sah aus, wie er sich eine schlafende Prinzessin aus französischen Märchen vorstellte. Mein Gott, er wurde ja richtig gefühlsduselig. Hoffentlich bekam Fenris nichts mit. Mit einem kurzen Seitenblick vergewisserte Bado sich, dass er der Einziger war, der wach war.

Dann senkte er seinen Kopf und berührte mit seinen Lippen ihre. Doch bevor es passierte, zog er sein Haupt zurück. Erst wenn sie es wollte, würde er sie küssen. Bis in die Knochen spürte er die Verbindung zu ihr, dass er dieser Versuchung kaum widerstehen konnte. Oha, das konnte ja noch interessant werden.

Widerwillig schüttelte er den Kopf. Er musste sich zurückhalten. Selen sollte selbst entscheiden können, ob sie ihn wollte. Bado würde sich nicht aufdrängen. Zusätzlich mussten sie genau beobachten, was es mit diesem neuen Sehen von Selen auf sich hatte. Seit Bado sie mit den beiden Vampiren kämpfen gesehen hatte, war das seine Priorität. Was hatte Selen dazu befähigt, so etwas zu tun? Anscheinend hatte sie etwas gesehen, was sie zu diesem Handeln und dessen Auswirkungen befähigt hatte. Oder war das vielleicht keine Magie gewesen, sondern etwas anderes? Er musste unbedingt mit Fenris reden.

Der Wolf schlief immer noch, was vielleicht sogar ein Glück war. Somit konnte er Bados verrücktes Handeln nicht beobachten. Während er weiter die Umgebung sondierte, kehrten seine Gedanken wieder zu der Frau in seinen Armen zurück. Sie war ein Rätsel, was er lösen wollte, lösen musste. Diese Fähigkeit konnte das Zünglein an der Waage sein.

Die Sonne stieg weiter auf, trotzdem war es noch klirrend kalt. Die ausgeatmete Luft kondensierte zu Wölkchen. Die Tage würden auch nicht mehr wärmer werden. Der Winter kam mit großen Schritten näher. Bado zog Selen an sich heran. Ihre Haut hatte über Nacht einen blassen Farbton angenommen. Hoffentlich würde sie nicht krank werden. Während er die Weichheit von ihrem Körper spürte und somit den Mangel an zähen Muskeln, fragte er sich, wie er ihr die Kunst des Schwertkampfs beibringen sollte.

Die Schwertkampfmeister, die er kannte, waren alle sehr jung gewesen, als sie begonnen hatten, zu trainieren – fast noch Babys. Er hatte Selen jedoch einmal kämpfen gesehen: nicht gerade ungelenkig. Vielleicht stellte ihre natürliche Beweglichkeit eine gute Ausgangsposition dar. Er musste es zumindest versuchen. Sie würde in dieser Welt sonst nicht überleben. Darauf konnte er wetten. Fenrir und er würden nicht immer in ihrer Nähe sein können, daher brauchte sie die Sicherheit einer Waffe und die Erfahrung des Kämpfens.

Vorsichtig legte er Selens Kopf auf Fenris Fell und stand auf. Das Wichtigste stellte eine geeignete Waffe dar. Daher sollte er zunächst nachsehen, was das für ein Katana war, das sie dabeihatte. Das Schwert hatten sie zuvor achtlos zur Seite gelegt. Mit schmalen Augen schaute Bado es genau an. Es war eines von der billigen Sorte, sollte nur gut aussehen, wahrscheinlich aus einem Katalog bestellt. Dass sie bis jetzt damit hatte kämpfen können, kamen einem Wunder gleich. Mit diesem Ding konnte sie jedenfalls nicht weitermachen. Das bedeutete im Gegenzug, dass sie ihr eigenes Schwert bekommen musste, direkt auf sie, ihrer Größe und ihrem Gewicht angepasst.

Und er hatte auch schon eine Idee, woher sie es beschaffen konnten. Sie mussten unbedingt eine Schmiede und das nötige Metall finden. In der Nähe von Linz lag doch irgendwo eine Waffenschmiede. Nach ein paar Sekunden fiel es ihm plötzlich wieder ein: Es gab einen Schmied in der Nähe von Mölln, der sogar Schwerter herstellte. Das würde das Unterfangen erleichtern.

Der Schmied war nicht gerade ein Meister gewesen. Seine herausragendste Qualität war die Zurschaustellung gewesen. Seine Messer und Schwerter hätten nie einen echten Kampf um Leben und Tod überstanden, doch konnte man seine Schmiede nutzen, um ein brauchbares Schwert für die nächsten Jahre herzustellen, bis er Zeit hatte ein besseres Schwert zu arbeiten.

Bei dem Gedanken zuckte Bado zusammen. Begann er etwa schon, über eine gemeinsame Zukunft mit Selen nachzudenken? Das war gefährlich, sogar sehr gefährlich. Wenn sie ihn ablehnte, würde er dahinsiechen … und Selen auch. Eine Gefährtenbindung bildete eine Verbindung zwischen den Lebensenergien von beiden. In seinem Kopf kreiste kurzzeitig die Frage, was er nur getan hatte. Jetzt war es jedoch geschehen und er musste sein Bestes geben, dass Selen nicht zu sehr leiden musste. Am besten wäre es, wenn er sich auf die nächsten Aufgaben konzentrierte: Selen den Schwertkampf beibringen und sie dann zu seinem Clanführer bringen. Genau, das waren die wichtigsten Punkte. Vielleicht wurde er zwischendurch sogar diesen Halbgottwolf los. Dann hätte er wieder etwas Ruhe. Fenris war wie das Pochen in einem Zahn - nerventötend. Allerdings war Selen ihm zugetan … Sie wäre bestimmt nicht zufrieden mit Bado, wenn er den Wolf beseitigte. Während er nervös im Hochsitz auf und ab ging, erwachte Fenris und hob seinen pelzigen Kopf.

Was streichst du hier so unruhig durch die Gegend? Willst du ein Loch in den Boden laufen?

„Selen will kämpfen lernen, mit dem Schwert, und dieses Katana, das sie hat, ist absolut wertlos. Es würde nicht mal einen Übungskampf überstehen. Woher hat sie das nur? So einen Schrott kann man doch nicht nutzen."

Sie hat es in dem Haus gefunden, wo wir uns das erste Mal getroffen haben. Sie hat noch versucht, es etwas zu schleifen, allerdings war es dadurch nur ein bisschen besser als ein stumpfes Messer. Nicht mal zum Gemüse schneiden hätte man es nehmen können. Aber wo willst du das Material für ein Schwert hernehmen? Wenn ich mal so fragen darf. Hier in der Nähe gibt es doch nichts weit und breit.

„Etwas westlich in Mölln befand sich einen Schwertschmied. Er war für einen Meister nicht besonders gut, nur ein Schauspieler. Aber er hatte eine Schmiede und das war das wichtigste. Hoffentlich hat er guten Stahl da."

Hm, willst du dich wirklich darauf verlassen, dass er das nötigste Material dahat? Und was dann? Willst du ein so schlechtes Schwert herstellen, dass es schon bei dem ersten Angriff auseinanderfällt? In dem Wiener Schloss gibt es doch eine Schatzkammer. Da kann man vielleicht ordentliches Material besorgen.

Innerlich stieß Bado einen Seufzer aus. Glücklicherweise fragte der Wolf nicht, warum Bado die Kunst des Schmiedens beherrschte. Er wollte nicht sagen müssen, dass er bei Masamune-Sensei gelernt hatte, dem größten japanischen Schmied aller Zeiten. Es würde nur arrogant klingen.

„Ich glaube, du hast recht. Vielleicht sollten wir einen Abstecher dorthin machen. Da sollten noch einige alte Schwerter und Speere herumliegen. Bestimmt gab es da vereinzelt gute Schätze. Weckst du Selen? Ich bereite das Motorrad vor, damit wir gleich losfahren können. Ich will nicht mehr so lange in der Nähe von Wien bleiben. Es könnten uns noch weitere Vampire aufspüren."

Zügig kletterte er runter, bevor Bado sich schnell umdrehte lostrabte. Er hoffte in der Nähe ein Motorrad zu finden. Als er einige hunderte Meter weiter um eine Häuserecke bog, sah er schließlich eins auf den Boden liegen – ein Mann in Motorradkleidung lag daneben - und es steckte sogar ein Schlüssel. Gott sei Dank! Während er es anließ, stellte er fest, dass sie nicht mehr weit kommen würden: Der Tank war nicht mal mehr zur Hälfte gefüllt. Wenn sie Glück hatten, würden sie die Schmiede erreichen, aber seinen Clansführer würden sie definitiv nicht erreichen. Zur Not musste Selen entweder auf Fenris oder ihm reiten oder sie wanderten. Das konnten sie entscheiden, wenn das Schwert fertig war.

Aber erst mal mussten sie in die Schatzkammer kommen. Die Räume der Ausstellung waren vollgestellt mit Schmuck, Geschmeide und Waffen. Der Schmuck war ihm egal. Das hatte keinen großen Nutzen und war meist aus nicht sehr guten Metall. Allerdings waren die Waffen eine andere Sache. Am besten nahm er ein paar alte Schwerter. Deren Eisen und Stahl sollte für ein Schwert für Selen verwendbar sein. Einer seiner Rudelkollege hatte in früheren Jahren in der Wiener Schatzkammer gearbeitet. Dabei hatte er Bado erzählt, dass sich in den Lagerräumen einige sehr wertvolle Waffen befanden. Keine Paradewaffen, welche bei einem ersten Schlag brachen, sondern Waffen, welche in Kriegen benutzt wurden, sind. Versuchen sollten sie es zumindest.

Nach einer knappen Minute verließ Fenris mit Selen die Höhle. Sie sah derangiert – ihre Haare standen regelrecht zu Berge – und müde aus, doch ihre Augen schauten ihn hellwach an.

„Wo fahren wir jetzt hin?", fragte sie vorsichtig.

„Während du geschlafen hast, habe ich mir Gedanken bezüglich deiner Bedingungen gemacht. Wir können mit dem Training erst anfangen, sobald ich dein Schwert, was auf dich angepasst ist, fertiggestellt habe. Größe, Gewicht, Länge, Balance, das muss alles stimmen, sonst kannst du nicht lange und effektiv kämpfen."

„Woher willst du das ganze Material bekommen? Das fällt nicht einfach so vom Himmel. Und wie willst du es verarbeiten? Da muss man doch Waffenschmied sein, oder?"

Bado antwortete und erklärte ihr sein weiteres Vorgehen genau, wobei er in einem Nebensatz noch erwähnte, dass er zeitgleich ein Schwert in den richtigen Ausmaßen finden wollte, mit dem Selen vorab üben konnte.

„Komm, setz dich hinter mich und wir fahren sofort los. Einerseits will ich wegen der Vampire so schnell wie möglich aus Wien raus, andererseits sollten wir uns ausreichend Zeit lassen, um das richtige Material auszuwählen. Sonst kannst du es am Ende nicht im Kampf nutzen oder es zerbricht nach den ersten Schlägen."

„Wie lange sind deine Schmiedtage denn her? Weißt du noch, woran man gutes von schlechtem Material unterscheidet.", murmelte Selen.

„Keine Sorge, ich habe Erfahrung darin, gutes von schlechtem Metall zu unterscheiden. Mein Meister war einer der besten Lehrer seiner Zeit. Er hat mir sein gesamtes Wissen weitergegeben."

Das konnte Bado zu Recht behaupten. Er war einer der wenigen Schüler seines Senseis gewesen. Er war am längsten bei seinem Lehrer geblieben und seine letzten Worte hatten Bado es bestätigt. Was verdeutlichte, was für eine Ehre Bado zuteil geworden ist.

Währen Bado ihr von seinem Sensei erzählte, musste Selen aus Versehen gähnte. Sofort entschuldigte sie sich, denn sie wollte nicht, dass Bado dachte, dass ihr seine Erzählung langweilte. Erst jetzt ging ihr auf, dass sie die komplette Nacht durchgeschlafen hatte - zum ersten Mal seit dem Ende der Menschen. Vorher hatten sie öfters Träume, besser gesagt Alpträume, heimgesucht, von Toten, die sich langsam, aber sicher in Zombies verwandelten, von Vampiren oder den toten Augen der Menschen, welche sie ohne Ende anstarrten. In anderen Nächten war sie bei dem kleinsten Geräusch aufgewacht. Ruhe war somit ein Luxusgut gewesen, was ihr nicht gegönnt gewesen war.

Doch von gestern zu heute hatte sie keinen solchen Alptraum

gehabt. Sie hatte sich geborgen gefühlt – sicher und warm. Bado hatte ihr ein Gefühl der Nähe gegeben. Würde es ab jetzt besser für sie werden? Selen konnte es nur hoffen. Ihr Urvertrauen hatte sich erholt – und hoffentlich keinen Knacks davongetragen.

Die Strecke bis zum Wiener Schloss verlief ereignislos: keine Angriffe, keine Gefahren, die auf sie lauerten. Dabei kamen sie an unzähligen menschlichen Leichen vorbei. Das konnte Selen sehen, da immer noch ein schwacher Schein von ihren Auren an ihnen haftete. Anscheinend waren die Seelen der Menschen noch nicht ganz aus ihren Körpern entwichen. Oder es handelte sich um Abbilder der Seelen. Die Farben rangierten auf der gesamten Palette und selten ähnelten sie einander. Nur eine Gemeinsamkeit blieb: Sie waren blass – fast durchsichtig.

Selen wandte den Blick ab. Diese Überreste vom Leben erzeugten bei ihr einen schalen Geschmack im Mund. Sie wusste immer noch nicht, warum sie als einziger Mensch überlebt hatte. Lag es an ihrer Fähigkeit, seltsame nicht reale Farben zu sehen? Konnte es das sein? So schnell wie möglich musste sie es herausbekommen, aber vielleicht nicht jetzt – nicht solange alles noch so frisch war.

Selen musste an ihre Zukunft denken. Sie konnte nicht zwar nicht mehr direkt ihre Vorstellung von einem ruhigen Wohnsitz auf einer Alm realisiere, daher musste sie jetzt einen anderen Weg finden.

Noch während sie sich diese Gedanken machten, näherten sie sich dem Schloss. Das konnte Selen daran erkennen, dass das Motorrad langsamer wurde, dann stieg Bado ab und nahm ihre Hand. Vorsichtig führte er sie durch die Türen in das Schloss. Sie liefen durch die gespenstisch hallenden Säle, ab und zu bog Bado mit ihr ab. Für Selen dauerte es eine Ewigkeit, bis sie schließlich in der Schatzkammer ankamen.

„So, jetzt sind wir da. Ich würde dich kurz allein lassen, sodass ich Material zusammensuchen kann", erklärte Bado.

Selen nickte, doch da spürte sie eine unerklärliche Kraft. Etwas war hier, das sie magisch zu sich zog. Sie ging ohne einen weiteren Gedanken los. Sofort hielt Bado sie mit einer Hand fest.

„Wo willst du hin?", fragte er verwundert.

„Irgendwas ist hier. Es ist, als wäre ich mit einem Seil verbunden, was mich zu sich zieht."

„Dann sag mir, in welche Richtung du gehen willst. Hier herrscht ein furchtbares Chaos. Überall liegen Waffen herum, die in den Weg hineinragen. Ich will nicht, dass du dich verletzt. Lieber führe ich dich."

„Warte kurz. Ich muss mich orientieren." Nachdem sie in sich hineingehorcht und das Gefühl ausgelotet hatte, sagte Selen schließlich: „Ähm, rechts?!"

Beide gingen los, während Selen sie immer weiter dirigierte. Mit jedem Schritt spürte sie, dass diese Anziehungskraft größer wurde.

Dann schließlich hielt sie Bado mit beiden Armen zurück: „Warte! Hier ist es."

Vorsichtig streckte Selen die Hand aus und berührte das Metall, das vor ihr lag. Es besaß eine Aura, die sie sehen konnte. Das war seltsam. Metall sollte so etwas nicht haben. Es war ein lebloser Gegenstand und trotzdem sah sie vor sich die Aura aus grünen und goldenen Streifen, die ineinander verwoben waren.

„Was ist damit?", erkundigte Selen sich bei Bado. „Es hat irgendwas an sich, das nach mir schreit. Kann man das verwenden? Oder ist es kompletter Schrott?"

„Wieso? Was hat es an sich?", fragte Bado. Ihm schien nicht klar zu sein, was Selen darin sah.

„Es besitzt eine Aura, eine golden-grüne Aura. Beide Farben sind miteinander verwoben. In einem Buch über Edelsteine hatte ich mal was gelesen. Für mich, sehen sie aus wie Steine Vesuvianit und Pyrit."

„Glaubst du? Das klingt ziemlich verrückt. Warum sollte dieser Speer so etwas ausstrahlen?", fragte er verwirrt.

„Ich weiß es auch nicht, aber ich sehe es ganz deutlich … und er hat nach mir gerufen, mich hergeführt. Was ist das für ein Speer?", fragte sich Selen verwundert.

„Ich glaube, das ist die sogenannte heilige Lanze, mit der angeblich Jesus erstochen worden ist. Allerdings weiß ich es nicht mit Sicherheit, da der Zettel teilweise abgerissen ist. Die Lanze wurde in das Blut von Jesus getaucht, vielleicht hat sie so seine Aura übernommen. Wenn ich das Metall in dein Schwert einarbeite, wird es etwas Besonderes werden. Früher waren die verwendeten Metalle ganz anders zusammengesetzt. In der heutigen Zeit ist das Eisen zu sehr von anderen Metallen gemischt. Zusätzlich würde es dir auf deinem weiteren Weg weiterhelfen. Die Übernatürlichen können mittels der richtigen Technik und deiner Fähigkeit in die Flucht geschlagen werden."

Selen nickte zustimmend. Sie konnte jeden göttlichen Beistand gebrauchen, den sie bekommen konnte. „Wir werden diesen Speer nehmen.", meinte Selen laut.

„Warte kurz hier", bat Bado, „nicht noch einmal wegrennen. Ich habe gerade ein passendes Accessoire für dein Schwert gefunden, was mitverarbeitet werden muss."

Für einen Moment entfernte sich Bado. Sie sah wie seine Aura sich kleiner wurde, dann war er wieder zurück.

„Streck mal deine Hand aus. Ich habe zwei Edelsteine gefunden, die im Schwert verarbeitet werden sollten. Einige von den Übernatürlichen glaubten immer das bestimmte Steinarten eine größere Verbundenheit mit der magischen Welt hatten. Einer meiner Rudelskollegen hatte mir mal eine Lehrstunde darüber gegeben. War eher langweilig gewesen, aber ein bisschen was ist hängen geblieben."

Als Bado die zwei Kristalle in ihre Hand fallen ließ, tastete Selen sie ab. Der eine hatte eine glatte runde Oberfläche, während der andere scharfkantig war.

„Ähm, danke." Für Selen waren diese Gedanken irritierend. Eigentlich hielt sich Selen eher für einen realitätsnahem Menschen, aber mittlerweile kam ihr alles nur noch seltsam vor. Daher nickte sie nach einem kurzen Moment: „Jetzt müsstest du doch mein Schwert herstellen können, oder? Weißt du, wo du es schmieden kannst?"

„Das geht an sich ganz einfach: Es gibt öfters irgendwo Schauwerkstätten. Eine befindet sich hier sogar in der Nähe, in Mölln. Sagt dir das etwas?"

Selen schüttelte den Kopf, aber das schien Bado gar nicht zu bemerken.

„Wir werden sofort hinfahren. Das Schmieden des Schwertes wird eine Weile dauern. Für ein gutes Schwert braucht man Zeit. Es gibt nur ein Problem: Wie weit werden wir sichtbar und vor allem hörbar sein, daher müssen wir immer aufpassen und auf Verteidigungsmodus eingestellt sein. Im Moment bist du wie der Heilige Gral für sie, daher sollten wir Vorsicht walten lassen."

Selen schluckte, das stimmte. Sie war einzigartig, auf mehrere Weisen. Sie konnte nur hoffen, dass ihr das nicht zum Verhängnis wurde.

Bado nahm sie wieder an die Hand und führte sie aus der Schatzkammer hinaus. Die heilige Lanze hielt sie in ihrer anderen Hand. Selen hoffte, dass sie ihr weiterhelfen würde, länger am Leben zu bleiben.

Nach ein paar Minuten sah Selen die Aura von Fenris neben sich auftauchen und spürte gleich darauf sein Fell an ihrem Handrücken. Er schien sich in den letzten Minuten die Schatzkammer erkundet zu haben. Er strich neben ihr entlang, bevor er beiläufig fragte: *Du hältst eine mächtige Waffe in deiner Hand. Wo habt ihr diesen Speer her?*

„Wir haben ihn hier gefunden. Selen meinte, dass sie von ihm angezogen wurde. Es könnte die heilige Lanze sein, mit der das Blut von Jesus aufgenommen wurden, ist als man getestet hatte, ob er wirklich tot gewesen ist oder nicht."

Das erklärt einiges. Das sollten wir unbedingt für dich, Selen, mit verwenden.

„Glaubst du wirklich, dass es mir weiterhelfen wird? Aber ich weiß nicht.", murmelte Selen leise.

„Wir haben jetzt keine Zeit für ein Schwätzchen, wir müssen weiter. Das Herstellen des Schwertes braucht seine Zeit", meinte Bado entschlossen. „Wir sollten an unserem Ziel ankommen, bevor es dunkel wird. Dann können wir uns zumindest einbunkern."

Sobald sie sich wieder auf das Motorrad gesetzt hatten, fuhr Bado auch schon los. Für Selen war es im ersten Moment etwas wackelig, doch mit zunehmender Geschwindigkeit fühlte sie sich sicherer und konnte sich wieder auf ihre Umgebung konzentrieren. Währenddessen rannte Fenris still neben ihnen beiden her. Fenris und sie beobachteten ihre nähere Umgebung, nicht dass sich noch jemand auf sie auflauerte. Nach fast einer Stunde erreichten sie unversehrt ihr Ziel – die Schauwerkstatt nach Mölln.

Sobald sie angekommen waren, nahm sich Bado auf der Stelle den Hochtemperaturofen vor und begann, ihn zu heizen. Als die Temperatur hoch genug war, begann Bado, das Metall der heiligen Lanze zu bearbeiten. Er schlug immer wieder mit dem Hammer auf die Lanze und Selen schaute ihm zu. Während der Schläge begann sich nicht nur die Lanze, sondern auch ihre Aura zu verformen. Mit jedem Aufprall nahm ihre Farbintensität zu.

Irgendwann schreckte Selen auf. Sie musste über die rhythmischen Arbeiten eingeschlafen sein. Bado bearbeitete das Metall immer noch. Eine halbe Ewigkeit später kam Fenris hinzu und drückte ihr mit seiner Schnauze etwas zu essen in die Hand. Im ersten Moment fühlte es sich matschig an, als wäre es eine Portion Schlamm, doch gleich darauf erkannte, dass es ein Stück Fleisch war – rohes Fleisch. Selen musste ihren Würgreflex unterdrücken. Trotzdem knurrte ihr Magen, weswegen sie dann mit äußerstem Widerwillen das Stück Fleisch aß.

So ging es eine ganze Woche. Das Schwert wurde von Tag zu Tag deutlicher erkennbar – sowohl in seiner Form als auch in seiner Aura.

Am Ende der Woche endlich führte Bado den letzten Schlag aus und ließ das Schwert zum letzten Mal in das danebenstehende kalte Wasser gleiten. Dann ging er mit dem geformten Stahl an ein Schleifrad und begann es zu drehen. Nach nicht einmal einer Stunde hatte Bado es soweit geschärft, dass man beim kleinsten Druck tief in die Haut schneiden konnte.

Er wischte sich den Schweiß von der Stirn und sagte: „Endlich bin ich fertig. Ich hoffe, dass das Schwert so gut geworden ist, dass du damit einige Jahrzehnte kämpfen kannst. Ab jetzt bringe ich dir die Grundlagen des Kämpfens bei. Danach zeige ich dir die fortgeschrittene Art und Weise. Um in einem richtigen Kampf bestehen zu können, musst du dein ganzes Leben lang lernen. So wie es in den Filmen gezeigt wurde, das ist kompletter Schwachsinn. Niemand kann in wenigen Tagen alles lernen und genug Erfahrungen sammeln, um einen erfahrenen Kämpfer zu besiegen."

Damit überreichte er Selen das Schwert. Er war ein kleines bisschen stolz auf sein Werk, seine erste Arbeit seit dem Tod seines Senseis. Doch der Stolz schwand dahin, als Selen die Waffe berührte, denn sie reagierte, als hätte die Waffe ihr einen Stromschlag gegeben.

Sobald Selen es in ihrer Hand hielt, spürte sie, wie sich die Aura und Kraft des Schwertes mit ihr verband. Sie konnte es sogar sehen: Die Auren, die sie wahrnahm, wurden schärfer und klarer. Vorher hatte sie nur die Farben der Menschen und vereinzelte Gegenstände sehen können. Jetzt war sie in der Lage, die Auren aller Menschen zu sehen, die jemals hier gewesen waren ... und auch die von den Häusern. Es war ein übercoloriertes Bild. Anscheinend waren die Auren der Menschen, welche hier jahrelang gelebt haben, in die Häuser eingedrungen. Anders konnte es sich Selen in diesem Moment nicht erklären.

Eins, bei dem ihr schlecht wurde. Sie hockte sich hin. Es prasselte zu viele Informationen auf einmal auf sie ein und ihr Gehirn war überfordert. Es konnte die Veränderung nicht schnell genug verarbeiten. Als Resultat bekam sie Migräne und ihr wurde schwindlig. Sie begann tief durchzuatmen.

„Was ist los, Selen?", rief Bado bestürzt. Seine Hand legte sich auf ihre Schulter.

„Es ist zu viel – zu viele Farben und Formen. Ich sehe *alles*, alle Menschen, die jemals hier waren, und ich kann die Auren von Häusern sehen. Ich kann kaum noch unterscheiden, was Gegenwart und was Vergangenheit ist. Ich muss hier weg. Bring mich zu einem Ort fernab von der Zivilisation. In dieser Werkstatt waren in den letzten Jahren zu viele Menschen. Ich glaub, ich muss mich übergeben", stammelte Selen vor sich hin. Sie versuchte noch ihre Hand von dem Schwert zu lösen, aber es ging nicht. Ihre Finger verkrampften sich mit jeder Sekunde mehr um den Griff, bis Selen das Gefühl hatte eins mit dem Schwert zu sein.

Schnell stand Bado auf und hob sie von dem Boden hoch. Er rannte mit ihr hinaus und stützte sie vorsichtig, während sie sich erbrach. Ihre neue Kraft und die Macht des Schwertes mussten sich miteinander verbunden haben. Er hatte schon vorher gespürt, wie viel Macht in diesem Schwert steckte. In den letzten Tagen hatte er die gesamten Lehren seines Meisters einfließen lassen und die Magie der Lanze freigesetzt. Jetzt wirbelte die Magie des Metalls und seltsamerweise die der Edelsteine um Selen herum. Dieses Schwert war eindeutig nur für sie gemacht. Es verstärkte ihre Fähigkeit um ein Vielfaches, auch wenn es im ersten Moment sie regelrecht übermannt hatte. Das war auch normal, dass man sie bei zu vielen Eindrücken überwältigt fühlte und der Körper sich mit der einzigen Art und Weise, die er auf die Schnelle realisieren konnte, dem Erbrechen.

Weiterhin hoffte Bado, dass er mit seiner Einschätzung der Haltbarkeitsdauer des Katanas von einigen Jahrzehnten richtig lag. Ein ähnliches Metall würde nur sehr schwer zu finden sein. Aber darüber würde er sich erst Gedanken machen, wenn es an der Zeit war, ein neues Schwert zu schmieden.

Jetzt musste sie zunächst so lange leben, wie das Schwert hielt. Noch wusste er nicht, wie er ihr das ermöglichen sollte.

8. Kapitel 4 Wochen nach dem Ende der Menschheit
Zu sterben mit einer nicht benützten Waffe am Gürtel wäre bedauerlich. - Miyamoto Musashi, Das Buch der Erde

Bado nahm Selen hoch, trug sie in den nahegelegenen Wald und setzte sie dort ab. Hier sollten weniger Menschen gewesen sein. Über den weiteren Verlauf der Reise würde er sich später Gedanken machen. Die Schwierigkeit würde bei der Meidung der Sehenswürdigkeiten liegen. Nachdem er ein paar Minuten neben Selen gewartet hatte, erholte sie sich sichtlich: Die Farbe kehrte in ihr Gesicht zurück, schließlich öffnete sie ihre Augen und schaute ihn an.

„Es geht wieder", brachte sie leise hervor. „Im ersten Moment war einfach alles zu viel auf einmal gewesen."

Zuerst hatte sie ihre neue Sichtweise auf die Welt akzeptieren und sich daran gewöhnen müssen und jetzt das. Es lag zu wenig Zeit dazwischen, um alles zu verarbeiten.

Sie war noch sehr blass, als Selen versuchte wieder aufzustehen. Bado half ihr lieber nicht, da sie anscheinend allein aufstehen wollte. Das zeugte von einem starken Willen, den sie in dieser neuen Welt dringend brauchte.

Nach einer Viertelstunde, in der Selen wieder zu Atem gekommen war, sagte sie schließlich: „Wann können wir mit dem Training beginnen?"

Oha, da ging sie schnell ran. Bado war beeindruckt.

„An sich können wir jederzeit beginnen, doch du musst dich erstmal ausruhen. Bei dem Training musst du bei voller Kraft sein. Und gerade erst hattest du einen Zusammenbruch. Daher würde ich es noch ein, zwei Tage nach hinten verschieben, aber dann bringe ich es dir bei. Versprochen!"

Selen verzog unwillig das Gesicht, sodass Bado fortfuhr.

„Trotzdem kann ich dir jetzt einiges Wissenswertes über die Übernatürlichen erzählen, die dir immer wieder begegnet sind und in Zukunft noch begegnen werden. Du solltest möglichst alle harten Fakten wissen, was über übernatürliche Wesen sowohl berichtet als auch geschrieben wurde. Alles davon ist wahr. Vielleicht abgesehen von den Mythen der letzten paar hundert Jahre, aber in den Legenden der letzten 3000 Jahren steckt nichts als Wahrheit. Und die meisten dieser Wesen sind unsterblich, allerdings nicht, wenn man sie köpft oder ihnen das Herz herausschneidet", erklärte Bado mit einem sardonischen Lächeln.

Auf einmal warf Fenris ein, *Selen, trotzdem solltest du etwas beachten! Götter, wie wir sie kennen, gibt es kaum noch. Erst recht keinen unsichtbaren allmächtigen Gott, wie ihn die Juden, Christen oder Muslime verehren. Der ist ein verrücktes Hirngespinst. Aber die anderen, die, die es wirklich gab, waren die stärksten der Übernatürlichen und wurden von ihnen gejagt. Die, die jetzt noch leben, haben sich in die hintersten Ecken der Welt zurückgezogen.*

„Warum wurden die Götter gejagt?", fragte Selen verdutzt.

„Jedes übernatürliche Wesen trägt ein bestimmtes Maß an Magie und Macht in sich. Jeder Gott stellte die Macht aller anderen Wesen in den Schatten. Das entwickelte Neid, außerdem bedeuteten Götter selbst für die stärksten Übernatürlichen eine Gefahr. Deshalb wurden sie gejagt. Wie immer waren es niedere Beweggründe."

„Irgendwie kommt mir das bekannt vor. Das scheint, bei Menschen auch meistens der Lauf der Dinge zu sein."

„Ja.... leider", stimmte ihr Bado zu. „In dieser Welt musst du dich behaupten können. Die Konflikte werden mit Gewalt und Blut ausgetragen. Du kannst nur den wenigsten vertrauen. Meistens befinden sich die Übernatürlichen in ihrer eigenen mythischen Seifenoper wieder, in einer dieser ganz schlechten. Mit Mord und Totschlag und kaum wahrer Liebe."

Selen schluckte. Ihr war auf einmal unwohl zumute. Eigentlich war sie keine Kämpferin im klassischen Sinn, war es nie gewesen. Sie war ein zurückgezogen lebender friedlicher Mensch, der gewaltfreie Lösungen bevorzugte. Aber die letzten Wochen haben gezeigt, dass sie sich unbedingt wehren musste. Die Welt ist sehr gefährlich geworden und ihre Behinderung ist nur ein Resultat von ihrer Verletzlichkeit. Jetzt hatte sie einen Lehrmeister, der ihr den Umgang mit dem Schwert zeigen konnte. Sie schluckte wieder und nickte schließlich. Noch wusste Selen nicht, wie ihre Entwicklung weitergehen würde. Sie nahm sich vor, immer erst eine friedliche Lösung finden zu wollen, bevor sie zum Schwert griff.

„Wir werden sehen, dass wir jeden Tag ein paar Stunden üben und in der restlichen Zeit immer weiter nach Süden in Richtung Sizilien vorstoßen. Dort lebt mein Anführer. Er wird dir Schutz gewähren.", versprach ihr Bado überzeugt.

„Ich hoffe, ich werde euch nicht zu sehr zur Last fallen."

„Wirst du nicht. Ich werde dir zeigen, wie du alle in die Pfanne hauen kannst", winkte Bado schmunzelnd ab.

Selen lächelte. Ab jetzt entschied sie selbst. Die Opferrolle würde abgelegt werden.

„Na, dann sollten wir mal langsam loslaufen. Wir haben uns schon viel zu lange an diesem Ort aufgehalten. Ich bin froh darüber, dass niemand uns hier entdeckt hatte, aber ich will unser Glück nicht noch länger strapazieren. Wir sollten schnellstens von hier weg.", sagte Bado energisch und führte Selen in den Wald hinein. Die lange Reise über die Alpen begann.

In den nächsten Tagen schlugen sie sich stetig nach Süden durch. Während der hellen Stunden überquerten sie die Berge und Pässe der Alpen. Wenn die Sonne langsam sank, fing Bado an, Selen im Schwertkampf zu unterrichten. Während dieser Zeit hielt Fenris Wache. Glücklicherweise schienen sie keinerlei Verfolger zu haben. Allerdings spürte Bado in seinem Innersten, dass dies nicht mehr lange anhalten würde. Etwas sagte ihm, dass bald jemand hinter ihnen her sein würde.

Bado begann zuerst, Selen die Grundtechniken beizubringen: Schläge setzen, ausweichen. Dafür hatte er sich einen geraden Stock besorgt, welcher in Länge und Gewicht dem geschmiedeten Schwert ähnelte. Dabei legte er besonderen Wert darauf, dass sie Trefferzonen genau traf und mit möglichst wenig Kraft den maximalen Schaden anrichten konnte. Als Mensch hatte sie von Natur aus weniger Kraft als die Übernatürlichen. Das war ein erheblicher Nachteil für sie.

Der Schweiß lief Selen bei jedem Training im Strömen herunter. Wenige Tage später konnte sie sich nicht mehr auf den Beinen halten und sank übermüdet und kraftlos zu Boden. Nur durch die schnelle Reaktion von Bado konnte ein schmerzhafter Sturz verhindert werden. Während er sie auf den Boden gleiten ließ, konnte sie Atemlosigkeit kein Wort sagen, nur ihr Blick richtete sich voller Anklage auf ihn.

„Es... es tut mir leid. Ich habe nicht deine Stärke mit beachtet", sagte Bao voller Reue.

Du hast sie zur völligen Erschöpfung getrieben. Was hast du dir nur dabei gedacht? Selen ist nicht so wie wir, sie kann einer Belastung nicht wochenlang standhalten, herrschte Fenris Bado an, *Aber wir müssen von hier langsam weiter. So schnell wie möglich. Ich habe das Gefühl, dass wir von etwas verfolgt werden, obwohl wir hier bisher niemandem begegnet sind. Das kann sich schnell ändern, wenn wir weiter so langsam vorwärtskommen. Wir sollten sie am besten auf meinem Rücken festschnallen, bis wir einen Unterschlupf etwas weiter in dem Süden gefunden haben.*

Eine Stunde später hatten sie schließlich eine kleine Höhle gefunden. Während Fenris den Eingang im Blick behielt, breitete Bado eine Decke aus Selens Rucksack aus, um die Kälte des Bodens etwas abzumildern. Mittlerweile waren die Temperaturen erheblich gesunden. Nicht nur kündigte sich der Winter an, sie waren auch wesentlich höher gewandert. Das hieß, dass sie zügig die Alpen verlassen und in den Süden gehen mussten, um die Schneefälle zu vermeiden. Zudem war schon seit Wochen die Stromversorgung zusammengebrochen und die Lebensmittel in den Supermärkten waren restlos verdorben.

Das bedeutete, dass Bado und Fenris jagen gehen mussten. Selen durfte nicht durch Nahrungsmangel noch weiter geschwächt werden. Sie musste ihre Kräfte wiedererlangen. Sie musste weiterleben.

Vorsichtig hob Bado Selen von Fenris runter und legte sie auf die Decke. Mit einer weiteren hüllte er sie ein.

„Ich werde jagen gehen. Sie braucht etwas zu essen, wenn sie wieder aufwacht. Selen ist abgemagert. Halte du in der Zwischenzeit Wache! Wenn jemand näherkommt, heule los. Ich werde dann so schnell wie möglich zurückkehren", schlug Bado vor.

Nachdem Fenris zustimmend genickt hatte, ging er aus der Höhle. Währenddessen blieb Fenris zurück, platzierte sich gemütlich an dem Eingang und beobachtete aufmerksam die Umgebung. Während der gesamten Zeit lag Selen ruhig auf der Decke und schlief. Sie regte sich nicht einmal. Das kontrollierte Fenris regelmäßig. Mittlerweile war ihm diese Menschenfrau sehr ans Herz gewachsen. Sie war außergewöhnlich. Schon ihre erste Begegnung war interessant gewesen. Er hatte sie zwar angegriffen, aber sie hatte ihm dann etwas zu essen gegeben. Als sie dann sich gegen die Vampire zu Wehr, hatte sie ihre Angst, ohne mit der Wimper zu zucken überwunden und sich zur Wehr gesetzt. Fenris war sich sicher, dass sie in dieser neuen Welt überleben würde. Ihr Kampfeswille war stark wie Titan.

Auf einmal roch der schwarze Wolf Blut. Angespannt richtete er sich auf und versuchte zu erkunden, woher die Witterung stammte. War Bado in Gefahr? Oder fand in der Nähe ein Kampf statt? Nirgends war ein Eindringling zu sehen. Woher kam nur dieser Blutgeruch, der mit jeder Sekunde stärker wurde?

Vorsichtig erschnüffelte Fenris die Richtung und fuhr erschrocken herum. Der Geruch stammte direkt aus der Höhle. Schnell rannte er zu Selen und roch an ihr. Das Blut kam definitiv von ihr – genauer gesagt aus ihrem Unterleib -, aber sie hatte doch keine Wunden erlitten, weder sichtbare noch innerliche. Das wusste er, denn er hatte sie in den letzten Tagen genau beobachtet. Warum blutete sie dann?

Ihr Gesicht verzog sich vor Schmerzen. Vorsichtig stupste er mit seiner Nase gegen Selen, um sie aufzuwecken, doch ihre Augen blieben geschlossen und ihr Körper begann zu zittern, daher legte er sich neben sie und versuchte sie zu wärmen. Augenblicklich rutschte sie an ihn heran und vergrub ihre Hand schmerzhaft in seinem Fell.

Einige Zeit später kam Bado in die Höhle und blieb wie angewurzelt stehen. Er schien den immer intensiveren Geruch nach Blut bemerkt zu haben.

„Hast du sie etwa angefallen?", fragte er.

Ich weiß nicht, was mit ihr los ist. Ich habe am Höhleneingang gesessen und dann das Blut gerochen. Sie hat keinerlei Verletzungen und krank ist sie auch nicht, meinte der Wolf ratlos.

Bado schaute einen Moment lang zu Selen, bevor er weitersprach. „Ich glaub, ich weiß es. Bei den Menschen haben die Frauen einmal im

Monat für einige Tage eine Blutung, die zeigt, dass sie fruchtbar sind. Mehr weiß ich leider auch nicht. Vielleicht sollten wir sie fragen."

Die Natur der Menschen war für beide ein Rätsel gewesen, Fenris hatte sich über so was nie Gedanken gemacht.

Gute Idee, allerdings ist sie bisher nicht aufgewacht. Zunächst sollten wir abwarten. Vielleicht können wir noch ein Feuer machen. Sie zitterte die ganze Zeit vor Kälte.

Während sich Bado um das Feuer kümmerte, versuchte Fenris immer wieder, Selen zu wecken, indem er sie mit seiner Schnauze anstupste. Erst nach einigen Versuchen begann sie langsam, sich zu regen, und öffnete flatternd die Augen. Allerdings schienen ihre Pupillen seltsam unkoordiniert und ihr Atem ging stoßweise. Der Schweiß lief ihr am Gesicht herunter und ihre Haut wirkte fahl.

Sie ist aufgewacht, teilte Fenris Bado mit.

Sofort kam Bado auf sie zu und versuchte ihr warmes Wasser einzuflößen, doch spukte sie es gleich wieder aus.

„Selen, du musst was trinken. Dadurch wird es dir bald besser gehen.", sprach Bado eindringlich zu ihr.

Unwillig schüttelte sie den Kopf. Mit leiser Stimme sagte sie schließlich: „Es geht nicht. Es schmerzt zu sehr. Bitte, lass mich nur hier liegen."

„Was, Selen? Was schmerzt so sehr? Fehlt dir irgendwas? Kann ich dir helfen?" Es war deutlich, dass Bado nicht wusste, was er tun sollte.

Augenblicklich nahm das blasse Gesicht von Selen wieder ihre normale Farbe an. Wenn es ihr nicht peinlich wäre, würde sie über Bado lächeln. „Das ist ein bisschen peinlich."

„Hast du deine Blutung?", fragte Bado schließlich direkt. Sofort drehte Selen sich weg und versuchte in den hinteren Teil der Höhle zu kriechen.

„Bitte, lasst es einfach. Ich brauche jetzt nur etwas Ruhe."

Bado verstand sie nicht, dann ging ihm ein Licht auf.

„Ist das normal, dass es dich so schmerzt?", fragte er weiter.

„Ich weiß nicht, warum, aber sehr viele Frauen reagieren so …" Selen stockte kurz und fuhr dann fort: „… haben so reagiert. Ich bin da keine Ausnahme. Bitte geht einfach. Mir wird es die nächsten Tage nicht sehr gut gehen und ich brauche meine Ruhe." Selen versuchte verzweifelt, die beiden zu vertreiben.

Immer waren die Probleme von den Männern verharmlost worden, daher hatte Selen zeitig begonnen, sich während dieser Zeit zurückzuziehen. Die meisten Männer konnten nicht damit umgehen. Sie wollten nichts davon hören oder ignorierten es schlichtweg. Sie vermieden regelrecht das Thema anzusprechen.

Nachdem die beiden nicht aus der Höhle verschwanden, setzte Selen nochmal an: „Bitte geht weg. Ich kann momentan keine Gesellschaft gebrauchen. Mir geht es nicht gut. Ich kann jetzt niemanden in meiner Nähe gebrauchen. Ihr könnt mir momentan nicht weiterhelfen, egal was ihr tun wollt."

Kurz schauten sich die beiden an und nickten. Leise drehten sie sich um und verließen die Höhle. Endlich konnte sich Selen zusammenrollen und die schmerzenden Wellen ertragen. Die ersten Tage waren immer die schlimmsten. Es war, als würde ihr gesamtes Innere nach außen gestülpt werden, und zwar unter Zuhilfenahme eines stumpfen rostigen Messers.

„Wir können sie jetzt nicht wirklich allein lassen", meinte Bado.

Ich weiß. Sie braucht uns. Vielleicht solltest du in ein paar Stunden noch mal versuchen, mit ihr zu reden.

„Meinst du wirklich? Glaubst du, dass es ihr dann besser gehen wird? Oder wird es eher schlimmer werden. Ich kann es leider gar nicht beurteilen."

Ich kann es leider auch nicht sagen, aber sie wird schon wieder. Es zeigt bei den menschlichen Frauen, dass sie sich reproduzieren können. Es ist nach einigen Tagen wieder vorbei. Das zumindest kannst du mir glauben.

„Verstanden. Dann werde ich warten.", murmelte Bado.

Damit setzte sich Bado neben Fenris. Mit einer Hand fuhr er sich hilflos über das Gesicht. Es machte ihn verrückt, dass er ihr nicht helfen konnte.

Auf einmal spürte Selen eine Berührung: eine Hand, die sich sachte auf ihre Schulter legte. Eine andere ruhte auf ihrem Bauch. Sofort spürte sie, wie sich von den Berührungen Wärme ausbreiten. Mühsam öffnete sie ihre Augen und schaute in die vertraute blauorange Aura von Bado. Die Schwingungen von ihm waren aufgewühlt, zugleich erzeugte sie in Selen das Gefühl von Geborgenheit.

Selen stöhnte auf. „Ich habe doch gesagt, ihr sollt verschwinden. Warum hört ihr denn nicht auf mich?"

„Ich kann dich nicht so leiden lassen. Ich werde mich um dich kümmern, bis es dir besser geht. Was brauchst du? Sag es mir und ich werde es dir besorgen", forderte er sie sanft auf, während er kreisende Bewegungen auf ihrem Bauch machte.

„Ni… Nichts, was ihr besorgen müsst", brachte Selen nach einer erneuten Schmerzwelle hervor. „Normalerweise habe ich ein Heizkissen. Das geht jedoch nicht mehr."

„Ein Heizkissen? Das wird schwieriger, aber ich kann versuchen dir anderweitig Wärme zuzuführen. Für den Anfang muss meine Körpertemperatur ausreichen. Fenris wird sich um eine andere Wärmequelle kümmern. Brauchst du sonst etwas?"

„In meinem Rucksack befinden sich Hygieneartikel, die ich für die nächsten Tage brauche. Bring mir einfach den Rucksack. Dann muss ich kurz allein sein."

Bado tat, wie geheißen, bevor er sich zusammen mit Fenris nach draußen begab. Zusammen beratschlagten sie, was sie tun konnten. Das konnte Selen ihrem Gemurmel entnehmen. Schnell machte sie sich fertig, bevor sie die beiden rein rief. Bis sie wieder auftauchten, hatte sich Selen in ihre Decke eingerollt. Bado legte sich hinter Selen und drückte beide Hände auf ihren Unterleib.

Eine Minute später sagte Selen: „Das bringt nichts. Deine Hände sind zu kalt."

„Wenn das nichts nützt, dann halt anders. Es gibt immer eine Lösung." Bado richtete sich auf und legte sich Selen gegenüber. Jetzt schaute er ihr ins Gesicht. Seine Aura strahlte Wärme aus, dass es Selen den Atem verschlug. Er wollte sich um sie kümmern.

„Wenn die Hände nicht reichen, wärme ich dich mit meinem Körper", fuhr er fort. Er schlang seine Arme um sie und drückte sie fest an sich. „Ich werde dir deine Schmerzen nehmen."

Erstaunt riss Selen ihre Augen auf. Damit hatte sie nicht gerechnet. Sprachlos ließ sie sich von Bado an sich drücken. Nach einer Weile schienen sogar ihrer Schmerzen zurückzugehen – oder sie war so sehr von Bado abgelenkt, dass sie sie vergaß. Schließlich schlief sie ein.

Bado fühlte, wie ein warmes Gefühl in ihm aufstieg. War das etwa Mitgefühl und Fürsorge? Er wusste es nicht, aber es tat gut, Selen in dieser Zeit beizustehen. Zusätzlich konnte er sie an sich drücken, somit würde er sich bestimmt nicht beklagen.

Sobald er merkte, dass Selen eingeschlafen war, drehte er den Kopf zu Fenris, der ruhig am Höhleneingang stand und sie beobachtete.

„Wenn sie jeden Monat diese Schmerzen hat, kann sie die Ewigkeit kaum überstehen. Sie wird bestimmt verrückt werden. Wie haben es die menschlichen Frauen nur bisher ausgehalten, ohne wahnsinnig zu werden?"

Ich weiß es nicht. Doch anscheinend sind menschliche Frauen stärker, als wir bisher angenommen haben. In den nächsten Tagen sollten wir ihr helfen es durchzustehen.

„Du hast recht. Doch selbst wenn wir ihr jetzt helfen, ich habe mir sowieso schon Gedanken darüber gemacht. Sie wird vielleicht noch 40 bis 60 Jahre leben. Wenn es hochkommt. Dann ist sie weg und mit ihr der letzte Mensch auf Erden. Allerdings ist das nur Wunschdenken, vorher wird dieser Planet in einem blutigen Krieg versinken. Nicht mehr lange und wir werden uns gegenseitig vernichten. Das macht mich traurig."

Du hast recht und auch ich blicke voller Angst in die Zukunft. Eigentlich ist die Erde schon jetzt ein Schlachtfeld und nicht mehr zu retten. Trotzdem sollten wir ihr etwas Frieden geben. Sie hat schon sehr viel mitmachen müssen, da würde ihre Entspannung guttun.

Bado schluckte hart. Diese Aussage traf den Kern der Wahrheit, allerdings tat sie in ihrer Härte auch weh. „Wir sollten es zumindest versuchen. Vielleicht weiß mein Alpha, was man da tun kann. Ich habe nie solche Gedanken bisher gemacht."

Wortlos nickte Fenris und trabte hinaus. *Ich werde uns etwas zu essen besorgen. Sie braucht Kraft für die nächsten Wochen, wenn wir die Alpen überqueren und dann durch ganz Italien müssen.*

Nach einer Weile kehrte Fenris mit Beute zurück. Er hatte einige Hasen in seinem Maul. Vorsichtig legte er sie ab und schritt zu Bado rüber.

Positionswechsel. Du machst Feuer, bereitest die Hasen zu und ich versuche, Selen weiter zu wärmen.

„Sie wird wahrscheinlich noch ein paar Stunden schlafen, bevor

sie weitermarschieren kann. Wir müssen auch sicher gehen, dass wir
für die nächsten Tage genug Nahrung bei uns haben. Wir werden nicht
immer eine Höhle finden und ein Feuer machen können. Das würde
unsere möglichen Verfolger zu leicht auf unsere Spur locken."

In Ruhe machte sich Bado daran, ein Feuer zu entfachen, und
begann, die Hasen mit seinen Krallen zu häuten und auszunehmen.
Danach steckte er die Körper auf Stöcke. Vorsichtig drehte er sie dann
über dem Feuer. Er hatte keine Gewürze, es musste so reichen. Dabei
dachte Bado über das Kommende nach.

Wenn sie an ihrem Ziel – seinem Clan – angelangt waren, konnten
sie vielleicht beginnen, etwas aufzubauen, wo sich Selen wohlfühlen
konnte. Vielleicht lag darin der Schlüssel für das Überleben auf dieser
unwirklichen Welt: sich ein Heim aufzubauen, ein Zuhause zu finden.
Einen Clan, der zusammensteht. Sich aufeinander verlassen kann. Er
wusste es nicht.

Stille überzog das Tal außerhalb der Höhle, die nur unterbrochen
wurde von dem gelegentlichen Knistern des Feuers. Die Vögel
zwitscherten schon seit Tagen nicht mehr, ein Zeichen dafür, dass selbst
die Tierwelt nicht wusste, wie es weitergehen würde. Zu viele
gefährliche Wesen waren aus ihren Löchern gekrochen und in den
Vordergrund gerückt. Selen öffnete langsam ihre Augen.

Die Auren von Bado und Fenris leuchteten neben ihr. Beide
schienen in einem ernsten Gespräch miteinander vertieft zu sein. Selen
lauschte in ihren Körper hinein. Ihre Schmerzen waren noch nicht ganz
vorüber, aber nicht mehr lange, dann hatte sie es geschafft.

Langsam richtete sie sich auf. Sofort zog sie dadurch die
Aufmerksamkeit der beiden auf sich. Ihre Auren veränderten sich von
einem kalten Blau zu einem warmen Rot, wobei allerdings das Rot von
Bado feuriger wirkte. Verlegen schaute Selen woanders hin. Bados
Aura berührte sie auf eine eigenartige Weise, die ihr unbekannt war.
Seltsam!

„Geht es dir besser?", fragte Bado nach. Seine Stimme hatte einen
besorgten Klang.

Wortlos nickte Selen. Ihr Körper hatte sich erholt. Mit diesen
Gedanken schaute Selen an sich hinunter und versuchte
herauszufinden, ob es nur die erste von vielen Schmerzenswellen war

oder ob es diesmal frühzeitig vorbei war. Sie konnte die Antwort allerdings nicht finden. Es würde sich erst die nächsten Stunden zeigen. Manchmal hatte sie Glück, manchmal nicht.

Bado setzte sich neben sie und hielt eine Hand an ihren Bauch. „Geht es dir besser? Oder wird sich das wieder ändern? Du musst es mir sagen, ich habe keine Ahnung, was bei menschlichen Frauen abgeht."

„Es passt schon. Allerdings kann es gut sein, dass es in den nächsten Stunden nochmal schlimmer wird. Die ersten drei bis vier Tagen sind die Hölle", sagte sie mit dünner Stimme. „Normalerweise bin ich in meinem Bett liegen geblieben und habe versucht, die Zeit irgendwie zu überstehen."

„Gibt es nichts, was ich dir abnehmen kann, um diese Schmerzen zu lindern?", fragte Bado vorsichtig.

„Es sind nur drei bis vier Tage im Monat. Jedes Mal habe ich das Gefühl zu sterben und doch übersteh ich es irgendwie. Allerdings wenn ich erst über 45 bin, hat sich das alles für mich erledigt. Glücklicherweise."

Verblüfft schwieg Bado. So eine pragmatische Sicht hätte er nicht erwartet. Das überraschte ihn.

Nach einige Minuten des Schweigens stand Bado wieder auf und meinte: „Wir können hier leider nicht bleiben. Der Geruch deines Bluts durchdringt schon jetzt die komplette Höhle. Jedes übernatürliche Wesen in der näheren Umgebung wird in nicht mal einem Tag hierherkommen und versuchen an dich ranzukommen. Für viele bist du ein leckeres Essen, für andere wiederum bist du eine Trophäe"

„Du hast recht. Ich werde mich zusammenreißen und versuchen, so weit wie möglich mitzuhalten und euch beiden nicht zur Last zu fallen."

Selen stand auf. Allerdings richtete sie sich nicht ganz auf. Zusammengekrümmt stand sie vor ihm wie eine alte Frau. „Wir können!"

Die nächsten Tage waren für Selen die reinste Hölle. Ihre Schmerzen steigerten sich um ein Vielfaches an – mehr als normalerweise. Es gab Stunden, in denen sie nur mithilfe von Fenris weiterkamen, der Selen auf seinem Rücken trug. Trotzdem marschierten sie gut vorwärts. Sie hatten sogar schon einen großen Teil der Alpen überquert und befanden sich momentan am Anfang der Po-Ebene.

Am Ende des vierten Tages, während sie kurz Rast machten, sagte Selen auf einmal: „Ab jetzt habe ich es geschafft. Das Gröbste ist überstanden."

Auch ihr blasses Gesicht hatte in die letzte Woche wieder Farbe bekommen.

„Kannst du was essen? Du hast die letzten Tage fast nichts zu dir genommen", fragte Bado nach. Er machte sich anscheinend große Sorgen um sie. Selen war gerührt.

„Ich habe einen Bärenhunger."

Wie zur Unterstreichung ihrer Worte grummelte ihr Magen. Selen lachte auf. Sie war immer glücklich, wenn alles vorbei. Dann hatte sie endlich wieder Frieden.

Bado grinste sie an. Wortlos reichte er ihr eine kalte gegrillte Keule von einem undefinierbaren Tier, und die Unkenntlichkeit war auch gut so. Sie wollte lieber nicht wissen, was es war. Sobald Selen es in den Händen hielt, fiel sie über das Fleisch her, als würde es kein Morgen mehr geben. Nach nur wenigen Minuten hatte sie es verzehrt.

„Bist du noch hungrig?"

Nickend nahm Selen eine weitere Keule entgegen und verputzte auch die in Windeseile.

„Bei dir scheinen die Lebensmittel keine lange Lebensdauer zu besitzen", scherzte Bado.

Doch Selen schaute ihn nur ruhig an und erwiderte: „Das ist normal, wenn man vier Tage lange nur so wenig gegessen hat. Wo sind wir jetzt genau?"

„Wir haben die Alpen überquert und befinden uns in dem Land, das mal Italien war. Irgendwo in der Nähe von Verona."

„Ich wusste gar nicht, dass wir so weit gekommen sind. Wird es noch lange dauern bis zum Ziel?"

„Wir müssen ganz runter in den Süden, nach Sizilien. Auf der Insel liegt der Sitz meines Clanführer. Dort wird es dir besser gehen. Auf dem Gelände kannst du dich ausruhen und dein Leben leben, wie du es willst. Bis dahin musst du noch durchhalten, aber das Schaffen wir schon."

„Das klingt gut. Ich bin dieses ewige Herumrennen leid. Wie lange werden wir noch brauchen, bis wir endlich da sind? Es fühlte sich schon seit einiger Zeit an, als würden wir nie an unser Ziel ankommen werden."

„Ich weiß, aber wir werden noch ungefähr drei Wochen unterwegs sein. Wir müssen ab jetzt die meiste Zeit zu Fuß laufen, da die Stromversorgung nicht mehr gewährleistet ist.", erklärte Bado.

„Aber wir können doch versuchen, ab und zu ein Auto von der Straße zu nehmen", schlug Selen vor.

Leider nein, schaltete sich Fenris ein. *Die anderen Übernatürlichen würden es bemerken, wenn sich plötzlich ein Auto bewegt. Einerseits stehen die Autos schon seit einigen Wochen herum. Sobald sich jetzt irgendwas daran ändert, wird es sofort von jedem in der näheren Umgebung bemerkt. Andererseits haben die Übernatürlichen sehr feine Ohren, können somit weit hören. Die meisten von uns brauchen auch keine Autos oder andere Fortbewegungsmittel. Wir sind schneller als die normalen Fahrzeuge. Daher würde jeder sofort wissen, dass es ein Mensch ist, der sich hier fortbewegt.*

„Echt jetzt? Und nur meinetwegen seid ihr zu einer langsameren Geschwindigkeit gezwungen? Es tut mir leid."

„Das braucht es nicht. Ich habe den Auftrag von meinen Clanführer bekommen, dich sicher in unser Revier zu bringen, und das mache ich auch."

„Ich versteh aber immer noch nicht, warum. Was will dein Boss mit mir? Ich bin weder stark noch irgendeine Art von speziellen übernatürlichen Wesen! Nur um mich zu beschützen? Das ist kein richtiger Grund, vor allem, da er mich nicht mal kennt. Ich bin nur ein Mensch. Ein kleines Zahnrad in der Weltgeschichte", zweifelte Selen.

„Und gerade da liegt die Besonderheit. Du bist die einzige bekannte Überlebende von etwas, wovon wir nicht mal im Ansatz wissen, was es ausgelöst hat. Dieses Massensterben ist zu grausam. Mein Boss hofft, dass er es zusammen mit dir herausbekommen wird", erklärte ihr Bado.

„Aber ich weiß doch gar nichts", fuhr Selen fort. „Das ist es doch gerade! Ich bin nur ganz gewöhnlich und hab nichts Außergewöhnliches an mir. Ich habe mein Leben gelebt, studiert, mit

Freunden abgehangen, mit meiner Familie gefeiert, sozusagen 08/15, wie jeder andere auch."

Plötzlich durchfuhr Selen eine Bild, welches sie kurz vor dem Massensterben der Menschen gesehen hatte und seitdem immer wieder in ihrem Kopf aufblitzte. Bis jetzt hatte sie es als seltsames Deja Vú abgetan, welches sie in einem Film gesehen haben musste. Schließlich wurden die seltsamsten Rituale im Fernsehen oder Kino gezeigt. Aber was, wenn dem nicht so war? Sie hatte einen Kreis von sechs Personen in schwarzen Kutten gesehen, die wirkten, als würden sie etwas beschwören. Jetzt kehrte es jedoch mit aller Wucht zurück. Selen konnte nicht sagen, warum es gerade jetzt wieder in ihrem Kopf rumspukte. Wahrscheinlich war Bados Aussage über das Massensterben der Trigger gewesen. Aber das Bild war ohne einen Zusammenhang für sie. Wenn Selen es einfach so Bado erzählte, würde er es wahrscheinlich auch als Humbug aus einem Film abtun. Daher beließ sie es dabei und dachte nicht weiter darüber nach.

Rasch versuchte Selen ihre Gedanken anderweitig zu sammeln. Die beiden brauchten es jetzt nicht unbedingt wissen, wenn selbst Selen nichts Genaueres wusste. Die beiden waren so liebevoll gewesen, jedoch brauchten sie sich keine Gedanken über Nichtigkeiten in diesem Moment machen. Und das war es ja auch – nur ein unbedeutsame Erinnerung, worüber man sich keine Gedanken machen musste, redete sich Selen ein.

Zum Glück hatte es keiner der beiden mitbekommen. Dass der Clanführer von Bado sie bei sich haben wollte, um sie zu beschützen, war ihr in diesem Moment etwas suspekt. Selen sollte schnell eine Antwort darauf bekommen, bevor es zu spät war.

Was wollte er wirklich von ihr?

9. Kapitel: 5 Wochen nach dem Ende der Menschheit.
Selbst das Nichtgreifbare besitzt Rhythmus. - Miyamoto Musashi, Das Buch der Erde

Die letzte Woche war wie im Flug vergangen. Tagsüber hatten Bado, Fenris und Selen versucht so viel Wegstrecke wie möglich zurückzulegen. Während sie weitergingen, fragte Selen Bado über die übernatürlichen Wesen aus. Abends versuchte Bado, ihr weiterhin die

Grundlagen des Schwertkampfes beizubringen. Meistens waren es aber nur Schläge von oben nach unten. Sie hatte noch nicht einmal gegen ihn gekämpft. Es wurde mit der Zeit immer langweiliger. Warum konnte sie sich nicht einmal an einem richtigen Übungskampf probieren?

Als sie ihren Wunsch ansprach, meinte Bado, dass sie zuerst sämtliche Grundlagen lernen musste. Vorher brauche sie nicht gegen ihn anzutreten. Das hörte sich in Selens Ohren arrogant an, daher grummelte sie leise vor sich hin.

Die Reise wurde dadurch eintönig. In der Nacht hielten Bado und Fenris abwechselnd Wache. Selen war am Abend meistens so müde, dass sie sofort einschlief. Manchmal wachte sie nachts auf. Meistens durch Lärm, wenn Fenris und Bado gegen andere Wesen kämpften.

Generell schien es immer öfter zu passieren, dass Übernatürlichen sie in der Nacht fanden. Sie versuchten anscheinend immer wieder, Selen in die Finger zu bekommen, doch konnten sie Bado und Fenris nicht überwinden. Sobald die Gegner besiegt waren, beruhigten Bado oder Fenris sie, indem sie ihr mitteilten, dass die Gefahr beseitigt und beide unverletzt waren, während der andere die Leichen beseitigte.

Manchmal konnte Selen am Morgen noch die Auren der Toten sehen. In solchen Momenten war das Aufsteigen der Farben in dem Himmel etwas beängstigend gewesen. Allerdings scheuchten Bado und Fenris sie weiter, sodass sie sich die Auren nicht näher anschauen konnte. Die beiden versuchten, sie, so gut es ging, vor der Brutalität der Kämpfe zu schützen. Zwar fand Selen dieses Verhalten sehr fürsorglich, trotzdem ging es ihr mit der Zeit auf den Keks. Leider wusste sie jedoch auch nicht, wie sie die beiden am besten unterstützen konnte.

Dieser Ablauf wiederholte sich wieder und wieder.

Eines Tages bemerkte Selen während der Wanderung eine Veränderung an der Verbindung, welche Bado und sie verknüpfte. Vorher war es ihr nicht aufgefallen. Jedoch hatte sie sich mal wieder über die Tatsache, dass sie nicht bei den Kämpfen helfen konnte, aufgeregt, als sie diese *neue* Verbindung bemerkte. Sie hatte das prächtigste Rot angenommen, das mit purem Weiß durchsetzt war. Als sie es an diesem Morgen berührte, durchfuhr sie ein warmer Schauer. Es fühlte sich an, als hätte Selen Bado direkt berührt. Woher kam denn diese Veränderung? Selen war ratlos. Handelte es sich um eine Erweiterung ihrer Fähigkeiten oder war es nur eine kurze Irritation in ihrem Kopf, wie Kopfschmerzen?

Suchend schaute sie an ihrem Körper hinunter. Dort erkannte sie ein weiteres Band, allerdings war es nicht rot oder weiß, sondern ein wunderschönes Gelb mit Blau vermischt. Es waren zwei entzückende Bänder, die sehr stark schienen, obwohl sie so dünn wie ein einzelnes Haar waren. Als Selen überlegte, wann diese Veränderung vonstattengegangen war, musste sie feststellen, dass sie erst nach und nach aufgetaucht war, sodass Selen es anfangs gar nicht mitbekommen hatte. Doch mit jedem Tag waren die Bänder stärker und farbenprächtiger geworden.

Anscheinend waren es die für sie sichtbaren freundschaftlichen Verbindungen zueinander. Zumindest war es bei Fenris so, bei Bado ging die Verbindung auf eine irritierende Weise dicker und stärker. Trotzdem schien sie zudem auch fragiler zu sein als zum Beispiel die Bindungen der Vampire zu ihren Oberhäuptern. Ihr Blick wanderte weiter zur Aura von Bado.

Aber irgendwas schien ihn zu bedrücken. Bados Aura nahm seit geraumer Zeit einen dunkleren Ton an und schimmerte nicht mehr so farbenprächtig wie vor einigen Tagen. Weiterhin ging von ihm ein Faden aus, der mit jedem Tag schwärzer wurde und sich mit tristem traurigem Grau verband. Am Anfang hatte dieser Faden noch ein schönes Rot aufgewiesen, jetzt pulsierte er in wiederkehrender Frequenz schwarz und grau. Es war seltsam, dabei zuzuschauen. Selen fragte sich, wieso sie diese Unterschiede auf einmal sehen konnte. Wurde ihre Fähigkeit, die Auren und Verbindungen zu sehen, stärker? Oder war es nur die sich einstellende Gewohnheit? Noch konnte sie es nicht sagen.

„Bado, was ist das eigentlich für ein Rudel, zu dem du mich hinführst?“, fragte sie eines Tages. Diese Frage brandte schon seit einiger Zeit auf ihrer Zunge, wusste aber nicht, wann sie hätte diese stellen sollte. Jetzt musste sie fragen, aber die Aura von Bado nahm eine bedenkliche Farbe an.

„Hm, das Rudel …“, sagte Bado nachdenklich. „Ich weiß nicht so richtig. Ich habe wenig Kontakt zu meinen Rudelgenossen. Normalerweise bin ich kurz da, um dann schnell wieder zu verschwinden, da ich anders bin als die normalen Gestaltwandler. Normalerweise werden die Wandler in ihrer menschlichen Gestalt geboren und entwickeln erst mit ihren ersten Lebensjahren die Fähigkeit sich in Tiere zu verwandeln. Bei mir war es anders. Ich bin ein geborener Tiger, der sich mit der Zeit in einen Menschen verwandelt hatte. Ich bin einzigartig in dieser Welt. Die anderen Gestaltwandler befinden sich meist auf unserem Revier und leben ihr Leben. Es ist eines der wenigen friedlichen Rudel hier in Europa. Die anderen Rudel sind sehr aggressiv, wenn jemand Übernatürliches auf ihrem Revier gelangte, griffen sie an. Jedoch bekamen die Menschen nie etwas davon mit. Unser Alpha ist ein gütiger Mann, der mich aufgenommen hat und unser Rudel vor diesen aggressiven Gestaltwandler beschützte. Dafür bin ich ihm aus tiefstem Herzen dankbar. Daher wünschte er sich auch, dass du zu ihm gebracht wirst, so schnell wie möglich. Er will dir Geborgenheit bieten."

Trotz dieser Worte konnte Selen ihm seine Dankbarkeit nicht abnehmen. Irgendetwas schien ihm auf der Seele zu liegen. Zwar hatte er die ganze Zeit erzählt, dass sein Clanführer ein gütiger Mann wäre, aber mit jedem Meter, den sie dem Clansitz näherkamen, schlich sich etwas in Bado. Glaubte er überhaupt, was er da von sich gab? Anscheinend wusste Bado selbst nicht, was genau ihn bedrückte. Selen beließ es dabei. Sie wollte ihn nicht zu sehr unter Druck setzen und wandte sich stattdessen einem anderen Thema zu. Bado sollte selber klären, was in ihm vorging.

„Wie ist eigentlich die Hierarchie in eurer Welt aufgebaut?", fragte Selen nach, einerseits um Bado abzulenken, andererseits um mehr zu lernen.

„Ich weiß nicht viel darüber, bloß dass in jedem Revier nur eine Art von Übernatürlichen leben kann. Die Größe hängt von den darin lebenden Übernatürlichen ab. Manchmal, wenn zu viele Wesen darin leben, werden die Reviere neu verteilt. Ich denke allerdings, dass es jetzt einige Umwälzungen geben wird. Die Reviere werden sich auflösen und die Übernatürlichen beginnen, sich untereinander zu bekriegen – gemäß dem Gesetz des Stärkeren. Die Stärksten werden gewinnen und der Machtvollste übernimmt die Position des höchstens Alphas auf dem jeweiligen Kontinent. Ein Herrscher über den gesamten Planeten würde zu viel Macht in eine Person vereinen und könnte, wie Hitler Euthanasien durchführen. Um dies zu vermeiden, hatte man sich vor einigen Jahrtausenden darauf geeinigt. Der oberste Alpha bedeutet das Gesetz auf dem jeweiligen Erdteil. Um die Gesetze einhalten zu können, gibt es kleinere Rudel und Gruppen um eigenständige Oberhäupter. Sozusagen sind diese Gruppen die *Bundesländer* des Kontinentes. Die Oberhäupter, oder Alphas, bilden das Oberhaupt eines Rudels, einer Gruppe von circa dreißig bis hundert Wesen. Jeder befindet sich in einem Rudel oder auch Clan. Es gibt einfach zu viele Namen für solche Ansammlungen.", erklärte ihr Bado. „Zumindest ist es hier in Europa so."

„Und was passiert mit denen, die sich niemandem anschließen wollen?", hakte Selen nach.

„Jeder, der nicht in einem Clan untergekommen ist, wird gejagt. Es darf niemanden geben, der nicht in einem Clan lebt. Solche Wesen sind meist unbeherrschbar und könnten sich bei schwachen Willen in Wahnsinnige verwandeln. Sie würden wie wilde Tiere durch die Menschenstädte ziehen und sinnlos töten. Daher wurden sie zu gesetzlos erklärt und gelten als vogelfrei. So wurde es einmal von dem obersten Alpha hier in Europa festgelegt. Wie die Gesellschaft der Übernatürlichen auf den anderen Kontinenten aufgebaut ist, weiß ich nicht. Als ich von Asien nach Europa gekommen bin, habe ich mich hier niedergelassen. Nicht einmal wollte ich hier heraus. Der Kontinent hat es mir angetan."

Neugierig geworden fragte Selen Fenris: „Hast du einen Clan?"

Bis vor einigen Jahrhunderten, allerdings wurde der von einem anderen ausradiert. Meine Clansfreunde hatte nicht den Hauch einer Chance gehabt. Ich bin der einzige Überlebende von einem einstmals stolzen Rudel.

„Das tut mir leid. Wie hast du überlebt? Oder willst du es lieber nicht erzählen? Ich will dich nicht quälen."

Kein Problem. Ich hatte genug Zeit, den Schmerz zu überwinden. Es hat geholfen, dass ich jedes einzelne Mitglied des Clans, der meinen angegriffen hat, gejagt und getötet habe. Seitdem habe ich niemanden mehr, mit dem ich mich verbunden fühle. Ich konnte einfach keine Freundschaft mehr aufbauen. Ein kleines Vertrauensproblem halt.

„Oh …" Selen wusste nicht, was sie sagen sollte, daher schwieg sie. Mit so einer brutalen und ehrlichen Aussage hatte sie nicht gerechnet. Wortlos marschierten sie weiter.

Nach einer Weile konnte Selen nicht mehr an sich halten. „Wer der Oberalpha in Europa?"

„Oh, äh, keine Ahnung. Ich habe mal vor einiger Zeit gehört, dass es ein Drache sein soll, oder war es doch ein Vampir? Ich habe keine Ahnung", Bado zuckte mit seinen Schultern. „Zumindest gab es seit einigen Jahren, vielleicht auch schon Jahrzehnten, keinerlei Reaktionen mehr von ihm. Anscheinend hat er sich zurückgezogen und lässt uns alle in Ruhe. Es gab jedoch Gerüchte, dass jeder, der versuchte diese Position einzunehmen, spurlos verschwand. Daher versuchte es niemand schon seit Jahrzehnten mehr, die Position des obersten Alpha einzunehmen. Das ist auch der Grund, warum wir momentan so oft von Übernatürlichen angegriffen werden: Die einzige Regel – Nicht den Menschen aufzufallen - ist vor einigen Wochen weggefallen. Jetzt herrscht Anarchie. Daher kam die Idee von meinem Alpha, nach Überlebenden zu suchen und sie in sein Revier zu bringen. Dort kann er alle beschützen. Zumindest lautete so seine Aussage, bevor der Strom sich endgültig verabschiedet hat."

„Hast du niemand anderes gefunden?", fragte Selen nach, obwohl sie die Antwort in ihrem tiefsten Inneren schon kannte.

Bado schaute sie an und schüttelte leicht den Kopf. Seine Augen hatten einen traurigen Ausdruck angenommen, auch seine Aura war um einige Grad trister und grauer geworden.

„Es gibt keinen einzigen Menschen mehr auf diesem Kontinent außer dir. Ich habe einige Bereiche Europas abgesucht und habe auch andere Übernatürliche befragt. Viele waren genauso erschüttert wie wir. Einige waren sichtlich erleichtert. Einige wenige hatten versucht mich zu belügen, allerdings habe ich die Ausdünstungen der Lüge gerochen. Daher konnte ich sehr schnell die richtigen Antworten herausfiltern: Niemand, absolut niemand hat überlebt. Überall dasselbe Bild. Dann bin ich nach München gekommen und habe deinen Geruch wahrgenommen. Dem bin ich bis zu dir gefolgt. Glücklicherweise habe ich dich rechtzeitig gefunden."

„Ooh, ähh, ach ja, danke", stammelte Selen.

Diese Sache mit dem Geruch war schon seltsam. Selen war so was nicht gewöhnt und sie würde noch eine Weile brauchen, bis sie sich darauf einstellen würde.

Nachdem sie eine Weile weitergelaufen waren, konnte sich Selen nicht mehr auf den Füßen halten. Auch heute war es stundenlang südwärts gegangen. Sie war völlig erschöpft, sodass das Schwerttraining höchstwahrscheinlich ausfallen würde. Immer wieder musste Selen sich auf die Zunge beißen, um nicht wie ein kleines Kind zu fragen, wann sie endlich da wären.

„Kannst du mir sagen, wo wir eigentlich sind?", gab sie dem Drang schließlich nach.

„Ein Stück nördlich von Rom. Wir werden aber jetzt nach und nach der Küste näherkommen. Da können wir am Meer entlang in den Süden gehen."

„Schade, ich wollte schon immer Rom sehen, mit all den alten Sehenswürdigkeiten, aber eigentlich auch mit den lebenden Menschen. Jetzt kann ich weder das eine noch das andere anschauen", sagte Selen frustriert.

„Ich verspreche dir, Selen, wir werden nach Rom gehen und uns die Stadt anschauen. Irgendwann. Das mit dem Bestaunen werden wir auch hinbekommen – und wenn du alles anfasst, um es wahrnehmen zu können. Wir haben Zeit. Du wirst noch eine Weile hier sein."

„Warum habe ich eigentlich das Befürchtung, dass wir hier nicht sicher sind?" Sie fühlte sich auf einmal unwohl, allerdings wusste sie nicht, warum. Diese Ahnung war aus dem Nichts gekommen.

Bado spannte sich an. Auch Fenris blieb stehen. Beide lauschten und begannen, in der Luft zu schnüffeln. Nach einer Weile schauten sich beide an. Sie bemerkten nichts.

Allerdings wollten sie Selens Beunruhigung nicht in den Wind schießen. Sie vertrauten ihr und ihrem Instinkt. Nichts konnte sich als so fatal herausstellen, wie einen Instinkt zu ignorieren.

Was genau spürst du, Selen? fragte Fenris.

„Ich weiß nicht, doch sind diese Dinge hier seltsam. Als würden sich Blätter gegen den Wind bewegen. Eine stürmische See nur ohne Wind. Etwas, was nicht natürlich sein sollte und ich nicht wirklich erklären kann."

„Was meinst du damit? Was bedeutet *seltsam* für dich?", Bado kam näher.

Er konnte nicht die Auren sehen, so wie Selen, doch er glaubte ihr und war daher beunruhigt. Er nahm sie ernst. Ihre Gabe war zu außergewöhnlich, als dass sie ignoriert werden dürfte.

„Etwas kommt näher", prophezeite Selen unheilschwanger. „Es sieht wie eine größere Gruppe aus."

Die Nackenhaare von Fenris richteten sich auf.

Selen, wir sehen nichts. Du musst es dir ganz genau anschauen, was da auf uns zu kommt, und es uns beschreiben. Anhand deiner Worte können wir entscheiden, ob es gefährlich ist oder nicht.

Mit den Schultern zuckend schaute sich Selen um. Ihr Blick ging suchend nach vorne, als er an einer Hügelkette hängen blieb. Dann kniff sie die Augen zusammen. Sie sah es kommen: eine riesige Aufwallung von Auren, die ein einziges Wesen sein konnte oder mehrere. Was war das? Schwierig zu beschreiben, doch musste Selen ihr Bestes versuchen.

„Von dort kommt etwas näher. Es scheint keine feste Form zu besitzen … Und es ist schwarz. Es sieht aus wie Rauch, der von einer Flamme aufsteigt, nur dass es die groben Konturen von einer Menschengruppe hat. Was ist das?!" Selen schreckte Selen. Es sah zu gruselig aus.

Oh, scheiße. Das ist nicht gut. Das sind Larvaes, erkannte Fenris.

„Was sind denn Larvaes?", fragten Selen und Bado gleichzeitig. Schon der Name jagte einen Schauer über ihren Rücken.

Vor einigen Jahrhunderten habe ich von einem umherziehenden Spielmann aus Italien eine Geschichte gehört, erklärte Bado. *Wenn Menschen von anderen Menschen oder Übernatürlichen getötet werden, sie aber nicht von den Lebenden gerächt werden und auch keine geeignete Beerdigung bekommen, ziehen sie als Larvaes, eine Art böser Geist, durch das Land. Sie treiben andere Menschen und Übernatürlichen in den Wahnsinn und töten sie dann. Wir sollten daher so schnell wie möglich von hier verschwinden. Sie dürfen uns nicht in die Finger bekommen.*

„Jep, ich lege bestimmt keinen Wert darauf, ihre Bekanntschaft zu machen", meinte Bado entschieden.

Da stimme ich dir zu. Selen, setz dich auf meinen Rücken. Wir müssen uns beeilen, dass diese Geister nicht in unsere Nähe kommen.

Widerspruchslos stieg Selen auf und Fenris rannte auf der Stelle los. Nur mit Mühe konnte sie sich an den langen Nackenhaaren festhalten. Bado rannte neben ihnen her. Der Wind pfiff ihr kalt ins

Gesicht und Selen kniff die Augen zusammen. Tränen liefen ihr glücklicherweise nicht übers Gesicht, doch die Kälte grub sich immer mehr in ihre Knochen. Nach einer Weile konnten ihre Hände das Fell kaum noch halten.

Als Fenris auf einmal über eine Anhöhe sprang, löste sich ihr klammer Griff und sie fiel hinunter.

Mit voller Wucht krachte Selen gegen eine Mauer. Dabei wurde ihr die gesamte Luft aus der Lunge getrieben. Trotz ihrer unnatürlichen Sichtweise wurde ihr Blickfeld schwarz, Selen konnte fühlen wie die Ohnmacht näherkam. Sie durfte jetzt aber nicht bewusstlos werden. Mit zitternden Atemzügen kämpfte sie dagegen an. Als sie wieder etwas sehen konnte, musste sie feststellen, dass ihre schlimmste Befürchtung wahr geworden war: Sie war umkreist von Geistern.

Mühsam richtete sich Selen auf. Noch konnte sie nicht aufstehen, dafür fehlte ihr die Kraft, die der Aufprall ihr entzogen hatte.

„Selen, wo bist du?", hörte sie Bado rufen. „Wir müssen weiter! Die Larvaes dürfen uns nicht einholen!"

„Dafür ist es leider zu spät", murmelte sie. Plötzlich durchfuhr es sie eiskalt. Als sie auf ihre Brust hinabstarrte, sah sie, wie ein Rauchfaden darin steckte. Erschrocken blickte sie die Gestalten an. Der Rauchfaden ging von ihnen aus. Er sah aus wie ein Finger.

„Wa… Was wollt ihr von mir?", stammelte sie.

Die Kälte breitete sich über ihren Brustkorb aus.

Du bist anders.

Du bist kein übernatürliches Wesen.

Du bist ein Mensch.

Die Stimmen drangen in ihren Kopf, genauso wie bei Fenris, nur dass es jetzt hunderte, wenn nicht tausende Stimmen waren, ein ohrenbetäubender Lärm, und doch war es still um sie herum. Ihr Kopf begann zu schmerzen, als würde man ihr mit tausenden heißen Nadeln hineinstechen.

Du kannst uns sehen. Du kannst uns sehen. Du kannst uns sehen. Hilf uns. Räche uns.

Töte Ihn! Zerstöre Ihn. Bringe Ihn um.

„Wie bitte?", stammelte Selen. „Wen soll ich töten?" Ihr wurde schlecht.

Ihhhhnnnn. Der Mann, der uns gejagt hat wie Vieh. Du musst Ihn

töten.
„Wer ist Er?"
Eerrr! Den Diener der Fünf!
Selen erschrak. Was meinten diese Stimmen! Meinten sie Fenris? Oder jemand anderes? Konnte das vielleicht bedeuten …? Nein, wenn es Fenris war, hätte er etwas gesagt? Oder würde Fenris hatte etwas anderes behauptet. Oder nicht? Die Larvaes wollten sie nicht in den Wahnsinn treiben. Sie wollten Hilfe und Rache für ihren Tod. Anscheinend hatten die Larvaes schon vorher versucht, Rache zu nehmen, doch diejenigen, an die sie sich gewandt hatten, waren durch diese Stimmen in den Wahnsinn getrieben worden. Anscheinend konnte nur sie diese Larvaes verstehen.

Bevor Selen etwas sagen konnte, lief Bado quer durch die Geistermenge auf sie zu, hob sie hoch und rannte sofort davon. Obwohl Selene nicht mehr hatte antworten können, versprach sie in ihren Gedanken, dass sie ihnen helfen. Auf die eine oder andere Art und Weise. Und vielleicht konnte sie auch etwas über die Morde herausfinden. Wenn es ein Übernatürlicher getan hatte, konnte sie eventuell auch diese mit Hilfe von Bado rächen. Wenn er sie unterstützen würde.

Diesmal blieben die Larvaes zurück und schienen ihnen nur noch hinterherzusehen.

„Bado, du kannst mich runterlassen. Sie verfolgen uns nicht."

Bado ignorierte Selens Worte und rannte einfach weiter. Tatsächlich hielt er sie sogar noch fester und rannte noch schneller. Er hatte Angst um sie. Anders konnte sie es sich nicht erklären.

Während er ungebremst davonlief, breitete sich in Selen seine Wärme sie aus und verdrängte die Kälte der Larvaes. Sie drückte sich an seine Brust.

„Als ich dich vorhin hochgehoben habe, habe ich ihre Bösartigkeit gespürt", grummelte er schließlich.

„So ist es nicht. Es ist ganz anders. Die Larvaes wollten mir nichts Böses", versuchte Selen ihm zu erklären.

„Lass mich Abstand zu ihnen gewinnen, dann kannst du es mir gerne erzählen. Ich vertraue ihnen nicht. Du bist zu einzigartig, um dich Gefahren auszusetzen."

Bado rannte noch eine ganze Weile weiter. Er flog wie der Wind übers Land. Fenris stürmte neben ihnen her und schaute sich immer wieder um. Das konnte Selen an seiner sich bewegenden Aura erkennen. Sie wusste nicht, wie weit sie in dieser Zeit kamen, nur dass es eine große Strecke sein musste, bis schließlich beide langsamer wurden und stehen blieben. Sie keuchten kurz, atmeten aber nur ansatzweise schwer. Vorsichtig setzte Bado Selen ab. Er war etwas erschrocken was mit Selen passiert war. Was würde das für Auswirkungen auf sie haben? Mit zitternden Händen strich er ihre Wange entlang.

„Geht es dir gut? Haben sie dir auch nichts getan?" Er musste sichergehen, dass sie gesund blieb.

„Es fühle mich den Verhältnissen entsprechen. Sie haben mir nicht geschadet. Wirklich!"

Sprachlos schaute Bado sie an. Als Selen sich zu Fenris wandte, konnte sie an seiner Aura erkennen, dass er nicht wusste, was er davon halten sollte.

„Anscheinend wurden die Larvaes von allen falsch verstanden. Glücklicherweise sind sie für normale Menschen unsichtbar gewesen, aber trotzdem konnten einige übersinnlich begabte Menschen und einige Übernatürlichen sie spüren. Selten aber sehen. Bisher hatte sie eigentlich noch nie jemand sie richtig gesehen. Wahrscheinlich, weil niemand Auren sehen konnte. Trotzdem spürten alle die Düsternis von ihnen. Was ich mich frage, ist, warum niemand vorher verstanden hat, was sie sich wünschen. Es kann doch nicht sein, dass ich die Erste bin." Selen schaute beide verständnislos an. Sie verstanden nicht, was Selen damit sagen wollte.

„Wir wussten es nicht. Vom Hörensagen durch andere haben wir nie etwas anderes erfahren. Wir bekommen auch nicht sehr viel *Besuch* aus dem Jenseits. Wenn jemand stirbt, ist es das Ende. Die Seele entschwindet ins Nichts. Das ist der Lauf der Dinge."

Sie wünschen sich Gerechtigkeit? Weißt du genauer, was sie von dir wollten? fragte Fenris.

„Nein, ich habe nichts verstanden. Ich weiß nur, dass sie mir eigentlich nichts tun wollten. Sie haben nur um meine Hilfe gebeten. Ich habe sie aber nicht genau verstanden."

Aus irgendeinem Grund konnte es Selen nicht übers Herz bringen, beiden von der Aufgabe zu erzählen, die sie plötzlich bekommen hatte.

Erst musste sie mehr über diese Verstorbenen und den mysteriösen Er herausbekommen, besonders wie, wann und wo sie gejagt wurden.

Was sie erzählt hatten, hatte stark nach Menschenjagd geklungen. So was hatte sie noch nie im realen Leben gehört, weder in den Zeitungen noch in den anderen Medien. Zwar mochten Thriller- oder Horrorautoren öfter über solche Themen schreiben, doch in der Realität kam doch so was nicht vor.

Andererseits, wer wusste schon, was im Verborgenen alles existierte, was jetzt erst ans Licht kam. Seit einigen Wochen, glaubte sie, war alles möglich, selbst die grausamsten Dinge.

Bado und Fenris schauten sie fragend an, doch sagten sie nichts. Anscheinend glaubten sie ihr nicht, doch wollten sie Selen erst mal nicht weiter bedrängen. Das rechnete sie ihnen hoch an. Selen versprach den beiden in ihrem Innersten, dass sie demnächst alles erzählen würde. Doch im Moment hielt sie etwas zurück, und diesen Instinkt wollte sie nicht ignorieren, auch wenn er sich bei den Larvae erst auf den zweiten Blick hin als falsch erwiesen hatte. Für normale Menschen und Übernatürlich blieben sie jedoch trotzdem gefährlich. Vielleicht lag es daran, dass sie nicht glaubte, dass alles gut werden würde. Etwas, was sie in den letzten Wochen gelernt hatte, war, dass es immer noch schlimmer kam als gedacht.

Darüber wollte sie sich jetzt keine weiteren Gedanken machen, sondern stattdessen mehr über diese Larvaes herausbekommen. Selen betete, dass es kein hoffnungsloses Unterfangen wurde. Noch wollte sie keine grauen Haare darüber bekommen, dafür war sie zu jung.

Es gab vornehmlich ein Problem: Sie wusste nicht, wie sie an Informationen kommen sollte. Schließlich hatte sie das Internet nicht mehr zur Verfügung.

„Ich glaube, ich bin zu müde, um heute noch einen Schritt weiter zu gehen. Können wir nicht hier Rast machen?", fragte Selen und gähnte übertrieben. Das Schwierigste war, die eigenen Gedanken über die Larvae und dem Alpha von Bado zu entwirren, und dazu brauchte sie ein paar Minuten Ruhe.

„Kein Problem, wir sind heute ein großes Stück vorangekommen", sagte Bado. „Ich werde jagen gehen. Bereite ein Feuer vor." Er ging eilig davon. Anscheinend war er wirklich hungrig. Sofort drehte sich Fenris zu Selen um.

Vielleicht solltest du uns ein bisschen in deine Gedankengänge einweihen. Damit wir wissen, woran wir sind. Wir dürfen nicht im Dunkeln bleiben, wenn es um Gefahren geht, die dich bedrohen.

„Ich weiß. Aber etwas in mir hält mich davon ab. So sehr wie ich euch beiden vertraue, meinem Instinkt vertraue ich noch mehr", gestand Selen bekümmert.

Sie schaute der steifen Aura von Bado nach. Er war gekränkt.

Es ist gut, dass du deinem Instinkt vertraust, doch ich hoffe, dass du uns rechtzeitig in deine Gedanken einweihst. Du weißt, dass wir hinter dir stehen, egal was passiert. Wir wollen nicht, dass du verletzt wirst.

„Das verspreche ich dir. Sobald ich weiß, was ich wissen muss, werde ich euch alles erzählen und auf jeden Fall rechtzeitig."

Danke dir! Und du, denkst an uns, oder?

Selen wandte sich zu ihm um und nickte lächelnd. Sie verstand die Besorgnis von Fenris und Bado. Zumindest einem war der Tumult in Selens Inneren bewusst. Während sie sich nach Bado und seinem Verbleiben umschaute, spürte sie einen Ruck. Sie blickte an sich herunter und registrierte, dass das Band zwischen Fenris und ihr mit einem Mal um einige Grad stärker geworden war. Beweglich wie ein normaler Faden hatte dieser nun eine diamantene Stärke angenommen. Dann fiel ihr auf, dass das Band zu Bado über den Tag hinweg ebenfalls stärker geworden war, allerdings besaß es nicht dieselbe Stärke wie das von Fenris. Hm! Das war seltsam.

Vielleicht fehlte Bado noch Vertrauen, etwas, um das Band dieselbe Stärke annehmen zu lassen. Während beide auf Bado warteten, dachte Selen über die unterschiedlichen Arten der Verbindungen nach. Sie waren so anders als das, was sie bei anderen Übernatürlichen gesehen hatte. Die anderen waren einfache rote oder schwarze dünne Linien. Was war so besonders an dem Wolf und dem Tiger? Oder war Selen es, die diese Verbindungen so beeinflusste?

Nach einer Weile kam Bado wieder. Er schien sich während der Jagd völlig verausgabt zu haben. Allerdings brachte er nicht einen Hasen oder ein kleines Wildschwein mit wie sonst. Er brachte einen ganzen Bären.

Selen blieb der Mund offenstehen. Anscheinend hatte er größeren Hunger. Schnell begann sie das Feuerholz zusammenzutragen und anzuzünden. Bado zerlegte in der Zwischenzeit den Bären fachmännisch mit dem Messer und legte die größten Stücke zur Seite, etwas mehr als die Hälfte. Anderes Fleisch befestigte er an Stöcken und hielt sie über das Feuer.

Nicht ein Wort sagte er. War er immer noch wütend auf sie? Selen konnte es nicht sagen, doch wollte sie auch nicht selbst die Stille unterbrechen. Was, wenn er dann erst recht wütend werden würde? Am besten war es, wenn er sie ansprach, daher wartete Selen weiter.

Nach einer Weile breitete sich ein leckerer Duft von gegrilltem Fleisch aus. Sofort meldete sich der Magen von Selen und knurrte wie der Bär, der hier gebraten wurde. Sie hatte gar nicht bemerkt, wie hungrig sie war.

Bado lachte leise. „Anscheinend hat hier jemand Appetit."

„Es tut mir leid. Ich habe nicht mitbekommen, wie schlimm es ist. Gut, dass du so viel erlegt hast", entschuldigte sich Selen. „Aber warum hast du einen ganzen Bären gejagt?"

„Wir kommen langsam in das Revier meines Clansführer. Als Willkommensgeste sollten wir ein Geschenk mitbringen. Fleisch kommt meist gut an, egal von welchem Tier. So hat er es seit einigen Jahrhunderten gehandhabt." Bado lächelte. Er schien mit seinem Jagdglück zufrieden zu sein.

„Warum ist es dir so wichtig, Fleisch mitzubringen?"

„Mein Boss kann ungemütlich werden, wenn er nicht regelmäßig es bekommt. In den nächsten Tagen werde ich nach und nach noch mehr Tiere jagen. Mein Alpha hat in den letzten Jahren einen immer größeren Hunger auf Fleisch bekommen", lachte Bado. „Aber bald bist du in Sicherheit. Komm, wir müssen weiter."

10. Kapitel: 8 Wochen nach der Menschheit
Nirgends darf man in der Ausübung der verschiedenen Fertigkeiten aus dem Rhythmus geraten - Miyamoto Musashi, Das Buch der Erde

Das Tor war riesig. Überall waren Kameras befestigt, die allerdings nur noch nutzlos hinunterhingen. Allerdings wurde das Tor von einer wütenden Meute von kläffenden Hunden bewacht. Deren Auren waren pechschwarz, bösartige Tiere. Ein kalter Schauer lief Selen über den

Rücken, darum hielt sie sich bei Bado fest. Das Tor angesichts der Hunde überhaupt hielt, verwunderte Selen.

„Wo sind wir hier?", fragte sie ängstlich

„Hier beginnt das Gelände von meinem Alpha", offenbarte Bado, während er einen Anhänger hinter sich herzog.

Er hatte nun mehr seit knapp zwei Wochen das Fleisch gehortet und in der Luft getrocknet. Es war so viel geworden, dass er es nicht länger hatte tragen können. Zum Glück hatten sie den Anhänger vor einigen Tagen gefunden.

„Glaubst du, dass diese Menge an Fleisch reichen wird?", fragte Selen trocken angesichts des Berges von Fleisch.

„Ich denke, dass es gerade so reichen wird. Mein Clanführer ist unersättlich. Er hat uns zwar Sicherheit und Schutz angeboten, hier waren wir immer gut versteckt und Wig hat uns vor den Menschen beschützt, dafür haben wir ihn aber ausreichend mit Fleisch versorgt. Meist hat er alles selbst vertilgt."

Selen schaute Bado verständnislos an. „Das ist aber seltsam. Warum können nicht alle etwas davon haben?"

Das ist das Recht des Anführers. Die Alphas stehen immer an erster Stelle in der Hierarchie. Das zeigt sich in allen Belangen des Lebens. Ohne diese Ordnung würde bei Gestaltwandlern das Chaos erstes ausbrechen. Dies würde dann in anderen Gruppen und Rudeln übergreifen. Die Gestaltwandler sind Tieren am nächsten und wenn sie Schwäche wittern, greifen sie normalerweise an.

Alle drei schwiegen einen kurzen Moment, als würde jeder seine Gedanken sammeln. Die Auren der beiden anderen hatten einen aufgewühlten Charakter. Die Farben und Formen kreisten wie wild umher und standen nicht eine Sekunde lang still. Was ging in ihnen vor? Keiner sagte etwas.

Plötzlich spannte Fenris seinen Körper an.

Bado, mir ist gerade eine Idee gekommen. Auch wenn du deinem Boss vollständig vertraust, habe ich meine Zweifel, daher sollten wir vermeiden, dass dein Boss herausfindet, dass Selen Auren sehen kann. Wer weiß, was sonst passieren wird? Vielleicht wird es jemand erfahren, der ihr Böses will, und versuchen seinen Nutzen daraus zu ziehen. Im Moment sollte Selen für die anderen nur blind sein. Dadurch hat sie immer einen Vorteil.

Bado nickte geistesabwesend. Ihm schien das im Moment sinnvoll, aus Gründen, die er nicht näher erklärte. Stattdessen trat er mehrere Schritte vorwärts und kniete sich vor das Tor. Er schaute den Hunden eine halbe Minute lang direkt in die Augen. Das konnte Selen an den pfeilartigen Fäden erkennen, die aus Bado direkt in die Auren der Hunde schossen. Sie begannen zu winseln und rannten in die Richtung des riesigen Palastes, der einige Kilometer entfernt stand. Jeder, der dachte, dass das Schloss Neuschwanstein pompös sei, hatte noch nie diesen Palast gesehen. Große Türme ragten mehrere Stockwerke in den Himmel. Große Fenster befanden sich in den Mauern und mehrere Balkons gingen von den Fenstern ab. Kunstvoll geschnittene Bäume, die so groß wie das Haus waren, standen daneben. Zusätzlich führte eine breite Allee mit sehr alten Bäumen zu der Villa. Die Aura des Schlosses strahlte weit in den Himmel, es war fast übermächtig. Bado öffnete das Tor mit einem kräftigen Stoß und drehte sich zu Selen und Fenris um.

„Wir können eintreten. Die Meute wird den Wachen Bescheid geben. Die werden uns in Empfang nehmen. Selen, lass das Schwert in der Scheide und benutze es wie einen Blindenstock", flüsterte Bado ihr zu.

Das war gut, so konnte niemand ahnen, wofür die Scheide wirklich genutzt wurde. Selen nahm das Schwert und schwenkte es vor sich her. Nach den langen Wochen kilometerweiten Wanderns von München in den äußersten Süden von Italien glichen ihr Beine nur noch sich bewegenden Roboterbeinen ohne Gefühl. An sich wusste Selen jedoch nicht, wie genau sich Blinde bewegten. Doch zum Glück fiel es ihr leicht, sich Sie hatte das Gefühl, dass ihre Zehen und Füße schon seit einiger Zeit abgestorben waren. Somit musste sie sich nicht mehr verstellen. Fenris platzierte sich direkt neben sie, sodass sie sein Fell spüren konnte. Sie griff vorsichtig hinein. Er war jetzt offiziell ihr Blindenhund.

„Los geht's. Nicht mehr lang und du kannst dich ausruhen und entspannen. Wir werden dich hier als Gast behandeln. Du musst dich um nichts mehr kümmern. Trotzdem, achte darauf, dass niemand von deiner Fähigkeit erfährt."

Selen atmete erleichtert aus und nickte. Sie wollte nicht mehr weiter wandern, das würde sie in ihrem Leben freiwillig nie wieder tun.

Wer kam auf so hirnrissige Ideen und wanderte in seiner Freizeit zum Vergnügen über Berge?! Ihr war die Lust daran vergangen. Sie würde schön ruhig an einer Stelle bleiben und versuchen zu überleben, bis sie alt und grau war und in Ruhe sterben konnte. Was anderes konnte sie jetzt nicht mehr machen, oder? Ihr Lebensinhalt war vor zehn Wochen gestorben.

Schließlich gingen sie drei los – Selen mit ihrer Hand in Fenris Fell und Bado mit dem Karren voller Fleisch - und liefen die Allee entlang. Keiner sagte etwas. Sie waren über die letzten drei Wochen immer mehr an ihre Grenzen gestoßen. Bado und Fenris hatten in den Nächten Wache gehalten. Nicht, dass sie jemand in der Nacht noch überfiel. Das konnte wirklich auslaugen.

Noch während sie die Allee entlangliefen, kamen ihnen hochgewachsene Männer entgegen. Augenblicklich zuckte Selen zusammen. Irgendwas an ihren Auren war komisch, doch konnte sie es nicht benennen. Die Auren sahen so … fad aus.

„Bitte folgt uns. Der Alpha erwartet euch", sagte einer der Männer.

Er schien der Wortführer der Gruppe zu sein. Das Gebaren von ihm und seiner Mannschaft wirkte sehr zuvorkommend und respektvoll. Sie verbeugten sich leicht und ehrfürchtig vor ihm. Eine Hand befand sich dabei direkt über ihren Herzen. Überraschend war, wie ihre Körpersprache auf Bado reagierte: Keiner schaute ihn direkt an. Die Blicke waren nach unten oder zur Seite gerichtet, als würden sie vermeiden wollen, dass er aggressiv sie angriff.

Bado nahm Selen an die Hand und führte sie, ohne etwas zu sagen, weiter. Den Karren ließ er einfach stehen. Einer der Männer nahm den Karren mit Fleisch und zog ihn hinter sich her. Während sie den Weg entlanggingen, konnte Selen die Auren von vielen weiteren Übernatürlichen erkennen und spürte deren Blicke, allerdings versteckten sie sich in den Häusern. Ihre Auren wurden von den Wänden überlagert. Es war eine riesige Gruppe von Übernatürlichen mit einer ähnlichen Wildheit wie Bado, sie glich sich jedoch nicht komplett. Etwas war an seiner Aura anders. Seine Wildheit kam aus einer tieferen Ebene als bei den anderen.

Nach gut hundert Metern gelangten sie endlich zum Haupthaus. Am Eingang fand sich ein riesiger Mann. Er strahlte Macht aus. Seine Aura war so weitgefächert und tiefrot, dass sie alles in seiner

Umgebung verschluckte. Sie schien voller Energie, Vitalität und voller Liebe zu sein. Von ihr gingen viele dünne rote Fäden ab, die zu jedem anderen auf dem Gelände führten. In seiner Gegenwart war Selen blind. Keine Ansätze von unterschiedlichen Auren schimmerten hier durch.

Ein Faden von dieser Farbenfeld führte auch zu Bado, doch schien dieser Faden dünner zu sein. Dafür war Bados Verbindung zu ihr ein wunderschönes rot-weißes Band, das über die letzte Woche auf dieselbe diamantene Stärke angewachsen war wie die von Fenris' Verbindung. Sie fühlte, dass sie nun mit Sicherheit sagen konnte, dass sie sich auch auf ihn verließ.

Gerade deshalb war ihr die Verbindung von dem Alpha zu Bado suspekt. Generell fand sie die Situation irritierend. Würde es nicht mehr als nur ein einfacher sehr dünner Faden sein? Sie müssten doch eine farbenfrohe Verbindung haben, so wie es bei normalen Beziehungen war. Lag es vielleicht an ihrer schlechten Erfahrung in der letzten Zeit und sie täuschte sich *oder* steckte da mehr dahinter?

Jetzt begann der riesige Mann, die Treppe runterzuschreiten. Selen legte den Kopf schief, als würde sie auf die Schritte horchen. Sie wurde mittlerweile komplett von der roten Aura umhüllt, sie überrollte Selen geradezu.

„Willkommen. Es ist gut, dass du hier bist, schöne Frau. Wie lautet dein Name?" Er nahm ihre Hand und schüttelte sie sanft. Er wendete dabei kaum Kraft an, als würde er sie für zerbrechlich halten.

„Selen", murmelte sie.

„Oh, das ist ein wunderbarer Name. Ein richtiger schöner Name, der sehr stark ist. Wie musst du dich nur nach diesem ganzen Massaker fühlen? So einsam und verloren. Doch jetzt wird alles anders werden, besser. Hier bist du sicher und ich werde mich gut um dich kümmern. Du brauchst dich nicht mehr fürchten."

Ein seltsames Gefühl der Erleichterung breitete sich in Selen aus. Anscheinend war sie endlich an einem sicheren Ort und konnte sich ausruhen, aber etwas war nach wie vor seltsam. Selen schob diesen Gedanken schnell zur Seite. Sie durfte nicht zulassen, dass ihre schlechten Erfahrungen in den letzten Wochen diese glückliche Situation trübten. Sie musste über ihren Schatten springen und wieder Freude am Leben finden.

„Komm, ich zeig dir dein Zimmer. Deinen Blindenhund kannst du gerne mitnehmen." Sanft führte der Mann sie in das Haus. „Mein Name ist übrigens Wig."

„Oh danke, Wig, aber was ist mit Bado? Wo wird er übernachten?", fragte Selen vorsichtig.

Sie war so lange mit ihm zusammen gewesen, dass sie sich nicht vorstellen konnte, getrennt von ihm zu schlafen. Zum Glück war Fenris an ihrer Seite, somit war sie nicht ganz allein.

„Bado? Ach ja, er wird in seiner Hütte schlafen. In den nächsten Tagen kommt er dich bestimmt besuchen, wenn ihr euch beide etwas erholt habt. Aber erst mal braucht ihr Ruhe. Komm ich zeig dir dein Zimmer, da kannst du dich allein erstmal ausruhen. Später werde ich dir etwas zu essen bringen lassen."

Zaghaft nahm er Selen am Arm und führte sie in das Haus. Ein kurzer kalter Schauer jagte ihr über den Rücken. Zum Glück lief Fenris an ihrer Seite. Als Selen einen kurzen Blick zurückwarf, erkannte sie, dass Bado sich schon abgewandt hatte und wegging. Es wirkte steif, aber dieser unnatürliche Gang lag bestimmt an der langen Wegstrecke von Deutschland nach Sizilien. Sie sollte nicht so viel hineininterpretieren.

Nachdem Wig sie durch das Haus geführt hatte, begann er, ihr etwas über das Gebäude zu erzählen, was Selen jedoch nicht bewusst wahrnahm. Angeblich sollte dieses Haus schon über hundert Jahre alt und es war seit jeher im Besitz von Wig. Fenris blieb die ganze Zeit über ruhig. Er wandte sich nicht mit einem Wort telepathisch in ihrem Kopf an Selen. Wer wusste schon, wie mächtig Wig war? Lieber beobachtete sie, wie die Auren sich in diesem Haus verhielten. Jedoch konnte sie immer noch nicht viel erkennen, da Wigs Aura alles verdeckte.

Auf einmal sagte Wig nach einer kurzen Pause: „Wir müssen dich noch untersuchen, ob dir auch nichts fehlt. Dazu nehmen wir ein bisschen Blut ab und es unter dem Mikroskop untersuchen. Nicht, dass du an Krebs oder etwas anderem erkrankt bist. Du sollst doch noch möglichst lange leben."

„Danke, das ist nett, aber bitte nicht heute. Ich kann keinen einzigen Schritt länger gehen. Die Wanderung bis hierher war sehr anstrengend."

„Das ist doch kein Problem. Ruh dich aus und wenn du dich fit fühlst, werden wir dich untersuchen. Das rennt uns nicht weg." Wig lächelte freundlich.

In Selen stieg ein warmes Gefühl auf, so gut aufgehoben zu sein wie lange nicht mehr. Seitdem sie in München aufgewacht war, aber auch schon vorher hatte sie selten so eine tiefgehende Geborgenheit verspürt. Endlich hatte dieser Albtraum ein Ende – sie konnte es nur hoffen.

Schließlich hielt Wig schließlich an und öffnete eine Tür. „Hier ist dein Zimmer. Als ich gehört habe, dass ihr angekommen seid, habe ich es sofort vorbereiten lassen. Du sollst dich hier wohlfühlen."

„Vielen Dank. Das ist sehr nett von dir. Gibt es auch eine Möglichkeit, dass mein Hund hier schlafen kann? Er ist mein Blindenhund, ohne ihn kann ich mich nicht zurechtfinden."

„Kein Problem, direkt neben dem Bett findest du ein großes weiches Kissen. Das haben die Diener hingelegt, sobald sie von deinem Begleiter gehört haben. So, ich lass euch jetzt mal allein, damit ihr ein bisschen schlafen könnt. Sobald ihr euch ausgeruht habt, drück auf den Knopf, der sich auf dem Nachtisch rechts neben deinem Bett. Dann klingelt es bei mir und ich werde dich für deine Untersuchung abholen. Danach kannst du etwas frühstücken."

Leise schloss Wig die Tür und Selen drehte sich um. Jetzt konnte sie das Zimmer etwas genauer betrachten. Es war riesig. Ihre Wohnung in München hätte zweimal darin Platz gefunden. Es wies viele überlappende Auren von den unterschiedlichsten Menschen und Übernatürlichen auf. Es war also ein Art Gästezimmer von Wig. Ein riesiges Doppelbett stand an einer Seite. Ein großes Fenster badete das Zimmer in Tageslicht. Eine Sitzgruppe stand direkt davor. Sie hatte jedoch keinen Balkon. Schade, im Sommer wäre es bestimmt schön, draußen zu sitzen!

Er scheint überaus freundlich und höflich zu sein, meinte Fenris zu ihr.

„Hm, du hast recht. Aber weißt du was? Ich finde es schade, dass Bado nicht hier sein kann. Irgendwie habe ich mich an seine Gegenwart gewöhnt. Ich weiß gar nicht mehr, wie es ohne ihn werden soll. Bado soll wieder zurückkehren und direkt neben mir, dass wünsche ich mir."

Er ist nicht aus der Welt. Er hat hier auch eine Hütte, ein Zuhause, da ist doch klar, dass er dort schläft. Sobald du dich etwas ausgeruht

hast, können wir zu ihm gehen.
„Stimmt. Aber ich glaub nicht, dass ich mich so schnell umgewöhnen kann. Es war so angenehm, wenn er direkt neben mir war. Seine raue Art, die manchmal etwas unbeholfen wirkte, hat mich in den meisten Situationen wunderbar wieder auf den Boden gebracht. Zum Glück bist wenigstens du bei mir. Da fühl ich mich nicht so allein." Selen errötete.
Ich bin doch dein Freund. Ich werde über dich wachen, du kannst dich in Ruhe ausschlafen.
„Danke, ich leg mich am besten gleich hin. Ich bin todmüde", murmelte Selen schläfrig.

Bado erreichte nach einer Weile seine Hütte und ging hinein. Kurz blieb er stehen und ließ seine Umgebung auf sich einwirken. Die spärliche Einrichtung war mit einer dicken Staubschicht bedeckt. Auch vor seiner Suche nach Selen war er kaum hier gewesen. Noch immer konnte er sich an das menschliche Leben nicht gewöhnen. Trotzdem war die Reise mit Selen eine Offenbarung gewesen. Was vorher anstrengend gewesen war, war in den letzten Wochen entspannend geworden. Zwar musste er immer Wache halten, aber das Zusammensein mit Selen war angenehm gewesen. Ihre Nähe hatte seinem inneren wilden Tier Ruhe gegeben. Sowas hatte er noch nie gespürt.
Es war wie vor dreitausend Jahren, als er noch ein reiner Tiger gewesen war. Er hatte in absoluter Freiheit gelebt. Nichts hatte ihn eingeengt, keine Regeln, nur Freiheit und das Gesetz des Stärkeren. Nachdem er sich in einen Übernatürlichen verwandelt hatte, wurden ihm zunehmend Regeln und Zwänge auferlegt, die ihn verrückt werden ließen.
Gerade als er sich auf den Boden legen wollte, um eine Runde zu schlafen, klopfte es an der Tür. Er ahnte schon, wer es sein mochte, doch hatte er auf einen Abend Atempause gehofft. Als er die Tür öffnete, stand sein Alpha davor.
„Hallo … Bado?! Wie bist du denn zu diesem Namen gekommen?" Wig lachte leise. „Hat Selen ihn dir gegeben? Ein sehr netter Name. Hat etwas Kämpferisches an sich."
„Danke, Wig. Der Name hat mir gut gefallen. Was kann ich für

dich tun?"

„Ich möchte, dass du dich ausruhst und nicht mehr aus der Hütte rauskommst, bis ich dich holen werde."

„Werde ich machen."

Damit ging Wig zurück ins Haupthaus. Bado drehte sich um und legte sich auf den Boden. In Nullkommanichts war er eingeschlafen.

Selen wachte auf und war im ersten Moment verwundert, warum sie in einem richtigen Bett lag, doch dann fiel ihr alles wieder ein. In Sicherheit. Sie drehte sich zur Seite und genoss die Wärme des Sonnenscheins, der auf ihr Gesicht fiel. Sie hatte das Gefühl, in Watte eingepackt zu sein. Ein Traum von Aufwachen.

Nach einer Weile richtete sie sich auf. Vielleicht war ihr *Blindenhund* schon wach.

„Fenris, kannst du dich überhaupt etwas ausruhen, wenn du die ganze Zeit Wache halten willst?"

Ein bisschen. Es tat gut, nicht dauernd hundertprozentig aufmerksam sein zu müssen. Ich denke, so gut habe ich seit Längerem nicht geschlafen. Aber jetzt habe ich Hunger und du musst auch was essen, sonst bist du nicht bei Kräften.

Wie zur Unterstreichung knurrte ihr Magen. Verschlafen richtete sie sich auf und rieb sich den Sand aus den Augen.

„Ich bin ziemlich hungrig. Wo steht der Knopf?" Vorsichtig tastete Selen auf dem Nachttisch entlang und drückte den Knopf. Während Fenris sich neben sie setzte, strich sie ihm mit einer Hand über den Kopf und kraulte ihn hinter den Ohren. Er hob genießerisch sein Haupt.

Nach einer Weile hörte sie leichtfüßige Schritte näherkommen. Selen richtete sich auf. Vorsichtig wurde an die Tür geklopft.

„Herein!"

Die Klinke wurde heruntergedrückt und Wig trat ein. Sofort strömte seine übermächtige Aura in den Raum und nahm Selens Sicht.

„Guten Morgen, hast du angenehm geschlafen?"

„Das Bett war einfach himmlisch! So schön weich war ich es nicht mehr gewöhnt. Wie lange habe ich denn geschlafen?"

„Fast 12 Stunden. Du musst ziemlich k.o. gewesen sein. Es wird besser, wenn du etwas gegessen hast, bevor du zum Arzt gehst. Wir haben schon etwas zum Frühstück für dich vorbereitet. Komm, ich führe dich hinunter." Wig nahm Selen an den Arm und wollte sie runterführen.

„Warte kurz, ich muss noch meinen Stock mitnehmen." Selen ergriff ihr Schwert und hielt es vor sich wie einen Blindenstock.

„Wozu brauchst du denn den Stock? Du hast doch deinen Blindenhund", fragte Wig verwundert.

„Ich bin eine von der übervorsichtigen Art. Ich habe schon immer doppelte und dreifache Sicherheit gebraucht. Bitte lass dich davon nicht irritieren! Ich habe großen Hunger."

Wig lachte leise. Selen klopfte mit ihrer Hand gegen ihr Bein, damit Fenris neben sie laufen konnte wie ein zahmer Hund. Er wedelte sogar mit dem Schwanz. Wig führte sie eine Treppe hinab, dann ging es in einen Raum, in dem es köstlich roch. Wig zog sie zu einem Stuhl und setzte sich neben sie. Er schob ihr einen Teller hin, der gefüllt war mit Käse, Fleisch und sogar Obst, das konnte Selen riechen.

„Hier ist das Frühstück. Es ist auch ein bisschen Fleisch für deinen Hund da. Meine Diener haben es in einer Schüssel neben den Tisch gestellt. "

„Vielen Dank. Wir sind beide am Verhungern." Selen begann, das Essen zu verschlingen, als würde es kein Morgen mehr geben. Eine Weile hörte man nur die Essgeräusche von Fenris und Selen. Als der Teller leer war, lehnte sie sich nach hinten und stöhnte auf. Jetzt war ihr Magen gefüllt.

„Ich bin so satt, ich mag kein Blatt. Ich wusste gar nicht, wie hungrig ich war. Es tut mir leid, dass ich keine Manieren gezeigt habe", entschuldigte sich Selen.

Leise lachte Wig. „Ich hatte mich nicht auf eine Unterhaltung eingestellt, nachdem du fast 12 Stunden geschlafen hast."

„Jetzt fühle ich mich wieder gestärkt und ausgeruht."

„Das ist gut. Ich würde dich gerne von einem meiner Ärzte durchchecken lassen. Ich möchte nicht, dass du krank bist oder noch wirst. Die Wanderung hat schon genug an deiner körperlichen Verfassung gezerrt."

„Vorsicht ist besser als Nachsicht", stimmte Selen ihm zu.

Sie wollte lieber noch eine ganze Weile gesund bleiben, vor allem jetzt, wo sie sich endlich ausruhen und das Leben vielleicht wieder genießen konnte, womöglich zusammen mit Bado. Das war nur

Wunschdenken. Gestern war Bado ja nicht schnell genug von ihr weggekommen.

Wieder stand Wig auf und nahm Selen am Arm. Er hatte es mit diesem Arm. Als wollte er sich vergewissern, dass sie ihm auf den Fuß folgte. Schnell griff sie nach ihrem Schwert, bevor Wig sie wegführte. Selbst Fenris musste sich, vollgefressen wie er war, beeilen, damit er bei ihr blieb.

Sie liefen eine ganze Weile und drangen tiefer in das Haus. Es war ziemlich groß. Die Gänge zogen sich weit hunderte Meter in die Tiefe des Hauses rein. Vielen Türen gingen von links und rechts ab. Zusätzlich zweigten weitere Gänge ab. Zwischen den Türen und Gängen hingen einige Gemälde ab und auch kleinere Fenster waren eingelassen, wenn es das Haus und die Gänge zuließ. Was es vor allem interessant machte, war, dass es an keiner Stelle wirklich dunkel wurde. Nicht einmal während dieses Ganges setzte sie einen Fuß nach draußen.

Sie fühlte, wie ihr der Kopf schwirrte. Wo war sie nur? Das war ja das reinste Labyrinth. Irgendwann klopfte Wig an eine Tür. Nach einer kurzen Antwort von einer männlichen Stimme öffnete er die Tür und trat ein, doch als Fenris versuchte mit in den Behandlungsraum zu treten, stoppte Wig ihn.

„Selen, es tut mir leid, aber dein Blindenhund muss draußen bleiben. Dies ist ein steriler Raum und wir können keine Verunreinigungen und mögliche Krankheiten von Tieren hier hineinbringen", erklärte Wig.

„Oh, okay, dann … Darkness, bleib draußen. Ich werde hier nur untersucht." Selen kraulte Fenris beruhigend hinter den Ohren.

Kein Problem. Ich werde hier auf dich warten. Es sollte nicht so lange dauern.

Damit setzte Fenris sich vor der Tür direkt auf den Boden. Wig schloss diese hinter Selen. Sie blieb unsicher in der Mitte des Zimmers stehen. Das Gefühl der Einsamkeit brandete in ihr auf, dass sie schlucken musste. Zwar befand sich Fenris nur vor der Tür, trotzdem hätten es ihrem Gefühl nach Welten zwischen ihnen sein können.

Auf einmal hörte sie ein leises Rascheln von Kleidung. Das musste der Arzt sein, von dem Wig gesprochen hatte. Allerdings ging dessen Aura in der riesigen energiegeladenen von Wig unter. Selen konnte nichts erkennen.

„Doktor Martinelli wird dich jetzt untersuchen und dann kannst du zurück in dein schönes weiches Bett. Versprochen!", murmelte Wig.

„Hallo Selen, ich werde dir jetzt Blut abnehmen, deinen gesamten Körper einen Rund-um-Check unterziehen.", erklärte eine fremde Stimme. Seltsamerweise klang diese Stimme sehr monoton. Keinerlei Artikulation, fast wie ein Roboter. Ein kalter Schauer lief Selen über den Rücken.

Gleich darauf begann der Arzt, sie zu piksen, und stocherte an Selen herum, dass es unangenehm wurde. Was machte der Arzt nur? Wollte er sie irgendwie auseinandernehmen wie ein Roboter? Und warum schaute er in allen Öffnungen von ihr? Wollte er so ihr Gehirn genauer untersuchen? Wie lachhaft! Weder er noch Wig sagten während der gesamten Prozedur etwas.

Nach einer gefühlten Ewigkeit verabschiedete sich Wig und ging nach draußen, um etwas mit seinem Rudel zu besprechen. Er kam allerdings schon nach wenigen Minuten zurück und blieb von da an im Zimmer.

„So, wir sind fast fertig. Wir müssen nur noch drei Ampullen Blut abnehmen, dann kannst du dich weiter ausruhen. Zusätzlich werden wir dir ein paar Spritzen geben. Dein Körper zeigt Anzeichen von Vitaminmangel auf. Das kann aber leicht behoben werden. Ich habe einen wunderschönen Wintergarten. Da kannst du dich nach dieser Untersuchung erholen", informierte Wig sie.

Nach der Blutabnahme und den zwei Spritzen verband der Doktor letztendlich ihren Arm.

„Jetzt sind wir fertig. Bisher sieht alles außer dem Vitaminmangel sehr gut aus. Du bist kerngesund – abgesehen von deiner kleinen Einschränkung."

Wig klatschte erfreut in die Hände. „Das ist ja wunderbar. Komm, Selen, ich bring dich in den Wintergarten. Dort kannst du die Sonnenstrahlen genießen."

„Vielen Dank, das würde mich freuen." Selen lächelte.

Sie konnte es kaum erwarten, in einer Liege zusammen mit Fenris den warmen Sonnenschein zu spüren. Das wäre ein Traum. Sie malte es sich in allen Details aus. Wig führte sie hinaus und wollte sie in den Wintergarten bringen. Jedoch stoppte Selen, nachdem sie die Praxis verlassen hatten.

Verwundert fragte sie Wig: „Wo ist mein Hund? Er sollte doch hier draußen sitzen und auf mich warten."

„Wie bitte? Achso! Ich denke, die Untersuchung dauerte zu lang. Hunde sind nicht für langes Warten gemacht. Er wird sich irgendwo auf dem Gelände bewegen. Sobald du im Wintergarten bist, wird er bestimmt dich riechen und wieder zurückkehren."

„Das kann sein. Aber ich möchte gerne, dass er jetzt wieder hier bei mir ist. Sollen wir deinen Hund suchen gehen?", fragte Selen, da sie sich unwohl fühlte.

Fenris hätte sie nie allein gelassen. Etwas war passiert! Weswegen würde er sie allein lassen? Die Zeit in den letzten Wochen hatte gezeigt, wo seine Prioritäten lagen. Ihm ging nichts über Bado und ihr? Befand sich Bado in Gefahr? Oder noch schlimmer, wurde Fenris festgehalten? Selen konnte es nicht vorstellen, geschweige denn wollte sie darüber nachdenken. Es würde schon alles gut werden, redete sie sich ein. Jedoch ein nagender Funken von Misstrauen blieb übrig. Noch vertraute sie Wig nicht.

„Ja klar, kein Problem. Ich werde auf der Stelle meine Männer beauftragen, ihn zu suchen, während du dich im Wintergarten ausruhst. Er wird bald wieder bei dir sein."

Danach führte Wig sie in den Gartenbereich, wo er Selen zu einer Sonnenliege führte. Vorsichtig mit tastenden Händen setzte sich Selen hin. „Ich werde mit meinen Männern sprechen, dass sie deinen Hund auf der Stelle suchen werden."

Ein kalter Schauer lief über Selens Rücken. Was war hier nur los?

11. Kapitel: 9 Wochen nach dem Ende der Menschheit
Bei allem, was man tut, kommt es auf den richtigen Zeitpunkt und den richtigen Rhythmus an. - Miyamoto Musashi, Das Buch der Erde

Fenris war noch immer nicht zurückgekehrt. Die Sorge um ihn ließ Selen in den Nächten nicht mehr schlafen. Jeden Tag – fast jede Stunde - fragte Selen Wig, ob seine Männer ihn gefunden hatten. Jedes Mal verneinte er es. Selbst Bado ließ sich nicht mehr blicken. Hatten beide sie so schnell vergessen? Selen wollte das nicht glauben, aber Zweifel breitete sich in ihr aus. Einige Male versuchte sie selbst zu Bado zu gehen, aber Wig oder Doktor Martinelli fingen sie wieder mit immer fadenscheinigeren Ausreden ab. Später wich Wig ihren Fragen immer wieder aus und beschwichtigte sie, dass die beiden noch auftauchen würden. Das glaubte Selen schon nach dem dritten Tag nicht mehr. Es wurde mit der Zeit immer gruseliger. Egal wohin sie ging, war er da. Seine Freundlichkeit wurde immer übertriebener. Trotzdem ließ er sie nie aus dem Haus. Zwar begründete er es mit ihrer Blindheit und dass sie sich verlaufen könnte, aber etwas stimmte daran nicht. Es war nur so ein unbestimmtes Gefühl, welches beständig in ihr schwärte. Die Angst um die beiden wuchs mit jedem Tag. Daher versuchte sie, telepathisch nach Fenris zu rufen, er antwortete jedoch nicht.

Mittlerweile war eine Woche vergangen. Wig führte Selen jeden Tag in diesen verdammten Wintergarten. Es wäre an sich sehr schön gewesen, doch verspürte Selen ein inneres Unwohlsein. Das Gefühl der Sicherheit war verflogen. Seit einer Woche hatte sie weder Bado noch Fenris gesehen. Ihre Sorgen steigerten sich stetig.

Nach der Untersuchung hatte sie auch mit niemandem mehr zu tun gehabt. Den einzigen Kontakt zur Außenwelt stellte Wig dar. Er war seltsam und so ganz anders als Bado und Fenris. Wig schien sich immer um sie zu kümmern, ließ es ihr an nichts fehlen, doch erzählte er nichts über sich oder das Rudel. Seine ungewöhnliche Schweigsamkeit beunruhigte sie zunehmend. Er hatte eine Freundlichkeit aufgesetzt, die sie nicht durchdringen konnte. Er verbarg etwas, aber was?

In den letzten Tagen begann sie, den Wintergarten zu erkunden, mit ihrem Schwert tastete sie die einzelnen Wege nach und nach ab, immer darauf bedacht, dass sie eine Blinde verkörperte. Zwar konnte sie die Auren sehen, wenn sich jemand näherte, daher wusste sie, wenn sie allein war, aber was wäre, wenn jemand sie durch ein Fernglas beobachtete? Selen würde es nicht mitbekommen. Somit war sie trotz ihrer Fähigkeit stark eingeschränkt. Ob sich das jemals ändern würde? Hilflosigkeit war scheiße.

Das Erstaunlichste bei ihrer Erkundung des Wintergartens war, dass dieser riesig war. Nachdem Selen mehrmals den ganzen Bereich entlanggegangen war, wusste sie, wo jede Tür war, wahrscheinlich gingen diese auf das äußere Gelände oder in das Haus zurück. Doch jedes Mal, wenn sie sie öffnen wollte, spürte sie, wie Wig in den Wintergarten geschlendert kam. Irgendwann hielt es Selen nicht mehr aus.

„Wig, ich muss mit dir reden", sagte sie entschlossen an einem Abend, eine Woche nach Fenris' Verschwinden.

„Was gibt es, Selen?", fragte Wig entgegenkommend. Diese ekelhafte Freundlichkeit ließ Gänsehaut auf Selens Haut sprießen.

„Ich will mit meinen Freunden reden. Wo ist Bado? Wo ist mein Blindenhund?", fragte Selen Wig hektisch.

„Es tut mir leid, dass ich dich so lange warten lassen habe. Aber warte noch ein bisschen, ich werde sofort mit Bado hierherkommen, dann könnt ihr euch unterhalten."

Wig ging aus dem Wintergarten raus. Selen setzte sich auf die Sonnenliege und stützte ihren Kopf in ihre Hände. Warum war Wig auf einmal einverstanden, dass sie Bado sehen konnte? Und was war mit Fenris? Wo war er? Was passierte hier nur? Wer war Wig wirklich?

Sie musste Fenris finden, sobald sie mit Bado gesprochen hatte. Also wartete Selen zunächst ab. Hoffentlich war es nicht zu spät.

Bado ging wütend in der Hütte hin und her – wie der Tiger im Käfig. Seit einer Woche war er nun in diesem beschissenen Hause gefangen und konnte nicht mehr raus. Immer wieder verhinderte Wigs Befehl, dass er aus der Tür ging. Egal wie sehr sich sein Gehirn anstrengte und er gehen wollte, sobald er in der Nähe der Tür war, blieb seine Füße auf den Boden und sein Körper bewegte sich nicht einen Zentimeter. Egal wie sehr er sich anstrengte. Was sich in der ersten Nacht wie ein gut gemeinter Ratschlag anhörte, entpuppte sich als Verurteilung zur Gefangenschaft in seiner eigenen Wohnung. Der Befehl war die sprichwörtlichen Ketten.

Warum ließ Wig ihn nicht raus und warum kamen Selen und Fenris nicht bei ihm vorbei? Es konnte doch nicht sein, dass die beiden ihn so schnell vergessen hatten! Nein, das glaubte er nicht. Dafür war Selen viel zu ehrlich, viel zu menschlich. Auch Fenris hatte sich in den letzten Wochen als ein guter Kamerad, Weggefährte und Kampfgenosse bewiesen. Vielleicht wäre er sogar zu einem Freund geworden.

Also musste es einen anderen Grund geben. Etwas, das sie daran hinderte. So wie er daran gehindert wurde, dass er hier rauskam. Das durfte nicht sein. Sie war hilflos in dieser neuen Umgebung. Es musste doch einen Weg herausgeben und er würde ihn finden. Das versprach sich Bado.

Während er gegen das Zwang, in der Hütte zu bleiben, ankämpfte, überkam ihn das Gefühl, dass Selen ihn brauchen würde, und zwar nicht in den nächsten Tagen, sondern genau in diesem Moment. Mit jeder Sekunde, die verging, wurde dieses Gefühl stärker. Verdammt, Selen war in Gefahr.

Fenris kämpfte gegen die Dunkelheit, die ihn runterzog und gefangen hielt. Wie lange er das schon tat, wusste er nicht, doch es waren definitiv nicht nur einige Stunden gewesen. Sein Zeitgefühl war noch nicht ganz weg, aber trotzdem verhinderte die fortdauernde Verabreichung von Betäubungsmitteln, dass er klarer im Kopf wurde. Zusätzlich gab es ein paar Momente, die etwas lichter waren, in denen er etwas von seiner Umgebung mitbekam. Er konnte die metallischen Stäbe eines Käfigs durch sein dichtes Fell spüren. Die Decke des Käfigs befand sich nur knapp über seinen Kopf. Nicht mal eine Katze hätte hier Platz. Als er mit seiner ganzen Kraft dagegen drückte, rührten sie sich keinen Zentimeter. Verdammt, der Käfig musste aus Titan sein. Anders konnte er es sich nicht erklären.
Außerdem spürte er, dass er nicht mehr im Haupthaus war und auch nicht in der unmittelbaren Nähe von Selen. Wo Bado war, wusste Fenris auch nicht. Das brachte ihn zur Verzweiflung. Die kleine Truppe, die sich gegen alle Widerstände gestemmt hatte, war von einem unbekannten Gegner besiegt und entzweit worden. Dann verspürte er wieder einen Stich und er wurde in die ölige Dunkelheit zurückgezogen.
Fenris zählte nicht mehr, wie oft das so gegangen war, doch schließlich änderte sich etwas. Aber er musste hier raus. Zu lange war er nicht mehr in der Nähe von Selen. Was, wenn ihr etwas zwischenzeitlich passiert war? Was wenn sie sich gerade in tödlicher Gefahr befand? Er musste unbedingt hier raus. Etwas würde passieren, und es hatte mit Selen zu tun. Seine Gefangennahme lies nur eine Schlussfolgerung zu: Selen befand sich in tödlicher Gefahr. Er musste aus dieser verdammten Dunkelheit raus, ehe es zu spät war.

Selen richtete sich aus ihrer sitzenden Position auf. Sie hatte das Gefühl, dass nicht mehr als ein paar Minuten vergangen waren und doch krochen die Sekunden dahin. Wo blieb nur Wig mit Bado? Sie lief ungeduldig hin und her, als sie auf einmal Rauch roch. Konnte das sein? Sie schnupperte noch einmal. Verdammt, es brannte. Sofort tastete sie sich mit ihrem Schwert zu einer der Türen vor und versuchte sie zu öffnen, doch sie war verschlossen. Panisch keuchte Selen auf. Wie konnte das sein? War sie schon die ganze Zeit verschlossen gewesen? Hastig bewegte sie sich mit einer Hand an der Glaswand weiter zur nächsten Tür. Mittlerweile war der Rauchgeruch stärker geworden und Selen begann zu husten. Zusätzliche versengte die Hitze ihre Haare auf den Armen und dem Kopf. Sobald sie die Tür erreichte, drückte sie die Klinke. Wieder verschlossen! Selen rannte an den Wänden entlang alle Türen ab. Keine Einzige ließ sich öffnen. Es musste doch eine Tür geben, durch die sie entkommen konnte. Sie würde hier noch sterben. Selens Gedanken überschlugen sich. Ihre Hände begannen mittlerweile zu zittern und der Rauch drang in ihre Lunge ein. Selen wusste, dass schon wenige Atemzüge ihren Tod bedeuten würde. Sie musste so schnell wie möglich eine offene Tür finden.

„Hilfe, hört mich hier jemand?! Es brennt! *Es brennt!*", schrie Selen voller Angst.

Sie schüttelte ihre Zurückhaltung ab und rannte hastig weiter. Irgendwo musste es doch einen Ausweg geben. Erst nachdem sie fast alle Türen verschlossen vorgefunden hatte, hatte sie bei dem Letzten Glück: Sie war offen.

Schnell sprintete Selen hinaus und holte tief Luft. Endlich atmete sie wieder frische Luft ein. Es war die reinste Wohltat. Der Wintergarten musste mittlerweile voller Rauch sein. Selen rannte von dem Wintergarten weg. Sie musste so schnell wie möglich Abstand zu diesem Feuer gewinnen.

Auf einmal hörte sie es neben sich knacken, ein Knurren folgte. Oh Gott! Was war das? War hier ein wildes Tier? Ein Bär oder ein Wolf? Fenris konnte es nicht sein, denn er hätte sich einerseits sofort telepathisch mit ihr in Verbindung gesetzt, andererseits zeigte sich in der Verbindung zu ihm keine Regung.

Erschrocken drehte sie sich in die Richtung des Geräusches, doch konnte sie nicht sofort erkennen, was es war. Um sie herum war alles blutrot. Im gleichen Moment hörte sie wieder ein Knacken, doch jetzt von der anderen Seite. Jemand umkreiste sie und es war nichts Spielerisches an diesem Einkreisen. Selen rannte nun in eine Richtung, von der sie hoffte von dem Wintergarten wegzukommen. Sofort hörte sie wieder ein Knacken, wesentlich näher als vorher. Dieser jemand trieb sie vor sich her. Aber von was oder wem? Das war nicht gut, überhaupt nicht gut.

Selen rannte weiter. Keinesfalls würde sie sich einfach fangen lassen, aber wenn sie davonlief, tat sie genau das, was ihr Jäger wollte. Irgendwo musste es ein Versteck geben.

Wo waren nur Bado und Fenris? Sie waren doch bis vor einer Woche immer in ihrer Nähe gewesen und hatten ihr in Gefahrensituationen geholfen. Warum verließen sie alle, denen sie vertraute? Vor Wut und Angst begannen sich ihre Augen mit Tränen zu füllen. Immer wieder hörte sie ein Knacken und ein Knurren, doch konnte sie nie erkennen, woher es kam. Das Einzige, was sie tun konnte, war wegzulaufen.

Noch während sie weiterrannte, schnappten plötzlich Zähne nach ihren Beinen. Erschrocken stolperte Selen. Sofort verbiss sich das Tier in ihren Beinen. Schmerzerfüllt schrie sie auf.

Während sie nach vorne fiel, drehte sie sich um ihre eigene Achse. Endlich konnte sie sehen, wer sie verfolgte: Es war ein Königstiger mit einer Aura, deren Farben sie kannte.

Bado brüllte auf. Er hatte Selen aufschreien gehört. Er hatte sie aus dem Haus rennen und das Wort „Feuer!" hallte durch übers Land. Dann war das Kreischen von heftigen Schmerzen gekommen. In dem Moment wusste Bado, dass sie gejagt wurde, und er wusste auch, dass es von Wig kam. Niemand anderes kam ihn Frage. Wig hatte systematisch sie alle in die Enge getrieben. Es fiel ihm wie Schuppen von den Augen. Wie hatte er nur so blind sein können? Er hatte einmal von Menschen gehört, wie solche Charaktere genannt werden - Soziopathen.

Fenris hörte den Schrei durch die Landschaft hallen. Scheiße, sie war in Gefahr! Jemand musste sie angegriffen haben. Er musste zu ihr, koste es, was es wolle! Mit seinem ganzen Körper warf er sich gegen die Gitterstäbe seines Käfigs. Immer verzweifelter drückte er sich gegen die Stäbe. Der Schrei von Selen ließ seinen Beschützerinstinkt so stark steigen, dass eine verborgene Kraft in ihm erwachte. Durch diese zusätzliche Machtzufuhr spürte er, wie sich die Stäbe nach und nach verbogen. Endlich. Nicht mehr lange und er würde bei ihr sein. Fenris hoffte, dass es bis dahin nicht zu spät war.

„Warum, Wig?", rief Selen verzweifelt aus.
Jetzt konnte sie zum ersten Mal seine wahre Aura sehen: Sie war tiefrot mit schwarzen Schlieren – so dünn, dass sie fast unsichtbar schienen. Nun fühlte sich die Aura an, als stecke sie voller Hass und Brutalität, dass es Selen den Atem verschlug. Wie konnte sie nur so falsch gelegen haben? Oder hatte sie es die ganze Zeit geahnt? Darüber brauchte sie sich jetzt keine Gedanken machen. Sie sollte lieber zu sehen, dass sie mit dem Leben davonkam. Langsam aber begann sie durch seine übermächtige Aura hindurchschauen. Als hätte sich ein Schalter in ihr umgelegt. Das was sie sah, ließ sie zurückschrecken. Selen konnte nun genau die Umrisse seines Körpers sehen. Die Farben, die sich durch seinen Körper bewegten, zeigten eine Brutalität, die selbst in Filmen nie gezeigt wurden, sind. Das Rot war die Farbe von Blut, welche von rasiermesserscharfen schwarzen Formen durchzogen waren. Als würde sich ein Mensch die Pulsadern mit einer Messerklinge aufschneiden. Wig leckte sich mit seiner Zunge über die blutigen Zähne – welche sich durch schwarze unbewegte Flecken zeigten. Dann verwandelte er sich in einen Menschen zurück und lachte bösartig.
„Meine liebe Kleine, du bist ja so niedlich, wie du dich hin und her windest. Dein zartes Stimmchen ist liebreizend, wenn es so voller Schmerzen schreit", meinte er mit süßlichem Tonfall.
Dabei strich er mit seiner blutigen Hand über ihre Wange. Selen wollte sich wegdrehen, doch sofort griff er an ihr Kinn. Seine Aura glühte vor Hass. Er ließ ihr nicht einmal den Raum, dass sie ihr Schwert schnell genug ziehen konnte.
„Wie kannst du es wagen, dein Gesicht von mir abzuwenden? Du wirst mich ab sofort mich anschauen, egal, was passiert. Du gehörst mir und niemand kann dich noch retten. Deine beiden Freunde haben dich im Stich gelassen."
„Bitte, was willst du nur von mir?", wimmerte Selen ängstlich.
„Das Wertvollste, was du besitzt – dein Leben", sagte Wig grausam.
„Ich habe dich die letzten Tage hochgepäppelt, damit du mir viel Spaß

bereiten wirst. Jeden Tag werde ich dich besser für meine Sammlung umgestalten. Noch bist du nicht richtig ausstaffiert."

„Ich glaube nicht, dass ich dir irgendwie Spaß bereiten will", kam es von Selen zurück, während ihre Stimme vor Angst brach.

Dieser Mann war widerlich und krank. Zuerst einen auf netten fürsorglichen Vater machen und dann auf einmal gab er sich als der totale Soziopath zu erkennen. Er schien es zu lieben, mit seiner Beute zu spielen, bevor er es zur Strecke brachte, wahrscheinlich mit verlängerten Schmerzen. War er der Grund für Larvaes – und den ihr zugefügten Ungerechtigkeit? Hatte er die Menschen nur zum Spaß gejagt? Er war das wahre Monster.

„Wo sind Bado und mein Wolf? Sie haben mich nicht im Stich gelassen, sondern wurden von dir weggesperrt", zwang sich Selen zu fragen.

„Oh bitte, du wirst mir doch jetzt nicht meinen Spaß verderben und nach diesen beiden Randnotizen fragen. Obwohl ich mir so viel Mühe gegeben habe, dass du schön in Panik aus meinem Wintergarten flüchtest. Meine kleinen Feuerschalen waren doch schön rauchig, oder? Ab jetzt werde ich dein Lebensmittelpunkt sein, bis du stirbst", prophezeite er und lachte auf.

„Waaa… Was? Was willst du damit sagen?"

„Das wirst du beizeiten rausbekommen. Und weißt du was? Du wirst jetzt laufen, als wäre der Teufel hinter dir her, denn ich bin hinter dir her. Mir steht der Sinn nach Spaß." Damit stieß Wig Selen weg und kniete sich hin. „Ich lass dir zehn Sekunden Zeit, dann komme ich."

Selen stolperte zurück. In dem ersten Augenblick überlegte sie, ob sie ihr Schwert ziehen konnte, aber wahrscheinlich wäre sie nicht schnell genug oder noch schlimmer, Wig würde ihr das Schwert jetzt entwenden und sie damit erstechen. Sie musste von diesem Mann weg, daher tat sie, was er verlangte, und rannte angsterfüllt los. Doch wusste sie im tiefsten Inneren, dass sie keine Chance hatte. Wie kam es, dass dieser Soziopath der Alpha des Rudels war? Bado war so viel stärker in seinem Charakter als Wig. Schon sein Bedürfnis, sie in Sicherheit wissen zu wollen, zeichnete ihn aus.

Doch warum half er ihr jetzt nicht? Mochte er sie nicht mehr? Hatte er den Befehl bekommen, ihr nicht zu helfen? Sie allein zu lassen. Wie konnte er nur? Etwas zerbrach in ihr, sodass sie bei diesem Gedanken fast stolperte. Konnte es daran liegen? Hatte es etwas mit diesen Fäden zu tun, die eine Verbindung zwischen Wig und den anderen darstellten? Da kam Selen eine Idee: Sie musste einen Weg finden, diese Verbindungen zu trennen. Zumindest hatte es ihr bei den Vampiren vor einigen Wochen geholfen, warum als nicht jetzt auch. Was wäre, wenn sie sie mit ihrem Schwert zerschnitt? Einen Versuch war es wert. Es gab keine andere Möglichkeit mehr – wie die sprichwörtliche Katze in der Ecke. Entschlossen zog sie ihr Schwert und drehte sich um. Sie musste kämpfen, egal was es sie kosten würde.

Sofort sah sie die blutrünstige Aura auf sich zukommen – Wig. Selen bekam den Moment mit, als Wig sie entdeckte. Denn er stoppte auf der Stelle und verwandelte sich wieder in einen Menschen zurück. Anscheinend nur um gehässig zu lachen.

„Was willst du denn mit diesem Zahnstocher? Wo du gerade mal so gut sehen kannst wie ein Maulwurf."

„Ich denke, ich kann dich besiegen", sagte Selen entschlossen. Wig durfte nicht sehen, wie groß ihre Angst war.

„Du kannst alles glauben, was du willst, aber du wirst mich *nicht* besiegen. Ich bin zu mächtig für dich. Ich bin der mächtigste Alpha in Europa."

Als wäre der Startschuss gefallen, sprang Wig vor und griff sie an. Schnell drehte sich Selen zur Seite, dabei riss sie ihr Schwert hoch und schlug nach vorn, wie sie es von Bado gelernt hatte. Dabei zertrennte sie einige der roten Fäden.

Amüsiert lachte Wig los. „Das ist ja albern. Was machst du denn? Du fuchtelst nur mit deinem Zahnstocher herum. Damit kommst du nicht mal in meine Nähe. Und so willst du gegen mich antreten? Wieso machst du dir die Mühe?"

Erneut kam er auf sie zu. Wieder drehte sich Selen zur Seite und schlug zu. Immer lauter lachte Wig, während er sie mehrere Male hintereinander angriff. Jedes Mal kam er ein Stückchen näher an Selen heran, während sie mit Mühe und Not weitere Fäden abtrennte.

Schließlich war nur ein einziger Faden übrig. der war dünner als die anderen und hatte eine andere Farbe. War das vielleicht die Verbindung zu Bado? Etwas fühlte sich an dieser Verbindung so vertraut an. Als würde ein weiches Fell über ihren Arm streichen. Es musste einfach die Faden von Bado sein. Anders konnte es sich Selen nicht erklären. Sie musste nur noch diesen Faden trennen, dann wäre Wig allein – und vielleicht auch kein Alpha mehr, denn seine Aura war mit jedem zerschnittenen Faden kleiner geworden. Seine Macht war sichtlich geschrumpft. Trotzdem kam er mit jedem Schritt unaufhaltsam näher, bis er direkt vor ihr stand.

Doch bevor sie wusste, wie ihr geschah, schlug Wig sie nieder. Sie prallte mit dem Kopf auf den Boden auf. Ihr Blick trübte sich einen Moment lang. Sofort hielt Wig ihre Hände fest und kam mit seinem Mund nah an ihr Ohr heran. Er säuselte leise: „Und jetzt beginn zu schreien. Mach mir eine Freude und *schrei* um dein Leben."

„Das werde ich nicht tun. Ich werde wegen niemandem mehr um Hilfe schreien", presste Selen zwischen ihren Lippen hervor. „Doch eines will ich dir noch sagen: Du bist machtlos, niemand wird dir helfen. Ab jetzt bist du kein Alpha mehr."

Damit riss Selen die Hand ohne Schwert los, nahm den letzten Faden zwischen die Finger und trennte ihn ruckartig von Wig ab.

Bado stolperte nach vorne. Mit einer Hand griff er sich an die Brust. Was war los? Eine große Leere breitete sich in ihm aus. Etwas war ihm herausgerissen worden, von dem er nicht gewusst hatte, dass es ihn ausgefüllt hatte. Diese neue Leere war anders, als das was er bisher kannte, denn er fühlte immer noch Selen in sich. Glücklicherweise lebte sie, aber wie lange noch? Ob Fenris auch so viel Glück hatte? Sein Kamerad durfte doch nicht Tod sein. Nicht jetzt, wo Selen in Gefahr war. Daran wollte Bado lieber nicht denken, stattdessen entschloss er sich aus dieser verdammten Hütte auszubrechen, damit dieser furchtbare Gedanke nicht Wirklichkeit wurde. Vorsichtig ging er in Richtung Tür und nahm die Klinke in die Hand. Nichts passierte, nichts hielt ihn auf. Sein Verlangen, dem Befehl Folge zu leisten und hierzubleiben, war verschwunden. Endlich! Er riss die Tür auf und stürmte ins Freie. Selen und Fenris brauchten Hilfe.

Mit einem einzigen Satz brach Fenris durch die Tür und landete in einem Labor. An der einen Seite des Raumes konnte er zahlreiche menschliche Föten in durchsichtigen Kunststoffbeutel erkennen, welche sich in unterschiedlichen Entwicklungsstadien befanden. Das musste auch der Grund für Selens Geruch in diesem Raum sein.

Plötzlich hörte einen Stuhl umfallen, was seinen Blick auf die andere Seite des Raumes lenkte. Dort stand ein Mann mit panischem Blick. Das musste einer ihrer Folterer sein. Sofort vergrößerte er sich und sprang den Mann an. Mit nur wenigen Pfotenschlägen tötete er diesen ängstlichen Bastard.

Sobald sein Opfer den letzten Lebensfunken aushauchte, zerstörte er alle Plastikbeutel und die restlichen Laborausrüstung. Egal was diese Monster hier getrieben hatten, nichts durfte von dem übrig bleiben. Erst als er fertig war, hob er seine Nase in die Luft und suchte nach dem Geruch von Selen. Er musste so schnell wie möglich zu ihr hin, kostes es was es wolle.

Wig kniete über Selen und zog seine Krallen über ihre Wange. Sie spürte, wie die Haut aufriss und das Blut floss, doch sie verbat sich jeden Schmerzenslaut.

„Hm, du möchtest also nicht für mich schreien? Was für ein unartiges Kind du doch bist. Ich denke, ich muss dir noch ein paar Manieren beibringen, bevor ich dich meiner Sammlung hinzufüge. Du sollst doch das tun, was ich dir sage. Du bist mein neues Spielzeug", flüsterte Wig kalt in ihr Ohr.

Selen überlief ein eisiger Schauer. Plötzlich ging ihr ein Licht auf. Er war es gewesen, der all diese Menschen auf sadistische Art und Weise umgebracht hatte. Er hatte die Larvaes tot sehen wollen.

„Du bist es gewesen, der all diese Menschen umgebracht hat."

Wig stutzte kurz, „Ich weiß zwar nicht, wie du das Rausbekommen hast, aber es ist wahr. Ich war es und ich habe es jedes Mal genossen. Menschen sind für nichts anderes zu gebrauchen, so schwach wie ihr seid. Ihr wart für mich nur Sport, allerdings hatte Bado und die anderen eine andere Ansicht, weswegen ich vor ihnen geheim gehalten hatte. Nur mein treuer Diener Martinelli und ein leider schon verstorbener Gleichgesinnter wussten Bescheid und hatten mein Durst mit gestillt. Allerdings glaube ich, dass Bado und die anderen mit der Zeit davon Wind bekommen haben. Sie beobachteten mich mehr und mehr."

Dabei leckte er sich mit seiner Zunge über die Lippen. Einen Teil ihrer Haut vom Kinn wurde dabei abgezogen wie bei einer Eiscreme. Selen konnte nur mit Mühe ein Wimmern unterdrücken. Wieso mussten Raubkatzen auch solche Widerhaken auf ihren Zungen entwickelt haben.

„Doch mit dir habe ich noch was Besonderes vor. Dich werde ich nicht gleich umbringen. Das kann ich dir jetzt schon versprechen. Das Blut, das ich dir abnehmen ließ, wird mir ermöglichen, dich zu klonen, dann kann ich dich immer und immer wieder jagen. Martinelli hat schon begonnen, deine Klone zu züchten. In wenigen Monaten ist es so weit und viele kleine Selens werden hier gejagt werden. Hach, wird das eine Freude, dich in den nächsten Jahrhunderten immer wieder aufs Neue zu töten und dabei jedes Mal dieses entzückende Gesicht so schön angstverzerrt zu sehen."

Selen wurde blass. Wig war noch grausamer, als sie angenommen hatte. Wie konnte man so etwas nur unschuldigen Kindern antun?

„Das Einzige, was schade ist – aber da ist vielleicht auch was Gutes dran –, ist, dass ich dich jetzt nicht töten kann. Du musst noch ein bisschen am Leben bleiben. Damit du sehen kannst, wie ich deine Nachkommen töte. Immer und immer wieder. Nichts macht mehr Spaß, als die Seele eines Lebewesens zu zerstören, so langsam wie möglich. Aber du musst ja nicht mehr an einem Stück sein. Um ihre Schreie zu hören, brauchst du keine Hände und Füße", fuhr er fort.

Damit hob er eine seiner Hände mit seinen Krallen und hieb ihr damit in den Arm. Vor Schmerzen kreischte Selen los. Ihr Blut spritzte auf ihr Gesicht. Immer und immer wieder schlug er zu. Selen hatte das Gefühl, dass ihr Arm nur noch Hackfleisch war. War er noch mit ihrem Körper verbunden?

Erst nach einem Augenblick merkte sie durch den Schleier aus Schmerzen hindurch, wie die Schläge aufhörten und Wig weggerissen wurde. Als sie die lauten Stimmen und das Brüllen hörte, registrierte sie es.

„Wie kannst du nur es wagen. Wir sollen doch die Schwächeren beschützen. Dafür sind wir doch stärker?!", brüllte Bado Wig an. Wie hatte er sie in dem Labyrinth des Waldes nur finden können? Waren es ihre Schreie gewesen? Oder ihr Geruch? Selen konnte es nicht sagen.

„Du … Du fragst mich, wie ich das tun kann? Die Frage wäre eher, warum ich es nicht schon eher getan habe. Es ist mein gutes Recht, außerdem habe ich mehr Spaß daran die Leute in falscher Sicherheit zu wiegen, nur um die Hoffnung in ihren Augen abzutöten. Mir steht es zu, Menschen zu jagen. Es ist das Recht des Stärkeren, den Schwachen ihren Platz in dieser Welt zu zeigen. Was ich aber eigentlich wissen will, ist, wie es dir möglich war, dich meinem Befehl zu widersetzen! Du solltest doch in deiner Hütte bleiben, bis ich dir sage, dass du rauskommen kannst. Antworte mir!", fuhr Wig Bado hochmütig an. Wenn es möglich war, wurde Bado in diesem Moment noch lauter.

„Antworten? Du meinst, ich soll deinen Befehlen wie ein zahmes Tier folgen? Das habe ich lang genug gemacht. Ich wollte dir verdammt nochmal gefallen. Doch ich war blind gewesen. Nur weil du stärker bist, kannst du nicht zum Spaß einfach die Schwächeren jagen. Das ist wieder die Natur!"

Hämisch grinsend stimmte Wig zu. „Wie das erbärmliche Tier, das du eigentlich bist. Du stehst nicht auf der gleichen Stufe der Nahrungskette wie ich."

Das ist also deine Bild von mir? Dann werde ich dir zeigen, wie stark ich wirklich bin." Während Bado das sagte, verwandelte er sich in den riesigen weißen sibirischen Tiger, den Selen schon einmal gesehen hatte. Die Form des majestätischen Tigers würde sie nie in ihrem Leben vergessen – egal wie kurz es noch sein würde. Im selben Moment begann sich auch Wig in rasanter Geschwindigkeit zu verwandeln, jedoch war Bado um einiges geübter. Das konnte Selen sofort erkennen. Noch während Wig in der Verwandlung steckte, sprang Bado ihn an und vergrub seine Zähne in dem Hals von Wig.

Doch Wig schleuderte ihn ohne große Anstrengung in die Bäume hinein. Mit einem fürchterlichen Knacken durchbrach Bados Körper diese. Selen schrie vor Entsetzen auf und konnte sich nicht mehr vor Angst regen. Wig drehte sich schon wieder zu ihr um, als ein weiterer Körper ihn ansprang. Fenris? Fenris war gekommen. Als Selen sah, wie Fenris mit gewaltigen Prankenhieben nach Wig schlug und das Blut nur so wegspritzte, atmete sie ein bisschen erleichtert auf. Bado und Fenris zusammen könnten Wig bestimmt besiegen. Doch noch bevor sie den Gedankengang zu Ende bringen konnte, fegte Wig Fenris wieder weg. Dieser blieb regungslos liegen.

Wig beugte sich heftig atmend über den bewusstlosen Körper von Fenris und riss sein Maul auf. Jeden Moment würde der Wolf seinen Leben aushauchen, als plötzlich Bado auf den Rücken von Wig sprang und seine Zähne in seinen Nacken schlug.

Während Wig versuchte sich rauszuwinden, drangen seine Zähne immer tiefer in dessen Wirbelsäule. Der Kampf dauerte nicht lange. Er riss dem Königstiger ein Teil seines Rückgrates heraus. Sofort sackte Wig leblos in sich zusammen.

Langsam drehte sich Bado herum. Noch während er zu Selen rannte, verwandelte er sich in den Mann zurück, den sie kannte.

„Gott sei Dank, du lebst. Ich dachte schon, ich komme zu spät. Es tut mir so leid. Ich wollte nicht, dass dir so was passiert."

Bado war am Boden zerstört. Seine Aura war aufgewühlt, dass die Farbe nur so hin und her wirbelte. Ihm liefen Tränen von den Wangen und tropften auf Selens Arm.

„Ich glaube, mein Arm ist nicht mehr zu retten. Er fühlt sich wie durch den Fleischwolf gedreht an. Bitte versprich mir, dass du mich nicht zu Martinelli, dem Doktor bringst, der hier ist. Er gehörte zu Wig."

Bado hob sie vorsichtig von dem Boden hoch. Selen versuchte noch stark bleiben, doch konnte sie Schmerzensschreie nicht vermeiden. Mit ihrer unverletzten Hand strich sie Bado übers Gesicht.

„Ich freue mich so sehr, dass du wieder da bist. Die eine Woche, die ich dich nicht gesehen habe, fühlte sich wie eine Ewigkeit an. Ich habe dich so sehr vermisst, das kannst du dir nicht vorstellen."

Den Arzt gibt es nicht mehr, kam es plötzlich von der Seite Erschrocken drehten sich beide um. Da stand Fenris mit blutverschmiertem Maule.

„Was meinst du damit?", fragte Bado.

Nachdem ich aus meinem Käfig ausgebrochen war, habe ich Selens Duft aus einem Labor gerochen. Doch als ich dort angekommen bin, warst du nicht da, sondern der Mediziner, der neben einigen Klumpen Fleisch stand. Die waren es auch, die nach dir rochen. Da bin ich durchgedreht und habe ihn getötet. Ich konnte es nicht verkraften, dass du nicht mehr am Leben sein solltest.

Selen lächelte. Sie war froh, dass Fenris noch lebte und Wig nicht mehr. Erst jetzt nahm sie ihre Umgebung wieder wahr. Die blutrote Aura, welche alles vergiftete, verschwand langsam. So konnte Selen erkennen, dass sich viele unterschiedlichen Auren näherten. Doch noch bevor sie etwas sagen konnte, betraten die anderen Wandler des Clans die Lichtung, welche vor wenigen Sekunden noch nicht da gewesen war. Ihr trieb es die Tränen in die Augen bei dem, was sie sah, was Wig, als er noch lebte, komplett überdeckt hatte: Jeder besaß eine einzigartige Aura, die wie ein Regenbogen strahlte, und das Neuartige daran war, dass jede einzelne Aura eine Verbindung zu Bado aufwies. Diese bestand nicht aus einem einfarbigen roten Faden, wie es bei Wig der Fall gewesen war, stattdessen gab es viele unterschiedliche farbenfrohe Verbindungen. Es war Wig gewesen, der diesen Clan aus dem Inneren vergiftet hatte, wie ein bösartiger Tumor.

Einer von dem Wandler beugte sich neben ihr auf den Boden und begann ihren Arm zu untersuchen. Als Fenris und Bado im gleichen Augenblick zu knurren begannen, erklärte er sich kurz, „Ich bin vor wenigen Wochen noch ein Pfleger in einem nahegelegenen Krankenhaus gewesen. Ich habe einige Sachen aufgeschnappt. Bitte, ich werde ihr nichts tun."

Beide hörten zu knurren auf. Bado nickte schließlich und der Wandler untersuchte Selen weiter. Dabei stand Bado auf und ließ Selen erst einmal an einem Baum angelehnt sitzen. Sie wäre zwar am liebsten in seinen Armen gewesen, aber der unbekannte Wandler musste ihren Armen verbinden

„Bado, was passiert jetzt, da du Wig getötet hast?", fragte Selen vorsichtig nach, einen Augenblick die höllischen Schmerzen in ihrem Arm vergessend. Sie hatte einen Verdacht, wollte ihn aber nicht laut äußern aus Angst, Bado zu verschrecken.

„Hm, ich weiß es nicht. Es wird einen neuen Alpha geben, der den vorhergehenden besiegt hatte. Der wird über das Rudel herrschen. Aber ich werde es nicht miterleben, da wir drei von hier weggehen werden, damit ich dich besser mit Fenris beschützen kann. Ich will nicht, dass du länger hierbleiben musst. Außerdem will ich dieses Gelände nicht länger als nötig sehen. Zu viele schlechte Erinnerungen treiben ihr Unwesen."

„Ich glaube nicht, dass wir einfach so verschwinden werden", überlegte Selen laut.

„Was meinst du damit?", kam es verständnislos von Bado.

„Ich denke, das Rudel hat sich entschieden, wer der neue Alpha wird. Du bist es", sagte Selen leise.

Auf einmal sagte Frau von dem Rudel, „Bitte bleibt hier. Allerdings würden wir euch folgen, egal wohin. Wir werden euch beschützen, das versprechen wir euch."

Bado zuckte zusammen und blieb einen Moment lang still, dann stand er auf und schaute sich um. Mit fester Stimme fragte er die umherstehenden Männer und Frauen: „Wollt ihr das wirklich? Ich bin anders als ihr. Ich bin kein normaler Übernatürlicher, sondern ein *Tier*, wenn ich Wig zitieren darf. Wollt ihr so etwas zum Alpha haben?" Einstimmig sagten alle ja. Vereinzelt kamen Ausrufe, dass Bado doch Wig besiegt hatte, dass dem Gesetz der Natur Folge geleistet war. Sie schienen erleichtert zu sein. Bado war anders als Wig - geradliniger und ehrlicher und vor allem mächtiger als alle anderen Wandler zusammen. „Dann sei es so. Aber ich will, dass ihr euch alle respektvoll Selen gegenüber verhaltet. Sie gehört zu mir und ist meine Gefährtin. Und jeder Angriff gegen sie ist ein Angriff gegen mich. Verstanden?!", rief Bado über die Gruppe hinweg.

Wieder stimmten alle Bado zu, dann trat einer von ihnen vor. „Wir durften in den letzten Jahrhunderten nie irgendwas sagen. Jedes Mal, wenn ein Mensch hierherkam, mussten wir in unseren Häusern bleiben, bis wir die Todesschreie der Menschen hörten. Erst dann durften wir wieder raus. Die Schuld hat uns von innen heraus verzerrt. Wir werden Selen nie etwas antun. Wir werden es mit Blut unterschreiben!" Nachdem er das gesagt hatte, blieben die Wandler noch einen Augenblick stehen, bis der Pfleger Selens Arm fertig verbunden hatte. Fast schon als würden sie Wache stehen. Erst als Selen sich stöhnend und nicht mehr ganz so schmerzerfüllt wieder von dem Boden erhob, entfernten sich alle. Kurz bevor sie in dem Wald verschwanden, drehte sich der Pfleger noch einmal um, „Ich habe ihr vorhin noch eine Spritze gegen die Schmerzen gegeben. Es sollte in ein paar Minuten wirken." Danach ließen sie die drei Freunde unter sich. Bado drehte sich wieder zu Selen und lächelte ihr zu. „Ich denke, ich weiß jetzt, wo wir hingehen werden."

Selen lächelte ihm zurück. „Ich denke, ich weiß es auch."

Auf einmal konnte sie erkennen, wie um sie herum Auren erschienen, welche zu keinem lebenden Wesen gehörten. Es waren die Larvaes, die sich nun um Selen versammelten. Was wollten sie nur von Selen? Dann hörte sie „Danke". Plötzlich begannen sich diese Auren aufzulösen. Da wusste Selen, dass diese Seelen nun Frieden gefunden haben, was sie zum Lächeln brachte.

Epilog

Vier Wochen später

Selen wachte auf und drehte sich zur Seite. Neben ihr lag Bado und schlief. Die letzten paar Wochen war die reinste Erholung gewesen. Anfänglich war es noch mit der Bandage sehr umständlich gewesen. Doch schon nach den ersten zwei Wochen, konnte sie langsam wieder ihre Finger bewegen. Nach und nach kam dann wieder Leben in ihren Arm. Trotz dieser medizinischen Einschränkung hatte Bado alles getan, damit sich Selen wohlfühlte. Er hatte ihr jeden aus dem Rudel vorgestellt. Sie hatte sich die Zeit genommen, alle persönlich kennenzulernen.

Die anderen Wandler waren zuvorkommend und hatten ihr das ehrliche Gefühl gegeben, willkommen zu sein. Sie hatten sogar schon einige Male Frauen - und Spielabende gemacht. Zusätzlich hatten einige sie zu sich zum Essen eingeladen. Es war witzig gewesen. Sie hatte so etwas bisher nicht gekannt. Die Geschichten der Wandler waren um einiges lebendiger und abenteuerlicher, als Selen bisher geahnt hatte.

Sogar Fenris wurde in das Rudel aufgenommen, als wäre er schon immer ein Teil davon gewesen. Allerdings hatte er nicht denselben Status wie die anderen – er bewegte sich außerhalb der Hierarchie. Fenris hatte sich über die Jahre selbst zu einem machtvollen Alpha entwickelt. Er blieb nur aufgrund der Freundschaft mit Bado und Selen. Für Bado war er wie ein nie gekannter Bruder geworden.

Selen schwelgte noch kurz in diesen Erinnerungen als es auf einmal an der Tür klopfte. Bado regte sich.

„Gib uns noch ein paar Minuten", sagte er verschlafen. Er war kein Morgenmensch. Bado gähnte in typischer Tigermanier.

„Bado, da ist jemand am Tor, der wünscht Selen zu sehen.", erklang die Stimme eines Wächters von der anderen Seite.

Erschrocken fuhr Selen zusammen. Was war denn jetzt schon wieder los?

„In fünf Minuten sind wir da!", rief sie aus.

Kurze Zeit später waren beide zum Tor unterwegs. Keiner sagte etwas. Sie wussten nicht, was sie erwartete. Eine neue Bedrohung? Jemand, der Rache nehmen wollte?

Noch bevor sie das Tor erreichten, blieb Selen stehen.

„Er hat eine Aura, die größer ist als alles, was ich bisher gesehen habe", murmelte sie.

„Ist es so wie bei Wig?", fragte Bado angespannt nach. Von einer Sekunde zu anderen war er kampfbereit.

„Das ist es definitiv nicht. Er hat so viele unterschiedliche Farben. Sie bilden ein neutrales Muster."

„Gut, ich möchte nicht töten und du sollst nicht wieder in Gefahr geraten."

Damit erreichten sie das Tor. Ein einzelner Mann stand dort. Er war groß, sogar größer als Bado, trotzdem wirkte er nicht bedrohlich.

„Hallo, junge Dame. Wie geht es dir?", fragte er Selen, während er sich nach vorne beugte.

„Ähm, mir geht es gut. Warum bist du hier? Wer bist du?"

Schmunzelnd murmelte er: „Ahhh, also kein Small Talk. Kein Problem." Er richtete sich auf. „Kommen wir gleich zum Geschäftlichen. Ich bin hier, um meine Position an dich weiterzugeben."

„Hää?" Selen schaute ihn verständnislos an. „Was meinst du?"

„Ich bin derjenige, den du eventuell als den Alpha von Europa kennen dürftest, auch wenn bekanntlich einige schwächere Alphas diesen Titel in den letzten Jahrzehnten für sich beansprucht hatten. Vielleicht hat dir schon mal jemand von mir erzählt."

„Ich habe von dir gehört. Aber was willst du von mir? Ich bin doch nur ein Mensch – schwach und zerbrechlich, wie die Mehrzahl von euch es sagen würden. Diese Position würde mir nicht zustehen. Außerdem will ich nur ein normales Leben – soweit es jetzt noch möglich ist – leben. Macht über andere zu haben, ist kein Lebensziel von mir. Wirklich nicht!"

Wieder schmunzelte er. „Das weiß ich, aber das macht dich in dieser speziellen Situation zu etwas Besonderem."

„Hm, das kann ich mir zwar denken, doch werde ich nicht so lange leben, dass meine Entscheidungen und Macht sich auf mehr als ein paar Jahre Einfluss haben werden. Es wäre für euch nur ein kurzes Intermezzo. Dann stündet ihr mit meinem Tod vor dem nächsten Problem und es würde Anarchie herrschen."

„Ich denke nicht, dass das wahr ist. Durch die Verbindungen, die du mit Bado und Fenris eingegangen bist, bekommst du Energie von ihnen.

Sie sind wie eine Art Lebensader, die dich mit Energie versorgt. Du wirst also viel länger leben als ein normaler Mensch." Der Mann wurde auf einmal ernst.

Er griff nach der Hand von Selen. „Bitte, ich werde dir meine Position und alles, was damit einhergeht, jetzt vermachen. Dann wirst du der neue Alpha dieses Kontinents sein. Es wird andere geben, welche versuchen werden, dir etwas an zu tun, aber es werden dich auch viele beschützen. So wirst du nicht mehr allein sein."

Ein gewaltiger Stromstoß durchfuhr Selen. Sie dachte schon, sie würde sterben – wieder einmal –, doch nach einigen Sekunden konnte sie wieder die Auren um sich herum sehen. Vor ihr stand jetzt nicht mehr der große dynamische junge Mann mit der kraftvollen energischen Aura, sondern ein alter Mann, der seltsam lächelte. Seine Aura war auch um einiges kleiner als vorher.

„Jetzt hast du alles, was ich dir geben konnte. Ich denke, du wirst gut in dieser Position zurechtkommen. Auch wenn du nicht in diese Hierarchie reingeboren wurdest, wirst du etwas mit einbringen, was es nicht mehr in Europa gibt – deine Menschlichkeit. Fehler machen, aber daraus auch lernen. Deine Freunde hier werden dich unterstützen. Oder was sagt ihr?", fragte der Mann Bado.

Bado nickte, „Ich werde Selen unterstützen in allem, was sie braucht." Selen schaute Bado überrascht an. Er meinte es ernst, dass verriet seine Aura. Als ihr Blick auf Fenris fiel, konnte sie die gleiche Entschlossenheit erkennen. Trotzdem war sie immer noch verunsichert. Denn, was dieser Mann ihr anbot, war zu groß für sie.

„Aber warum? Ich versteh es nicht."

„Ich erkläre es dir. Vor einigen Jahrhunderten hatte ich mich mit einem der anderen Alphas unterhalten, der die gleiche Position innehatte wie ich. Er besaß die machtvolle Gabe der Voraussicht. Er erzählte mir bei einer der Versammlungen unter vier Augen, dass irgendwann etwas geschehen würde, was einen riesigen Umbruch in unserer Gesellschaft darstellen würde – und dieser Tag ist offenbar gekommen. Weiterhin sagte er, dass es fünf Menschen geben wird, die uns alle in eine neue Welt führen werden. Und du, meine Liebe, bist eine davon. Mein Freund von damals hatte mir zudem eröffnet, dass du Kraft brauchst, sehr viel Kraft sogar, um die nächsten Jahre zu überleben. Daher habe ich in den darauffolgenden Jahren einen Plan ausgeheckt, wie ich sie dir geben kann, was auch der Grund für mein Verschwinden gewesen war."

Selen hatte sich alles angehört, doch ein Satz drehte sich in ihrem Kopf immer wieder im Kreis

„Es gibt mehr Menschen als mich?" Selen wandte sich um. „Bado, ich muss die anderen Menschen finden. Ich muss sie finden."

„Das werden wir, Selen. Das werden wir", beschwichtigte Bado sie zuversichtlich.

Der alte Mann lächelte immer noch, während er in sich zusammensackte. Innerhalb weniger Sekunden zerfiel er zu Staub.

„Oh Gott! Ist er tot?" Selen erschrak. Seine Aura von einer Sekunde zur anderen weg.

„Leider ja. Er hat seine gesamte Kraft auf dich übertragen. Er hatte keine Kraft mehr für sich selbst, um am Leben zu bleiben. Du hast jetzt seine Position eingenommen mit den gesamten Pflichten – das ständige Nörgeln von Übernatürlichen - und Bonuspunkten, zum Beispiel die Unsterblichkeit eines Übernatürlichen. Den Rest wirst du mit der Zeit noch mitbekommen." Damit lächelte Bado und legte seine Arme um sie. „Und wir beide haben somit die gesamte Unendlichkeit, um uns zu lieben, natürlich mit den kurzen Unterbrechungen von deinen Regierungsgeschäften." Dann küsste er sie, während sie lachen musste.

FSC
www.fsc.org
MIX
Papier | Fördert
gute Waldnutzung
FSC® C083411

Zeitfracht Medien GmbH
Ferdinand-Jühlke-Straße 7
99095 Erfurt, Deutschland
produktsicherheit@kolibri360.de